みわもひ
Author / Miwamohi
イラスト 花ヶ田
Illust / Hanagata
7
The Reproducer of Creation Magic
創成魔法の再現者
新星の玉座 ―偽りの神の壊し方―
JN105993

CONTENTS

KEYWORDS

大司教

ユースティア王国で唯一にして最大の宗教組織である『教会』のナンバーツーにあたる要職。名を連ねる四名の大司教は、『血統魔法』を管理する組織として発足した『教会』のトップとして設立当初は君臨していた。

中立貴族

先代の王位継承争いからどの勢力にも所属せず、争いも起こさない貴族家の集合勢力。「純粋に国の未来のためだけに動く」ことを理念に掲げ、権力争いに加わらない真の国難のみに対応する。

創世魔法

『教会』が極秘とする魔法であり、とある文献には「教会の信仰が正しき絶対の証明。血統魔法より更に一つ上の次元、正真正銘の神が遣わした魔法。天を割り地を裂く、正しく世界を創った力」と記される。

悪神の篝幕（ゴエティア）

純粋な、絶対的な、なんの衒いもない拒絶から生まれた魔法。文字通り世界を結実させる黒い結界を生成し、結界内で術者が異物と判定した対象を跡形もなく消滅させる。学園騒動でエルメスと対峙したラプラスが使用していた。

「俺は、俺の意志が、願望が、理想が！
『間違ってる』だなんて思ったことは一度もねぇ！
恥じるところも
隠すべきものもねぇ、
なんなら誇りすら抱いて
叫んでやるよ——
」
「——俺は！
この国の全てが！
大ッ嫌いだッ!!」
「気持ち悪い。腹立たしい。
あり得ない。くだらない。
吐き気がする。
——だから滅ぼす。
その想いには、
ラプラス
Laplace

これが――
「の曇りも翳りもねぇ」
「――ようこそ。教会本部へ」
――聞き覚えのある、声がした。
全員がその方向に目を向け……
真っ先に、リリアーナが驚愕の表情を浮かべた。
「……ご無事だったのですか
お姉様……」
カティア
Katia
エルメス
Hermes
リリアーナ
Liliana

創成魔法の再現者 7

新星の玉座 - 偽りの神の壊し方 -

みわもひ

OVERLAP

「エル。これからお前に、大事なことを教える」

師ローズのもとで修業を始めて、数ヶ月が経ったある日。

ローズが、ここまで見たことのないほど真剣な表情でそう切り出してきた。

「聞きようによっては、当たり前だと思うことかもしれない。どんな子供も言われている在り来たりな教育かもしれない。……でも、きっとお前にとっては何より大切なことなんだ」

彼女の顔には、その言葉通り今までで一番の静かな覚悟にも似た熱がこもっていて。本当に大事なことなんだ、と幼い心で理解したエルメスは頷いてローズに向き直る。

「助かる。……じゃあ、よく聞いてくれ」

それを微笑みと共に受け止めると、ローズは再度表情を戻し、息を吸って一言。

「──どうか、『善い子』でいてくれ」


そう、述べてきた。

「……？」

「まぁ分かりにくいよな。それじゃ具体的な話だ」

首を傾げるエルメスに苦笑を返し、ローズは続けてこう告げる。

「まず、他人は大切にしてくれ。もちろん第一の優先順位はお前の魔法を極めることで構わないが、それを踏まえた上で余力があるのなら、自分以外の誰かには優しく接すること。どうか『魔法に関係ないなら他はどうでも良い』なんて考えは持たないで欲しい」

「……」

きっと、それはどこの家でも行っている当たり前の道徳教育。

エルメスも、どうしてそうなのかは良く分からないけれどそういうものだと認識している当然のことを、ローズは真剣に語る。

「別に、お前を害そうとする奴にまで慈悲深くあれって言ってるわけじゃないぞ？　敵だと思った人間には容赦しなくて良い。でも、そうでない人間。お前に害をなさない人間や……とりわけ、お前を大切にしてくれる人間、好きになってくれる人間のことはすごく、すごく大切にして欲しいんだ」

それは、そうすることに躊躇はない。だって一番自分を大切にして、好きでいてくれる人が目の前にいるのだから。その人と同じように接すればよいのだろう。そのことを理解して返事をするエルメスに、ローズは続けて。

「それと、もう一つ」

更に一段真剣さを増した声色で、こう言ってきた。

「……人を殺すのは、絶対にダメだ」

「！」

エルメスが目を見開く。

「これは、さっき言ったお前に害をなそうとしている人間であっても例外じゃない。たとえ敵でもなんでも、絶対に殺すのはやめて欲しい。これを破って良いのは、そうしないとお前が生きられない状況──つまり、『殺さないと殺される』と思った時。或いはお前が心からそうしないといけないと思った時だけだ」

「……どうして、ですか？」

「一線を越えるから、だな。……すまん、今は曖昧なことしか言えないんだ」

そこでローズは、困ったような笑みを向けてくる。

「……悪いな。あたしもこれに関してはどこまで言って良いか分かんない……というより言えた義理じゃないんだよなぁ。だってあたしこれ、王都にいた時大体全部破っちゃってるんだから」

ローズが王都にいた時のことは、彼女が話したがらないため詳しくは知らない。

けれど、良い出来事ばかりではなかったのだろう。それを察するエルメスに、ローズは改めて口を開く。

「でも、お前は。エルは特に、『普通』とは色んな意味で違うから。とりわけ、今言ったことは大切にして欲しいんだ。……これに関しては、お前も素直に聞く義理はないんだが……どうか、守ってくれないか？」

そうして、珍しく。

普段から楽しく、またある種の確信を持って何かを教えてくるローズが、どこか不安げに願うようにそれを告げてきて。

……どうして、今わざわざそれを強調して伝えてきたのかは分からない。

けれど、エルメスの答えは決まっている。拾ってもらって色々なことを教えてくれた恩のある彼女。そんな人の言うことを突っぱねる理由なんて、彼の中にはない。

分かりました、と心から了承する。それを見た彼女は、申し訳なさも多分に含みながらもそれでも嬉しそうに顔をほころばせて。

「ん。ありがとうな、エル」

きゅっ、と穏やかにエルメスを抱きすくめた。

その記憶と共に、この時彼女に言われたことはずっと彼の大きな行動指針としてある。

それが、正しいことなのか。彼にとってプラスになったことなのか。

現時点では……まだ、誰も、何も知らなかった。

創成魔法の再現者

The Reproducer of Creation Magic

新星の玉座 −偽りの神の壊し方−

7

みわもひ
Author / Miwamohi
イラスト 花ヶ田
Illust / Hanagata

第一章　不穏の影

「――さて、全員揃ったね」

北部――元北部連合が駐在していた砦の会議室にて。

勢揃いした第三王女派、その要の全員を見回した上で……ユルゲン・フォン・トラーキアは口を開く。

内容は、言うまでもなく北部反乱の後について。つい先日に終えたばかりの激戦を経た上での、更なる激動を語るべく声を発した。

「当然だが……我々が北部反乱を平定している間、各所でも動きがあった」

まずは北部反乱終了からの数日間、膨れ上がった第三王女派の整理をすると同時に各地に人手を派遣して得た情報。その結果を、全員の前でユルゲンが共有する。

「まずは、王都の第一王子派。こちらはかなり派手に動いているようだ」

「ヘルクお兄様……派手に、とは？」

心配からか、心細さからか。隣に座る師、エルメスの袖を握ったままで、リリアーナが愛らしい容貌に不安の色を出してユルゲンに問いかける。

ユルゲンもその心情を理解した上で……しかし誤魔化してはならないところと思い、きっぱりと続ける。

「……周辺貴族に、かなり強引なやり方で臣従を迫っているみたいだね。具体的には僅かでも反抗を見せれば武力行使も辞さない構えで」

「そんな……」

「幸い、彼の背後についているだろう『組織』の武力は強力だ。臣従する貴族も多いようだが……相応の軋轢を生んでいるのは間違いない。破綻のリスクは、日を増すごとに膨れ上がっていると思った方が良いだろう」

或いはそれが背後にいるラプラスの狙いかもしれない、とユルゲンは引き続き語る。

そもそもが強引な簒奪だ、そういう手段しか取れないことは間違いないだろうが……まずヘルクの側近が完全に真っ黒な以上、導火線を握られた状態で火薬の量をせっせと増やしているに等しい。

「っ……」

猶予は、あまり残されていない。

それを自覚しつつも、リリアーナはエルメスの手を握り。そこから勇気を貰って、改めて前を向く。少なくとも状況に俯いている場合ではない、そう理解したのだろう。

それは、紛れもなくここまでの旅路で彼女が得た強さで。エルメスは喜ばしく思いつつ、ユルゲンも笑みを返して続ける。

「では続けて……我々と、第一王子派以外の何処にも所属していない貴族……所謂中立貴族と呼ばれる者たちだが……」

中立貴族。

当然だが、まだ簒奪が起こってから一月も経っていない。強引なやり方で元第一王子派閥になった者たちを含めると、相当量の貴族たちが未だ処遇を決めかねているとのことだ。

「そういう貴族たちだが、未だ明確に処遇を決定する動きはない。代わりに――『とある貴族』のもとに集結する動きがあるそうだ」

「とある、貴族？」

聞き慣れない情報だ。

思わず聞き返すエルメス。周りの仲間たちも同様の疑問を抱いたようで、ユルゲンに視線を向け。その疑問を受け止めて一つ頷いてから。

「ああ。今まで言っていなかった……というか言う暇がなかったのだけれど、そういう家が存在するんだ。言うなれば、『中立貴族のまとめ役』とでも呼ぶべき家が一つ」

「なるほど……」

「いずれ、その家とも接触を図る必要はあるだろう。だが……少なくとも現状、どちらにもつく動きがないのであれば後回しで良いと考える」

「ですね、お父様。今はそれよりも――」

ユルゲンの提案に頷き、カティアが話を進める。

その言葉に……全員が緊張する。間違いなく、それは今回の話の核心。自分たちがここに呼び出され緊急会議を開くことになった、最大の理由だから。

「……ああ、カティアの言う通り。そうだね」

その疑問を読み取った上で、ユルゲンは。

「では──今回、呼び出しを受けた『教会』について。どんな組織で、どのような構造で、どんな狙いを持っていると推測できるか。改めて──詳細に、共有しておくこととしよう」

これから、その本拠地に足を踏み入れて。……場合によっては、戦うかもしれない相手のことを。しっかりとした口調で、語り始めた。


教会。

ユースティア王国、唯一にして最大の宗教組織。

成立は古い。王国の創成とほとんど変わらない時期からその歴史は始まっているとされ、長い年月で積み重ねてきたものや権力は極めて大きい。

それこそ王家にも引けを取らない──ことは、このようにリリアーナ、王族を『呼び出しができる』ということからも明らかだろう。

そんな教会が、このタイミングで自分たちを呼び出した理由は──

「単純に、目をつけられたんだろうね」

教会の大まかな組織構成を共有したのち、ユルゲンが説明を再開した。

「大司教ヨハンの起こした北部反乱が、向こうの独断だったのか教会の総意だったのかは分からない。けれど過程はどうあれ、それが失敗するとは思っていなかったはずだ。それを阻止した我々への注目は否応なしに高まる。加えて――」

そこで一旦言葉を区切ると、ユルゲンは改めて――エルメスとリリアーナに目を向けて。

「それを成した、リリアーナ殿下とエルメス君……と言うより、具体的にはその『魔法』は、どう足掻いても無視できないもののはずだ。何故なら……」

「……教会は、徹底的に血統魔法を、『星神から賜ったもの』と定義しているから」

「その通り」

エルメスの補足に、異論なく頷いて同意する。

『教会』が主張する事柄は数あるし、その中には長い年月をかけて主張が変わったり正反対に解釈されたりしているものも多い。

――だが。血統魔法……というより、『魔法』に対する考え方だけは、長い歴史の中でも驚くほどに一貫しているとのことだ。

「血統魔法を含んだ、魔法の全ては星神からの賜りものであり。それを理解しないもの、認めようとしないものは執拗なまでに異端として弾圧する」

「……」「……だよね」

「当然、魔法の『研究』なんてもってのほか。過去には、王国の発展のためにそういう動きがあったところを――地域丸ごと焼き払った、なんて話もあるくらいでね」

「な……！」「ッ！」

「加えて、血統魔法の『内容』で差別を行う傾向も強い。……かつて『救世の冥界』をカティアが発現した頃、それを悍ましい魔法と決めつけたのも……元はと言えば教会の審問官が始まりだ」

「なるほど……」

アルバートとニィナ、カティアとサラ、そしてエルメス。子供たちが、次々と語られる教会の所業に様々な反応を見せる。

絶句、驚愕、沈黙、納得……共通しているのは、決して正の印象は抱いていないということだけ。

そして、そうやって語られる内容から察するに――と考えたエルメスに合わせるように、ユルゲンが再び口を開く。

「そう。そんな教会にとって……エルメス君やリリアーナ殿下の魔法、創成魔法は。

――『何があっても許したくないもの』のはずなんだ」

そんな考えを持つ大組織からの、ここでの呼び出し。

それはつまり――

「敢えてはっきり言うよ。……間違いなく、穏便な事態にはならないだろう」

呼び出して、どうするつもりなのかも分からない。極論、創成魔法を使えるエルメスとリリアーナを『始末』してなかったことにすることだって考えられる。まさしく虎の穴、蠱毒の壺に飛び込むに等しいことだ。故に――

「だから……『呼び出しを受けない』という選択肢もありだ」

「！」

これも、エルメスの思考に合わせるようにユルゲンは告げた。

「極論、教会は無視するという手段も取れる。ここでしっかりと引き続き、王都を奪還するための準備を進めてもいいんだが……」

そこで、再度言葉を区切り。

「——リリアーナ殿下。どうするかは、貴女様がご決断を」

「え——」

最終決定を、エルメスの隣に座る少女に向けてきた。

いきなりの振られ方に狼狽えるリリアーナ。しかし……すぐに気付く。

そもそも、立場を考えればリリアーナが最後に決断を下すのは当然。

加えて……ユルゲンは最近、こういう風にある程度のところで決定権を子供たちに委ねてくることがよくある。

その意図も、分かる。……この先を見越して、自分たちの成長を促しているのだ。万が一の場合、自分たちだけでも、きちんとした思考と決断ができるように。

それは、エルメスたちと出会う前では任されなかったこと。そこに確かな信頼を感じ取って、同時にそれに応えるべきと思い……リリアーナは、一つ考えた上で。

「……まずは、師匠たち。ご意見を、お聞かせいただけますか……？」

最初に、部下に振る。足りない知見を……恐らくはユルゲンが敢えて明かさなかった思考を、彼女が最も信頼する師匠とその友人たちから得るために。

問いかけられたエルメスは、しばし顎に手を当ててから……

「一つ、確認させていただきたいことが」

そう告げて、改めてユルゲンを見やった。

「──今の戦力で、今すぐ王都に攻め上がったとして。奪還は叶いますか？」

「……難しいね」

間髪入れず……つまり期待通りの質問が来たことに薄く笑って、ユルゲンは答えた。

「もちろん、今傘下に入っているハーヴィスト領及び北部連合の戦力は非常に強力だ。だが、王都の第一王子殿下にも相当数の貴族がついていることに加え、彼の側近であるラプラス卿が持つ『組織』の戦力も未知数。現状での奪還戦はリスクが高すぎる」

「では、仮に無視するとしても戦力の増大が不可欠ということか……」

続いて発言したのは、アルバート。場が議論の態勢に入っていたので、誰も咎めることなく彼の発言を聞き入れる。

「となると、更なる当てが必要だな。先ほど公爵閣下が仰っていた『中立貴族』はどうだ？　まとめ役がいるということだから、話し合いに向かえば……」

「そ、それは多分、厳しい……と思います」

しかし、そこで待ったをかけたのはサラ。アルバートも気を悪くした風はなく彼女の意

見を促す。サラは会釈して再度口を開くと、

「教会の呼び出しを無視したとして。教会の現状次第ですが……まず間違いなく報復に来ます。あそこは権威をこの上なく重んじる場所ですから、自らの意思に従わないものには……きっと、容赦はないかと。即座に王都奪還に向かえない以上、戦力を増やすための遠出の最中に拠点を攻められれば……」

「お兄ちゃんたちを残せばなんとか保たせられるとは思うけど、それでも痛手は免れないだろうね。そもそも『いつ敵が来るか分からない』臨戦状態ってかなり体力使うから……教会の襲撃リスクを抱えたままだと、色々厳しいと思う」

教会をよく知るサラの意見に、北部の戦力を把握しているニィナの補足。その説得力があればアルバートも否はない。意見を否定されても特段気にした風もなく、「なるほど」と頷いて受け入れる。

「アルバートの更に戦力を増やす方向は、いずれ考える必要があることは間違いないわ。でも……それなら尚更、後顧の憂いは断っておくに越したことはない。最悪、王都奪還の戦いと同時に教会の襲撃に遭って挟撃で全滅……なんてのもあり得なくはないんだから」

そして最後に、公爵令嬢としてこの手の知識もしっかりと学んでいるカティアの言。

「それに。王都奪還と同時に今回、ヘルク殿下がクーデターを起こした経緯……騒乱の背景もいずれ知る必要はあるでしょうし」

「ですね。そういう意味でも……今回は、リスクを負ってでも教会の呼び出しに応じる価

値はある。『呼びつけられた』のではなく、情報を得るために『乗り込む』と認識した方が良いでしょう。だから、ここは受けるべき――」

カティアの言葉を受け、改めてエルメスが自分たちの結論をまとめてから……

「――という結論になりましたが。合っていますか？　公爵様」

「……あらら」

少しだけ笑って、ユルゲンが『試していた』ことまで看破しての問いかけ。ユルゲンも苦笑と共に、謝罪の意味も含めて肩をすくめて答える。

「うん、私の結論も同じだ。そこに至るまでの考慮事項も完璧だよ。――教会も、今は色々ときな臭い動きがある。むしろ、ここは好機だ」

「……ということです、リリィ様」

「――」

――正直、想像以上だった。

参考までに聞きたいと思っていた程度の問いかけで、想像を遥かに超える議論が交わされて。実質子供組だけでユルゲンと同レベルの思考過程と結論まで到達してみせた。

改めて、実感する。……あらゆる意味での、彼女の配下のハイレベルさに。

「リスクはありますが、大丈夫だと思いますよ。これまでと違って、こちらにもきちんとした基盤と戦力がある。相手が教会でもそう簡単には潰されません。

それに――いざという時は。きちんと僕が……僕たちが、貴女をお守りしますので」

「あ……」

……最後に。一番欲しい言葉も、きちんと言ってくれて。

リリアーナは頬を染め、もう一度彼の裾を握り込んで……そこで、顔を上げ。

「……分かりましたわ」

覚悟を決める。

「向かいましょう、教会に。何が起こるかは分かりませんが……それでもきちんと情報を得て、憂いを断つために。

それに……個人的に。気になることも、ありますので……」

きっぱりと、告げた後。

リリアーナは言いながら思い出す。……『教会』という単語を聞けば否応なしに思い出す、彼女の家族の一人のことを。

そんな彼女の心の動きも、しっかりと理解した上で……頼もしい彼女の配下たちは、力強い返事を返してくれるのだった。

◆

方針が決まって、その場が解散になった後。

「エルメス君、ちょっと良いかい？」

廊下を歩くエルメスが、ユルゲンに呼び止められた。

「公爵様、どうかなさいましたか？」

「ああ。先ほどの会議では言わなかった……不確定すぎて言えなかったことを、君には言っておこうと思ってね」

「！」

話し方から察するに、重要なことなのだろう。

そう判断したエルメスは、居住まいを正してユルゲンの言葉を待つ。

「……教会について。私も個人的に調べてみたところ……教会が秘中の秘とする魔法、君の言う『得体の知れない力』の正体と思しき記述を見つけてね」

「え――」

思わず、エルメスも息を呑む。

北部反乱の大司教ヨハンも使用していた、その技術……或いは本当の『魔法』。

「眉唾物の記述だが、引っかかる部分もあって伝えることにした。手に入れた文献には、こう書いてあったんだ――」

「……はい」

呼吸を忘れて聞きいる彼の前で、ユルゲンは。

「それは、教会の信仰が正しき絶対の証明。血統魔法より更に一つ上の次元、正真正銘の神が遣わした魔法。天を割り地を裂く、正しく世界を創った力」

その銘を、告げる。

「曰く——創世魔法、と」

「——」

それは。

奇しくも彼の扱う魔法、『創成魔法』と全く同じ響き。

いや……果たして奇しくも、なのか。

偶然なのか必然なのか、偶々なのか意図的なのか。

この魔法を生み出したローズは……何を、どこまで知って。この名を付けたのか。

無論、全て杞憂ということもある。ユルゲンがここまで出さなかった以上、本当に信憑性はないのだろう。笑い飛ばすことは容易だ。

だが。そうするには……あまりにも。

その響きは、彼の中で馴染みがありすぎた。

「……エルメス君。これも、何の根拠もない直感による忠告だが」

そんな彼を見て、ユルゲンは引き続き。言葉とは裏腹に、真剣な表情で続ける。

「教会は、恐ろしいところだ。だから、君はひょっとすると教会に深く関わった結果——想像もつかない、途轍もないものを『見てしまう』ことになるかもしれない」

「……」

「もし、そうなったとしても。……どうか、自分を見失わないで欲しい」

「……はい。分かりました」

その言葉には、不思議な重みがあった。ひょっとするとユルゲンも、彼の過去で。同じような経験をしたことがあったのかもしれない。

だから、素直に。尊敬すべき年長者の忠言を、心の中に留め置いて。

そして、三日後。

いよいよ――様々なものが渦巻く教会本部へと、旅立つ日がやってきた。

◆

教会に向かうのは、第三王女派の初期メンバーにニィナを加えた七人。

主要な人員を最初から全て教会本部に向かわせるのはリスクが高すぎる。周辺貴族の出方を牽制（けんせい）する意味も込めて、ルキウスと元北部連合、ハーヴィスト領の兵士たちは北部に残して行くことになった。

ルキウスと軍隊戦力があれば、何かあったとしてもそうそう崩れないのは妹のニィナも保証している。ある程度の安心感を持った状態で向かうことができるだろう。

そうして、一通りの準備を終えて迎えた教会本部に出発する当日。

……流石に、いくら教会と言えども王族を呼び出すのに迎えもなし——などの横暴をすることはなく、きちんと迎えの馬車と護衛の兵士たちは手配してくれた。

……だが。

その迎えの馬車も、とりあえず七、八人を乗せられれば良いというような質素なものだったことに加えて。

迎えに来た兵士たちの責任者と思しき神経質そうな青年が——開口一番、こう言ってきたのだ。

「——それでは、本日より皆様の教会本部への出頭をお手伝いさせていただきます」

「……え」

最低限よりやや下程度の形式的な挨拶に加えて……『出頭』という言葉。

それは、罪人が自ら裁きの場に出るニュアンスを含む言葉だ。周りの兵士たちもそれを一切否定しない、どころかその表現に納得している態度からも……彼らが、自分たちのことをどう思っているかなんて明らかで。

加えて、その後。

「では、我々も暇ではないので早速馬車にお乗りください。——ああご安心を、道中の安全はこちらがお守りしますので……くれぐれも」

こちらに、第三王女リリアーナがいるにも拘わらず。

半ば以上、押し込むような体勢で強引に乗車をさせ。景色が見えないほどに窓まで閉め切ってから……

　分厚い馬車の扉を閉める直前に……こう、言ってきたのだった。

「――万が一、この馬車が何者かの襲撃を受けたとしても。その得体の知れない悍ましい魔法で我々の邪魔だけは、しないでくださいねぇ？……こちらまで穢れますので」

　そしてばたりと、扉が閉められ。

　呆然とするリリアーナを他所に……有無を言わさず。馬車が出発したのだった。

◆

「……いやはや。まさかここまで露骨とは」

　あまりの扱いに、衝撃を受けた一同が復帰する頃。

　ユルゲンが、一同を見渡して苦笑混じりにそう口を開く。

「です、わね……自分であまり言いたくはないのですが……王族に対する扱いでは、ないかと」

「……まぁ、仕方ないっちゃないかも」

　リリアーナに続いて言葉を発したのは、ニィナ。

　彼女は神妙な顔で、自らの知見を述べる。

「エル君たちはもちろん、戦ったボクたちもリリィ様の魔法が――リリィ様がすごいことはよく知ってる。でも……」

「……他の、教会の方にとっては、そうじゃない……」

「そゆこと、サラちゃん」

サラの納得の呟きに満足そうにニィナは頷いた。

「特に、『味方全員に血統魔法を使わせる』魔法なんて、絶対あいつら聞いただけじゃ信じない、法螺としか思わない。だからきっとあの人たちにとっては今も——リリィ様は。血統魔法を使えない、『出来損ないの王女様』のままなんだ」

「っ……」

——故に、平然と王族にこんな扱いができる、と。

端的な事実。それを受けて思わず俯くリリアーナに……ニィナは慌てて。

「あ、ご、ごめん！　もちろんだから受け入れろってわけじゃないよ、ひどいよねぇこーんな可愛い王女様をこんなとこに押し込めるなんてさ。まぁくっつけるって点ではボクには得だけど」

「ちょっ！　もう……！」

気を紛らわせるようにか、最後は明るく告げて勢いのまま隣に座るリリアーナに抱きつくニィナ。リリアーナは驚きと僅かな非難を顔に浮かべつつ、それでも元気付けようとの気遣いはきちんと感じ取ってか大人しく受け入れる。

……余談だが、この通り。一応初対面から敵対していたはずのニィナとリリアーナの仲は現在、非常に良好である。

当初は北部反乱が終わった時点でニィナもかしこまった態度を取ろうとしたが、リリアーナが『今更ですわ』とエルメスたちに対するのと同じような態度を許可。元より人懐っこい性格のニィナはすぐに受け入れる。

……まぁだとしても、それこそ口調含め仮にも王族に対して距離が近すぎる気がするが。そこは彼女が彼女たる所以（ゆえん）だし、リリアーナも嫌な気はしていないようなので良いだろう。

そして、そんな彼女たちのじゃれ合いで多少は空気も回復したか、カティアが——常よりも少し硬い雰囲気ながらも言葉を発する。

「……にしても、これはちょっと酷（ひど）すぎる気もするわ。もうほとんどこんなの……囚人に対する扱いじゃない。送迎の馬車も質素だし、兵士たちも……いえ」

だが、そこで。

カティアが、何かに気付いた様子で呟いて。内容に遅れて他の者も気付き始めたと同時に、それを口にする。

「——兵士の、数だけは。やけに多かったわね」

「……確かに、ですね。リリィ様を送迎する上で万が一もないように——ということを考えての人員であれば妥当ですけど……その場合、馬車だけは質素だったことが分からない、かもです……」

カティアの懸念を、サラが補足する。

言われて見ればそうだ。まさか……

「……よもや。こちらがこの状況で暴れるとでも思っているのか？」

「その可能性もなくはないですが……しかし」

アルバートが口にした懸念。それもあると思いつつ、エルメスはここまでの話を受けて何か引っかかるものを感じ……そして、思い至る。

この馬車に乗る前の、兵士の言葉だ。

『──万が一、この馬車が何者かの襲撃を受けたとしても。その得体の知れない悍ましい魔法で我々の邪魔だけは、しないでくださいねぇ？……こちらまで穢れますので』

そう、その言葉。

ここから、教会本部までの道程で。わざわざ教会の馬車に喧嘩を売る命知らずな賊などそういない、どう考えても脅威としては魔物に襲われる確率の方が高い。

なのに、『何者か』の襲撃。

──随分と、具体的な懸念ではないか。

まさか、と。その思考に、辿り着いた瞬間。

どん、と馬車が激しく揺れるほどの衝撃が響いた。

そこから間髪入れず、外の兵士たちと……加えてもう一つ、何かしらの集団と思しき怒声の嵐。

馬車が急停止したことも合わせて、これは間違いなく。

「えーー」

「……どうやら、まさかの。『何者かの襲撃』を受けたみたいだね」

驚くリリアーナに、どうやらエルメスと同じ思考に辿り着いていたらしいユルゲンがそう冷静に声を発する。

色々と気になるところはあるが、ともあれ自分たちが襲われているのならば当然看過はできない。エルメスたちは立ち上がろうとするが……そこで。

「ッ！　リリアーナ殿下とその取り巻き！　出てくることは禁止します！」

物音を察知してか、外の責任者のそんな声が響いてきた。

「……何故です？」

「出発時も話したでしょう！　あなたたちのような穢れた魔法を我々神聖なる神の騎士の前で振るうことなど言語道断！　身のほどを弁えない出しゃばりなど迷惑千万、我々だけで十分打倒できます！　護衛対象である分を知りなさい、決して窓を開けてもいけませんよ!!」

その声色は、あまりにも切羽詰まっていた。

そこに込められていた意図は、自分たちに対する侮蔑……も強く含まれてはいる。決して『護衛対象の手を煩わせるわけには行かない』なんて殊勝な考えでないことは間違いない。

だがそれ以上に……『何があってもこの瞬間、エルメスたちを外に出したくない』という意図が透けて見えていた。

加えて、不自然な兵士たちの増大。

それらの情報が……エルメスに、一つの推測を形作らせる。

「——どうやら。こちらの教会兵の皆さんは僕たちの護送中、『何者かの襲撃』があることをかなりの確度で推測しており」

その内容を……容赦なく、エルメスは告げた。

「そして僕たちに……その襲撃者をどうしても知られたくないようです」

「……なるほど。だから『窓も開けてはいけません』か」

ユルゲンが納得の声を上げ、周りの人間も頷く。

そして——だとすれば、やることは決まっている。

「カティア様」

「もう発動してるわ」

この馬車は、物理的に視界を遮断することはできるが魔法的な処理はゼロだ。

ならば残念……こちらには、視界を封じられても周囲の状況を知れる手段を持つ少女がいる。

エルメスの声よりも先に、彼の求めるところを把握したカティアは即座に魔法を起動。

ほどなくして、するりと。馬車の壁をすり抜けて、半透明の人型の使い魔がやってくる。

その報告を受け、労(ねぎら)うように使い魔、幽霊兵の頭を撫(な)でた後……

「何が起こっているかは、見た方が早いわ」

真剣な表情で、告げる。

「それより……『襲撃者の方が優勢』みたいよ」

「！」

それを聞いてしまえば、最早躊躇いなどない。

馬車の錠前を最短の手間で破壊。窓と入り口から三方に分かれ、一斉に飛び出す。

「なっ……！　何をやっているんですか！」

「すみませんが、僕たちを送り届けるより先に全滅されても困りますので」

言うことを聞かず飛び出してきたエルメスに、例の責任者が喚き散らすが、それを無視して辺りを見渡して。

「……なるほど」

「ッ、この、話を聞かない悪魔の化身め……！」

声は、最早気にしない。それよりも気になることができたからだ。

それは、今も戦っている襲撃者――の、服装。

「……僕たちを送り届けているのは。教会の兵士、教会の意思であると思っていましたが。なのに、どうしてそれが――」

そこから生まれた疑問を、シンプルに、エルメスは口にした。

「――同じ教会の兵士に襲われているんですかね？」

かなりの多勢である襲撃者の……自分たちを護衛する兵士と全く同じ、その教会の意匠が入った鎧を見て。納得する、確かにこれは違和感が一目瞭然だと。

そしてなるほど、どうやら……

『教会にも、きな臭い動きがある』。……公爵様の推測が、俄然信憑性を帯びてきた」

これを確かめるだけでも、教会本部に行く価値がある。

そう確信を深めるエルメスに対し……尚も責任者は騒ぎ立てる。

「い、今すぐ戻りなさいッ！　あ奴らは『教会』などではありません。過去の害悪、邪悪な簒奪者です！　そんなことより貴様らを連行する我々の命に楯突くなど――」

「どうでもいいです。そんなことより」

その言葉を、意趣返しのように言葉と威圧で断ち切ると、エルメスは。

「こちらとしてもあなたがたに、安全に送り届けていただかなければなりませんので。……どうぞごゆるりと、そちらの言う『穢らわしい力』をご覧いただけると」

さしものエルメスも……師から受け継いだ誇りである魔法をこうまで貶されて黙ってはいられない。

元より、この魔法を示すことは国を変革する意義にも適う。丁度良い、と言っても不謹慎だが、ここらで黙らせるための示威行為として。

――創成魔法の性能を、間近で味わってもらうとしよう。

そんな意思を込めて……エルメスは、頼もしい弟子と仲間と共に。

道中の安全を自らで確保すべく、魔法を起動するのだった。

◆

（……さて）

戦闘に、意識を切り替える。

……正直、兵装が同じなためぱっと見で誰を倒せば良いのか分からない。これはなかなか混乱するがどうしようか――

――との悩みは、即座に解決された。何故なら、

「いたぞ！　悪魔の化身だっ！　何がなんでも奴を討ち果たせぇ！」

これまで別の教会兵を襲っていた教会兵の数人が、エルメスを認めるや否や――即座に目の色を変えてこちらに襲いかかってきたからだ。

……流石に護衛の兵士の態度ではないので、とりあえずは彼らを倒す方向性で問題ないだろう。

「奴に魔法を使わせるなっ、近接で囲んで叩けばいくらあの悪魔でも――！」

そしてどうやら、この教会兵の方にもエルメス対策は伝わっているらしい。

魔法を使わせる前に叩く――というのは、魔法使い共通の弱点。エルメスにも通じづらさこそあるものの、有効であることは間違いない。

……『北部反乱の前であれば』、の話だが。

当然、あの激動を乗り越えた彼が今までのままであるはずがなく。

その確信と共に、エルメスは息を吸い――告げる。

「術式再演――『無貌の御使(ルナド・サラカ)』」

馬車を出ると同時に詠唱を完了していた魔法を解放する。

選んだ魔法は、『無貌の御使(ルナド・サラカ)』。恐らく近接で来るだろう襲撃者の出方を読んだ上で準備しておいた魔法。

加えて――これは出発までの三日間、同じ血統魔法を持つルキウスに直接手解(てほど)きを受けたものだ。ちなみにそれと同時に手合わせもしたが……当然、魔法抜きでは手も足も出ず転がされまくった。やはり北部の英雄、聞きしに勝る化け物だった。

だが、そのおかげで。彼のこの魔法に対する造詣は桁外れに深くなったし。

何より……彼の動きに慣れた後では、教会兵たちの稚拙な突撃など止まっているのと変わらない。

「がッ」「なん――ぐっ!?」「馬鹿な、奴は魔法使いでは――ッ！」

指一本すら触れさせなかった。

神速の動きと、華麗な体術。武器を持っている教会兵を一顧だにせず次々と打ち倒していく。

本当なら火力の出る魔法で一挙に焼き払っても良いのだが、敵味方の判別がつきづらい以上今はこれがベスト。それに……この程度の相手、今更苦戦する要素もない。

「く……っ、くそ、読まれていたか……！　ならば予定変更だ、火力で押し潰す！　奴に詠唱を切り替えられる前に――！」

「――と言っている時点でもう遅いですよ」

しばらくの後、襲撃者の指揮官がそう叫んで教会兵の動きが変わる。

なるほど、予想はしていたが案の定。

この教会兵たちは……王都を出た時のエルメスを想定して戦術を組み立てている。あの時彼を追い詰めていた、組織の軍隊の取っていた戦術で追い詰める予定だっただろう。

その切り替えは素早く、ひょっとすると今までのエルメスであれば追い詰められていたかもしれない。

……だが。

そんなもの、今の彼にとってはなんの対処法にも、参考にすらなりはしないのだ。

それを示すように。エルメスは引き続き、もう一つの詠唱を解放する。

「――【弾けろ（ミストール・ティイナ）】」

遅延詠唱（ディレイ・スペル）。

教会兵の動きを読み、もう一つ詠唱して保持（ストック）しておいた血統魔法を解き放つ。

効果は覿面（てきめん）だった。

エルメスの追撃が来ないと油断していた教会兵たちに、まともな防御手段も取れないままに直撃。ここまでの攻防で敵味方も把握し、寸分の狂いもなく敵だけに魔弾が直撃する。

「馬鹿な……」「あの数を、あんな一瞬で」

これは、『味方』だった教会兵の台詞だ。自分たちが苦戦していた相手を、いとも容易く打倒してしまったことに驚愕していることは間違いなく。

……だが、その顔に——窮地を救ってもらったことに対する感謝は、欠片も存在してはいなかった。

(……なるほど、ね)

既に大凡分かっていた彼らの自分たちへの態度を、改めて確信しつつ。

エルメスは一旦目を離し、周囲の様子を確認するが——

(まぁ、大丈夫だよね)

そこには、彼と同様自分たちの能力を駆使して、容易く襲撃者たちを蹴散らすカティアたちの姿が。

ニィナ含め、彼らは全員が一騎当千の魔法使い。手こずる要素はない。問題は……

(……何故、『教会兵』がこのタイミングで襲ってきたのか)

どちらが、何を考えているのか。自分たちを迎えに来た存在と襲ってきた存在は何が違うのか。

そして、何より——

——どちらが、味方なのか。

（……まぁ）

それは、ここで考えていても仕方がないこと。

そう結論付けつつ、敵意を持って襲ってきた敵教会兵の処理が完了したカティアたちと合流し。

その足で——こちらを忌々しげに睨(にら)んでいる、責任者の元へと向かうのだった。

「余計なことを……！　あの程度、我々だけでなんとかできました！」

どうやら、意地でも認めるつもりはないらしい。

教会は権威を大事にする、というのは本当だったのだろう。『教会兵の護送中に同じ教会兵が襲撃してきた』という明らかな醜聞を隠そうとする態度や、どう考えてもそうではなかったにも拘(かか)わらずエルメスたちの助太刀を『余計な干渉』と切って捨てる態度。

きっとそれは、訂正を求めてどうこうできるものではないし……正直なところ、訂正させても意味があることではない。

故に。

「——どうでもいいですよ、そんなこと」

周りの人間、特にユルゲンとリリアーナに確認を取った上でエルメスが前に出る。

「っ、な、何ですか……！」

そして、口でいくら否定しようとも。

彼らが、恐らく今まで半信半疑だっただろう、悪魔と呼んで罵っていたエルメスたちの確かで、圧倒的な実力を目の当たりにしてしまったことは間違いなく。

それ故に、無造作に近寄ってくる、今までは全く脅威と思えなかった細身の少年が、とてつもない怪物のように見えて。

「あなたたちがどういう立場なのか。何を意図して、どういう命を受けてここにいるのか……その辺りは、今はどうでもいいです。聞いても一から十まで喋(しゃべ)っていただけるとは思いませんし」

その、理解してしまった威圧を隠さないまま。エルメスは淡々と続ける。

「僕たちは、教会本部に行きたいから現在この馬車に乗っています。貴方(あなた)がたの指示に従ったわけではなく、その目的と貴方がたの行動が一致していたに過ぎません」

──主導権を握っているのは、どちらなのか。

それを、確かな実力と共に見せつけた上で。

「だから、聞きたいことは一つだけです」

背後の強大な魔法使いたちを代表する格好で、エルメスは問いかけた。

「貴方がたは──ちゃんと僕たちを教会に届ける気がありますか？　その意思さえあれば、僕たちをどう思おうとなんと罵ろうと構いません。心の底からどうでも良いので」

「そ、それは……っ」

「もしそうなら、大人しく『送り届けられて』差し上げます。ですが、そうでないなら……」

狼狽える責任者に向かって、エルメスは止めを刺すように。

「──こちらで、勝手に教会本部に向かわせていただくだけです。その場合、『貴方がた』がどうなるかは……言わなくても分かりますね？」

「わ、我々の後ろには……！」

「何がいようと、ここでの目的を妨げるなら容赦はしません。……あのですね」

あまり、こういう言葉は好ましくないが──最後に、告げる。

「──僕たちが、大司教ヨハンを潰したこと。忘れていませんよね？」

「ッ……！」

──こいつらは、やる。

元より、権威だの何だのに慄く類の人間ではなく。自分たちの目的のためなら、あらゆる立ち塞がるものを打倒する覚悟を、既に決めてしまっている。

「こ、この、罰当たりめ……！」

「何と言われようとどうでもいい──と、何度言わせるおつもりで？」

必死に絞り出した反論も、彼には微塵の痛痒も与えられず。

助けを求めるように周りの兵士たちを見ても、誰もが今見せられた彼らの力を理解した結果こちらが慄いてしまって。

「……」

そうして、間もなく。

「……教会本部に連れていく意思は、ある。それだけは確かだ……」と、最低限の言葉を必死に絞り出すのだった。

◆

「……申し訳ございません。少々過剰に脅しすぎたでしょうか」

「いや、構わない。向こうの態度は明らかにこちらを甘く見すぎていた、あれくらい強硬な姿勢を見せた方が後々良いだろう」

「そうね。それに……あれ以降は、向こうも何も言ってこないし」

馬車の中に戻ってから。

エルメスがやりすぎたかと謝罪を見せるも、ユルゲンとカティアが否定。周りの人間もエルメスを責める様子はない。

実際効果はあっただろう。兵士たちもエルメスの言う通り護送する任務だけを淡々と行うようになり、こちらに声をかけてこない。……恐れている雰囲気も、伝わってくる。

ともあれ、僥倖(ぎょうこう)だ。

何故(なぜ)なら、これでようやく——落ち着いて、話ができる。

「……さて。色々と驚きの出来事はあったが——一つ、間違いのないことが分かった」

それを、踏まえた上で改めて。

ユルゲンが……全員が理解しただろう事実を、告げる。

「教会で──『内部分裂』が起こっている」

「……でしょうね」

そうでなければ、説明がつかない。

あの襲撃してきた教会兵も、紛れもなく本物だった。それはサラとユルゲンの見立てであるため間違いはないだろう。

であれば、少なくとも教会が二つ以上の派閥に分かれ。そこでいざこざがあり……『エルメスたちを教会本部に招きたい派閥』と『招きたくない派閥』が争っていることは間違いない。

どちらで、何が起こっているのか。エルメスたちを招く意図は何で、招きたくない意図は何なのか。

……諸々(もろもろ)、確かめるべきことが積み重なっていくが。

「何にせよ……教会に向かう選択は、正解でしたね」

その事実だけは、皆で共有しつつ。

この先どうするのか、どう立ち回るべきか……詳細な話を詰めつつ、粛々と馬車は進んでいく。

（教会の謎、あの魔道具の正体、内部分裂の過程、そして──『創世魔法』）

——教会本部に着くまで、大凡二日。

そこまでの旅路、他に何が起きても良いよう対応しつつ……エルメスも、己の考えるべきことに没頭していくのだった。

◆

そこからは、特段謎の襲撃もなく。予定通りの進行で、護衛の教会兵たちが余計な世話をしてくることもなく、粛々と馬車は進んでいった。

そして、二日目の夜。予定通りに立ち寄った宿泊地にて。

（……さて）

エルメスは、宿屋のベランダで考えていた。

……このまま問題なければ、明日の午前中には教会本部に到着する。

到着してからの流れに関しても、既に馬車の中の話し合いで概ねは固まった。何であれ、自分たちの目的——教会の謎を暴き、可能ならば戦力増強の目処もつけて。王都奪還のための後顧の憂いをなくす。

その目的さえ、見失わなければ。何とかなる……とは、思う。

「……」

故にこそ、気になるのはそれ以外の内容。

自分以外の、仲間たちの心の内。ユルゲンの語った教会の、得体の知れない技術の謎に……想像もつかない、途轍もないものを見ることになるという忠告。

あとは、もう一つ。

ここ最近……というか、北部反乱が終わった後辺りから。どこか様子がおかしかった親しい少女の様子が、やはり気になって——と、思ったその時。

「……エル？」

背後から声。

振り向き——見慣れた紫の髪を認めて、エルメスも声を返す。

「カティア様。どうしました？」

偶然か必然か。

今考えていた彼女。最近、特にエルメスの前でどこか硬い表情を続けていた彼女と、ここで。久々の二人での邂逅を、果たすのだった。

——カティアが、エルメスの前で。今まで以上に態度が硬い……より詳細に言うならばよそよそしい態度を取っていたことには、理由がある。

それは、当然あの時。エルメスと話をするべく医務室に向かって、そこでエルメスに迫っていたニィナに連れ出されて——

「……うん、好きだよ。エル君のこと、女の子として大好き」

改めて。

ニィナが、心からの声色で。愛らしく頬を赤くして、はにかみながら述べたことからだった。

「それ……って」

「エル君に、ボクのことをもっと見て欲しい。ボクだけを見て欲しい。

——エル君の。一番に、なりたい」

「——！」

ニィナは、カティアの心だってもちろん知っている。

故に、それは。言葉にするならば……紛れもない、宣戦布告で。

そして……それを受けたカティアは。黒い感情よりも……戸惑いの方が、先に出てしまう。

「……え、っと……そんな」

だって、初めてだったから。

こんなにも真っ直ぐ、こんなにも明確に。

自分の親しい人間が、自分に向かって。——強い感情を、浴びせてきたことなど。

ニィナは、敵だ。彼女自身がこう言った以上、ことエルメスに関する一点に限っては敵対する間柄になってしまった。つまり……時折出る、黒い自分を。容赦のない自分を。ぶつけるべき相手のはずだ——

——なのに。

いざ、実際に明確に『そうすべき場面』に出くわしてしまうと。どうしても……

「……ふふ。躊躇(ためら)って、くれるんだ。嬉(うれ)しいなぁ。

やっぱり、カティア様のことも大好き」

そんな、自分の葛藤を。見透かすようにニィナは笑うと。

「えっとね、先に言っておくとボクは、カティア様とも今まで通り……ううん、今まで以上に仲良くしたいの」

「！」

「今まで、学園では少し後ろめたかった分。これからはいっぱい楽しいお話をしたいし、素敵なこともたくさんしたい。エル君とも、カティア様とも、みんなとも一緒に。……だから、言うね」

少しだけ、カティアに歩み寄って。正面から、告げる。

「さっきも言った通り。……『そういう態度』を取るだけで引いてくれる人、許してくれる人だけとは、思わない方が良いと思う」

その、声色は。

先ほど言った時と同じように、心から自分を……自分たちを純粋に心配する色だけが含まれていて。

「エル君はね、優しいよ。一度懐に入れた人にはすっごく優しい。だから拗(す)ねたら構ってくれるし、落ち込んだら心配してくれる。……すごくすごく、もうだだ甘って言って良いくらい甘やかしてくれる。……だから」

その声色のまま……もう一歩。歩み寄って、きっぱりと。

「だから、こそ。——ボクたちが、甘やかされてだめになっちゃいけないんだよ」

「！」

「そうならないよう、ボクたちの方で気をつけないといけないって、ボクは思う。エル君は、とても強いけど無敵じゃない。だから寄りかかって、甘えすぎたら……潰れちゃうってことは、多分もう分かってるんじゃないかな」

「っ……」

北部反乱、初期の出来事を思い返してカティアは俯く。

そんな素直な反応を返すカティアに、ニィナは苦笑と共に更に歩み寄り——きゅっと。柔らかに、偽りない親愛を示すようにカティアに抱きつくと。

「色々、偉そうなこと言ってごめんね。

つまり、なんていうか……ちゃんと、エル君との仲を進めたいなら——もう少し、エル君とちゃんと向き合った方がいいんじゃないかなって思うんだ」

「……ニィナ」

「じゃないと、きっといつか本当の意味でだめになっちゃう。……なんとなくだけど、そんな気がするんだ」

その言葉は、先日ユルゲンがエルメスに話したことと同じような、強い直感に満ちていて。

否応なしに胸に刻み込むカティアに、ニィナはこれも心からの声で。

「……悔しいけど。エル君とカティア様、すっごく良い関係だなってボクも思ってるもん。だから……それが、ひどい理由でばらばらになっちゃうのは、やだよ」

少しだけ拗ねたような、今までの彼女には見ない可愛らしい心配の言葉に。

カティアは改めて驚きつつも……「分かったわ」と頷いて軽く抱擁を返すのだった。

そうして、今。

夜風を浴びて立っているエルメスの前に、カティアは歩み出る。

「カティア様。えっと、ここは冷えますからあまり出歩かない方が……」

「それはあなたも同じじゃないの」

心配そうな声をかけて歩み寄ってくるエルメスに、カティアは心なしか素っ気ない声を返す。

……でも、そんな声色とは裏腹に。

彼が心配してくれたという事実だけで胸は高鳴り、彼が一歩歩み寄るたびに体温が上昇し気分も高揚する。

――好きだ、と思う。

昔から抱いていて、再会したことで更に高まって、今なお強くなる一方であるその想いを、改めて自覚する。

今まで、それを明確に告げてはこなかった。

……否、告げる必要がなかったのだ。

だって、そんなことしなくても今の関係がすごく心地良かったから。彼が自分に仕えてくれて、大切にしてくれて、わがままも聞いてくれる今の『主従』の在り方で、ある種満足してしまっていたから。

……けれど、きっと。

これからは――周りの状況も、自分たちも。大きく変わり始めているこれからは。きっと、そのままでは駄目なのだろうという直感を彼女も抱く。

(じゃあ――)

今、ここで。想いを告げる?

……かと言われると、それも多分違う。

恥ずかしいとかいう理由ではなく……いや正直言うとそれも多分に含まれているのだが、それ以上の一番の理由は恐らく。

――自分が、想いを告げるに足る、自信を持てていないからだ。

何故なら――

(……追いつくって、決めたのに……まだ、できてないから)

あの日、ローズがトラーキア家を訪れた日に。彼女の前で誓った言葉。

素晴らしい、凄まじい速度で進歩を続ける彼の。隣に立てるだけの何かを自分も見つけてみせると、息巻いて頑張ってきた……

……のに、自分は、未だ明確にそうだと言える何かを、持てていないことに気付く。

きっと、それだろう。

魔法を高め、心を変えて、歩みを進める――それだけでは足りない、何か。

それを。己を定義する、確固たる何かを。

まずは、見つけるべきなのだろうと確信する。

……だから、それまでは。

今までと同じく、溢れ出そうな想いをしまっておくと決める。

――いつか、全部受け止めてもらうんだから。

決心と共に、もう一度心を整理した。

「えっと……カティア様……？」

そんなカティアの様子をどう思ったか、首を傾げて心配と……申し訳なさを表に出して。

エルメスが、こう問いかけてきた。

「その。何か、お気に障ることをしてしまいましたか……？」

「……え？」

「北部反乱が終わった後から、どことなく態度がお硬いようなので……すみません、僕には原因を察することができず……言っていただければ、できる限り改善させていただくので」

「……」

……どうやら、今までの態度の違いを不機嫌故と勘違いしていたようだ。

まぁ間違いではないし、彼に分かることができないのは仕方ないとも思っているし、『言わなくても察しろ』なんて面倒極まることまで押し付けることはないが……それでも。

(……ちょっとは、気付いてくれたっていいじゃない)

そういう本音がどこかにあることも、仕方がないことではあるのだろう。

……まさしく今の言葉でちょっとだけ不機嫌になりつつ、カティアは答える。

「……別に。あなたを避けてるとか嫌がってるとかじゃ、ないから」

「そう、なのですか……?」

今まさに不機嫌度が増した口調での言葉故説得力を持たず、当然首を傾げるエルメスだったが……

(……もう!)

そんな彼にやきもきが頂点に達したカティアは、正面から。

「！」

がばりと、彼に抱きつく。

胸元に顔を埋め、しばらくその体勢でいた後……おもむろに、顔を上げ。

至近距離から、美しい紫水晶の瞳を半眼にして彼に上目遣いをぶつけて言った。

「……これで分かった？　あなたを、嫌がってはないってこと」

「……は、はい」

実を言うとエルメスは更に困惑が増したのだが、有無を言わさぬ彼女の声色にこれは異を唱えてはいけないやつだと思ったため頷いて。

それを見たカティアは……改めて、顔を埋めて目線を隠すと。

「……エル。私も、頑張るから」

ぽつりと、最後に告げる。

「今まで以上に頑張って、あなたの隣に立てるようになるから。だから……」

きっと、これも彼は分からないけれど。

それでも伝えたかった言葉と共に、小さなわがままを囁く(ささや)のだった。

「だからそれまで……置いて、いかないで」

——これも、直感に従って回答するべきと悟ったエルメスは。

「……はい。分かりました」

真剣な声で、そう答え。

それで主従の小さなわだかまりが、解消されて……その日の夜は、更けていくのだった。

◆

翌日。

さしたる事故もなく、予定通りの時刻に目的地へと到着した一行。

「…………ここが」

馬車から降りて、護衛の教会兵に案内された正門の前。

そこに立ったエルメスは……思わず、と言った調子で呟く。

天を衝くほどの大聖堂。

壮大で荘厳な、白を基調とした精緻な意匠。

細かな手入れが行き届いた広い庭先が、更にその神聖さを大きく上増ししている。

……まさしく。

『権威』という単語が建物の形をとったらこうなるのではないかと思わせる巨大な建造物が、彼らの眼前に鎮座していた。

初見のものは、その大きさと荘厳さに驚き。既に知っているものも改めてそこから発せられる威圧のようなものを感じ取る。

そんな、否応なしに権勢を突きつけてくる建物。これが――

「――ようこそ。教会本部へ」

――聞き覚えのある、声がした。

全員がその方向に目を向け……真っ先に、リリアーナが驚愕の表情を浮かべた。

無理もないだろう。だって、その言葉を発したのは……

「素晴らしい反応だったわ。何も知らずにのこのこ出てきた人間が、大聖堂の偉大さに気圧(けお)される様子は何度見ても良いものね？　その滑稽さに免じて、今すぐ跪(ひざまず)かない無礼は許してあげようかしら――なんて」

鮮やかな金髪に、見覚えのある紅玉の瞳。

やや勝ち気な印象を与える切れ長の瞳が特徴的な、恐ろしいほどの美貌。

その少女に、聞くべきことも言うべきこともたくさんあった。

だが今は……この台詞(せりふ)が、最も的確だろう。

「……ご無事だったのですか」

王都の政権簒奪(クーデター)で自分たち同様真っ先に狙われただろうに、ここまで逃げ延びたらしいその少女。

「お姉様……」

第二王女、ライラは――エルメスとリリアーナの言葉を受け、不敵に美しく微笑(ほほえ)んだのだった。

第二章 ✝ 教会

実を言うと、予想はしていた。

自分たちだってできたのだ。ならば第二王女ライラ、彼女も自分たちと同様あの王都の混乱を潜り抜けて、自身の後ろ盾である教会に身を寄せている可能性は十分考えられた。

……しかし。身を寄せた後の彼女が教会でどうしているか、ましてや今の教会のいざこざにどう関わっているのかまでは流石に読めず。故に初手で現れたことに大なり小なり驚きを見せるエルメスたちに、ライラは。

「……それで」

ちらり、とエルメスたち──の背後。自分たちをここまで護送してきた教会兵たちの様子を見て、告げる。

「兵士たちの鎧に、傷ついた痕があるわね。……やっぱり襲われたの？　『連中』に」

「それは──」

「その通りでございます！　殿下！」

その問いに、エルメスが答える前に。

彼の返答を遮るようにして大声を上げたのは、教会兵の責任者。そのまま、エルメスたちが口を挟む隙を与えずに……こう、捲し立ててきた。

「そして、あろうことか此奴(こやつ)らは！　我々の静止を振り切って敵に突撃していったばかりか――『兵装が同じで紛らわしい』と言いながら容赦なく、我々ごと敵を魔法で焼き払ったのです！」

「――」

「そのせいで、本来ならば我々だけで十分対処できたはずなのにこの有様！　道中もいつまた襲われるかと怯(おび)えながらの護送でございました。殿下、此奴らはとんでもない大悪党、有用とは言えこのような悪魔どもは危険でございます‼」

……なるほど。

　どうやら、自分たちの立場を守るために虚偽の報告をするつもりらしい。絶妙に真実が交じっているあたりもっともらしいし、恐らく教会的に悪名高いエルメスたちの言い分よりも教会兵である自分たちの言葉の方が通ると見ての報告だろう。

　そして、それを聞き届けたライラは。

「へぇ、なるほど。そういうことだったの」

「ええ、ええ！　やはりこのような連中は信用に値しません、あのような背教者どもを罰するのは我々だけの力で十分！　神もきっと我々に祝福を授けてくださるに――」

　にっこりと笑って頷(うなず)くライラに、気を良くして更に自分の意思を通そうとする責任者。

　そんな彼にライラは表情を固定したままゆっくり歩み寄ると、ぽん、と肩に手を置いて。

「――舐(な)めてんの？」

一転、底冷えのする声でこう言った。

「!?」

「『あんたたちごと魔法で焼き払った』？　へぇ、随分と愉快な冗談ね。あの大司教ヨハンを打倒して？　北部の怪物、フロダイトの長男にすら真正面から勝てる魔法使いを擁する第三王女派閥が？　あんたたちに魔法をぶつけたって？」

「そ、その通──」

「──じゃあ、なんでその程度の傷で済んでんのよ」

紅玉の瞳に、対照的に冷徹な光を宿して。

ライラは紛れもない、王族の覇気と共に責任者を糾弾する。

「おまけに、私言ったわよね？　『もし連中が現れたら、確実に倒すためにリリィたちに協力を要請しなさい』って。なのになんでそんな、兵装で混乱するような紛らわしい布陣にしてんのよ。最初から協力してたなら、リリィたちの援護に回るなり何なりしていくらでも回避できたでしょ」

「そ、それは……」

「まさかとは思うけれど。──私の指令を無視して、勝手に自分たちだけで倒そうとした……なんてことじゃないわよね」

「ッ！」

状況証拠と、的確な分析で、当初の状況、教会兵たちの行動を正確に読み切ったライラは、追い詰めるように告げる。

「それと、あなたたちに支給した兵装なんだけど。

──『音声記録の魔道具がついている』ってことは気付いてた？」

「な──っ!!」

「ああ、言っておくけどもう回収済みだから。……で、申し開きは？」

完璧に。虚偽を咎められるだけの決定的なものを突きつけられて。

何も言えなくなり、それでも尚──屈辱と共にだんまりを決め込む責任者に対し、ライラは嘆息を一つ挟むと。

「ないのね、よろしい。……追って沙汰を下すから、それまで兵舎で謹慎してなさい」

「……っ、しょ、承知いたしました……ッ」

最後に、冷え切った一声で、容赦ない言葉を投げかけたライラに、責任者はようやく何を言っても無駄だと悟ったか。俯いて肩を震わせ、踵を返して歩き去る。

その、間際。

「……くそっ、お飾りの王女様如きが……！」

エルメスたちだけに聞こえる声で、呟いたその内容が。やけに耳に残るのだった。

「……」

色々と、疑問はあるが。

とりあえず道中エルメスたちを呆れさせた教会兵のことは、きっちり上の人間の責務として罰したライラは、引き続いて――少し、驚いたことに。

「……悪かったわね」

立場上、頭こそ下げないものの。しっかりと、謝罪の言葉を述べてきた。

「あの連中、信仰と功名心が暴走するところがあって。それでも教会の任務を私情で改竄までするとは思わなかったんだけれど……私の見立てが甘かったわ。これなら、音声記録の魔道具の存在を最初から言っておくべきだった。あいつらにはきちんと然るべき罰を与えるし、埋め合わせもします」

「随分と殊勝ですね、第二王女殿下。……しかし、あのような兵士を迎えに寄越すとは。かの教会本部ともあろう組織がよもや人手不足なので？」

ライラの謝罪に、ユルゲンが皮肉まじりに探りを入れる。しかしそれにも必要以上に動じず、ライラは肩をすくめると。

「トラーキア。あなたがそんな言い回しをするってことは、概ね分かってるんでしょ。……ここであなたと腹の探り合いをするのも面倒だわ、それらも含めて全部話すから、ついてきてくれるかしら」

淡々とそう告げて。自身の護衛である別の教会兵と共に身を翻し、エルメスたちを促しつつ教会本部の中へと歩いていくのだった。

……正直、割と驚いた。

エルメスがライラと邂逅したのは、あの謁見の一回だけ。しかしそこで抱いた彼女への印象は、高慢で狭量、とても器と呼べるようなものは見当たらない人物だったのだが……

……いや、これはまさしく偏見と決めつけか。少なくとも、リリアーナが懐いていたからには。リリアーナの家族であるということ以上の……何かが、きっとあるのだろう。

そう考えつつ、エルメスはカティアたちと共にライラの後ろを歩く。

「……お姉様」

彼の隣を歩く、リリアーナの表情は複雑だ。

ライラと再会できた喜びは、確かにあるのだろう。けれど王位継承に関する敵同士であるという立場は未だ変わっておらず、ライラの方もリリアーナに歩み寄るそぶりは見えない……どころか、先ほどの会話でも意図的にリリアーナに注意を向けないようにしていた雰囲気さえあった。

「……」

エルメスも思考を続ける。

……当然だが、世界は自分たちだけで回っているわけではない。

これまで、自分たちと敵対してきた人物にも事情があって。あの大司教ヨハンにさえ、彼なりの信念と行動が存在していた。

ならば、きっと。――『話す』ことも、これまで以上に重要になってくるのだろう。知ることで、ひょっとすると……戦わない道が、見えてくることもあるのだろうから。

差し当たっては、第二王女ライラ。

彼女が何を考えて、どういう立場で、どの結末を狙っているのか。

まずは、それを知る必要がある。向こうが話してくれるというのならば、それだけでもここに飛び込んだ甲斐（かい）はあるだろう。

そう、思考をまとめたところで。大聖堂の中の大きな一室に到着し、ライラに付き添う兵士たちの案内に従って所定の席に各々が腰を落とす。

そして、一室の最上位席。教会の代表者として腰掛けたライラが、挨拶もそこそこに口を開いて告げてきた。

「……さて。まずはそうね……あなたたちには、感謝するべきかしら」

「……感謝？」

「ええ。本当に助かったわ——大司教ヨハンを倒してくれて」

「！」

その、言葉が意味するところは。

全員が直感したところに合わせ、ライラは続けて。

「ここに来る道中、『連中』に襲われたならもう分かっているとは思うけれど。……現在教会は、二つの勢力に分かれて争っているわ。お恥ずかしながら、内輪揉（うちわも）めね」

「……やはりか」

「ええ。で、その内訳だけど――」

納得の頷きを返すユルゲンを見遣ってから……核心に踏み込む。

「まず一つが……私が現在所属している『教皇派』」

「！」

「そしてもう一つが――『大司教派』……『旧教会派』ともこちらは呼んでいるわ」

つまり。

教会のナンバーワン、トップである教皇と。

その下に位置する、大司教に分かれての争い。

「分かるでしょう？　私たちの敵は大司教……ヨハンを含めて四人いる、『大司教全員』よ。

詳しくは後々話すけれど……実質、教会のほぼ全勢力を敵に回していると言って良いわ」

その時点で、概ねの構図や背景は見えてきていたが――

それを理解した上で、改めてライラは、静かに手を出して。

「そういうわけで。もう察しているでしょうけど、教皇派があなたたちを呼びつけた理由は一つ。ヨハンを『倒してしまった』以上、あなたたちにも無関係ではないし、確実にメリットもあることよ。だから……」

何かを押し込めたような読めない表情と、美麗な声色で。

「――手を組んで、くれないかしら。

一緒に……教会、滅ぼさない？」

様々な思惑が絡んだその要請。

教会全て……或いはそれ以上を。巻き込んだ大事件の始まりを、口にするのだった。

◆

――教会を滅ぼす、とは。

また、随分大仰な話だ。

しかし疑問もある。それを率直に、まずエルメスが口に出した。

「教会は、現在分裂しているんですよね？　なのに『滅ぼす』とはどういうことでしょう？」

「あら、トラーキアから聞いてないの？……面倒だけどまぁ丁度良いわ、説明しましょうか」

対してライラは、一瞬眉根を寄せたものの大人しく口を開き。

そこから、解説を始めてきた。――教会の、権力構造について。

「……まず、大前提としてこれは知っておきなさい。

教会は元々ね――教皇と大司教の仲がすごく悪いの」

ある種驚きの、始まりと共に。

「！」

「言っておくけれど、今代だけ、というわけではないわ。代々——これは適当ではないわね。最初から……『教皇』という役職ができてからずっとよ」

「……できてから？」

またも、驚きの情報。ライラの言葉が意味するところは、つまり。

「教皇という役職は……元々はなかった、ということですか？」

「ええ、百年ほど前まではそうだった。教会のトップは元々は……四人の大司教だったのよ」

『教会』という組織の歴史は、恐ろしく古い。

国の創成期から、国の創成に関わった『血統魔法』を管理する組織として発足し、頂点である四人の大司教による合議制で運営されていた。

その歴史の分だけ、権力、権威も極めて高く。大司教の決定は国全土に響き渡るほどの凄まじいものであり。

——王族ですら、時にはそれに逆らえなかった。

故に、約百年前のある時。

教会による権威の増大により、王家とのパワーバランスが崩れかねないと危惧した当時の国王が、それを調整するべく大事業を開始した。

そうしてできたのが、『教皇』という役職だ。

立場は当然大司教よりも上。加えて任命権は教会ではなく王家が保持し、慣例と実益を兼ねて国王の親類縁者をその役職に据えた。当然、立場に相応しい決定権と拒否権も所持している。

――つまり、明確に。『王家の方が上』と立場を明らかにするための役職だ。

そんなもの、当時の大司教たちにとっては当然受け入れられないものだったはずだが……それでも通せてしまえるあたり、当時の国王は相当の傑物だったのだろう。

ともあれ、このようにして教皇の役職は誕生した。

そして勿論、そんな立場の人間に大司教たちが好感を抱くわけもなく。それ以降――ある代では教皇と大司教の間で小競り合いが起きたり、ある代では大司教が教皇を傀儡にしたり、ある代ではその逆であったり。

共通することは……仲良く手を取り合っていた期間は、そうでない期間よりも圧倒的に短いということだけだろう。

「……なるほど。それは確かに、仲が悪くないわけがないですね」

「でしょう？」

納得の頷(うなず)きを、エルメスをはじめとした第三王女派の面々が返す。

加えて――その教会の権力構造を考慮に入れれば、その後の経緯も大まかな流れが見えてくる。

ライラが口を開いた。

「――そんな折に、今回の政権簒奪(クーデター)よ」

「……ええ」

そう。そのような経緯がある教会の大司教たちは……当然王家に良い印象は抱いていないだろう。

そんな折に、政権簒奪(クーデター)――王家のいざこざ、権力構造の揺らぎが起こってしまったとしたら。

――これに乗じて、教皇の廃絶……ひいては王国の完全支配のために。動いたとしても、おかしくはない。

「……そういう経緯でしたか」

ここまで言われれば、大体の状況は推測がつく。

「思っている通りよ。――王都の混乱の影響で、これまで辛うじて協力体制を維持できていた今代の教皇と大司教が完全に決別。本部はこっちが押さえたけど、影響力は向こうの方が上だから、教会の人員……特に有力者の多くは向こうに流れて」

大凡(おおよそ)推測通りの流れを、第二王女ライラは告げた後。

一つ息をついてから――心持ち、声を強くして。

「結果。失った教会本部の代わりに、新たな土地としての拠点を作るべく――

――大司教ヨハンが、北部の完全支配に乗り出したのよ」

「……っ！」

……そこで、繋がるのか。

この情報には、第三王女派の多くも息を呑んだ。

そして――結果的とはいえ、その情報を考慮に入れるならば……自分たちは大司教ヨハンの目論見……まず間違いなく大司教派の要の策を完璧に潰したことになり。

「大司教派は、今追い詰められているわ」

それにより、激変した状況をライラが語る。

「正直、現時点ではこちらが不利だったからとても助かった。……勿論、逆転の手は用意していたけれど――この好機を逃す手はない。だから」

そうして最後に、改めて。

「――手を、組みましょう。一緒に……どうあれ私たちにとって共通で邪魔になる、旧い教会の権化を。この機会に一掃しない？」

彼女の要望を、告げてきた。

「…………」

第三王女派に、しばしの沈黙が満ちた後。

「……いくつか、確認させていただきたい。第二王女殿下」

「どうぞ」

流石に、ここは子供たちに任せるわけにはいかないと判断したか。

ユルゲンが問いかける。ライラが頷いたのを確認すると、彼が続けて。

「そちらの要望は分かりました。こちらにとっても目的上、『教会』はいずれ倒さなければならない相手なのも間違いない。――ですが」

高い叡智を宿す碧眼に……冷たささすら宿して問いかけた。

「……『そちらに協力する必要』は、今のところありませんね。

現状は、あなた方と大司教たちの共倒れを眺めている方がこちらには得だ」

「――――！」

「ちょっと、ユルゲン――――！」

あまりにも、冷徹な判断に。

思わずリリアーナが声を上げるが……すぐに黙り込む。

即座に彼女も気付いたのだろう。……ここは、身内の情を持ち込む場面ではないのだと。

リリアーナがそう理解してくれたことに対してか軽く笑みを返しつつ、ユルゲンはライラに向き直る。

「こちらの最終目的は、王都の奪還だ。あなた方が教会内で内輪揉めをしているということであればむしろ好都合。そちらを放って奪還のための戦力集めをする方が得で――――」

「――じゃあ、その『戦力集め』も手伝って上げるとしたら？」

――しかし。

その反論も分かっているとばかりに、彼女は返し。

「……ほう？」

「知ってるわよ、私たちがそっちに協力してもらう立場だってことは。なら相応の手土産も用意するのが当然じゃない。

……あなたたちが奪還の戦力として当てにしてるのは、中立貴族でしょう？」

最後の『条件』を、突きつけてきた。

「――その『中立貴族』も、この旧教会派討伐戦に参加するわ」

「え――」「！」「……、なるほど」

リリアーナたちが驚く……が、ユルゲンは対照的に納得の表情を見せた。

どうやら、心当たりがあるようで。その反応の違いを見て取ったライラが告げる。

「トラーキアは分かったみたいね。そうよ、中立貴族……というよりそのまとめ役の家は、代々特定の王族に協力したことはまずなかった。

――でも、『王家』そのものには忠誠を誓っているし、貴族の責務として国難にはきちんと対応している。ただの日和見主義じゃないのよ、あの家は」

つまり、それは。

「彼らも、王家を公然と敵に回した大司教派を放ってはおかない。紛れもない『国難』だと判断して、討伐戦への協力を既にこちらが取り付けているわ」

……当然だが。

エルメスたちがヨハンとやり合っていた期間は決して短くはない。その間、他陣営も今回の件に対して大きく動きを見せていたのだ。

それを理解した上で、ユルゲンが問いかける。

「……つまり」

「ええ。勿論協力してくれたらになるけれど……こちらで、中立貴族との渡りもつけてあげるわ」

「――」

「討伐戦後、私たちは敵同士になるけれど。それ以外には、手を出さないとも約束しましょう」

つまり……今回向こうが持ちかけてきた『取引』の内容をまとめると。

こちらが差し出すものは、大司教派討伐戦への協力。

向こうから引き受けるものは、その間は第二王女派と敵対しないことと、加えてこちらが欲する戦力への道の一つである『中立貴族』との道。

しばし、第三王女派の全員が考える。

そして――エルメスとユルゲンが、視線を交換。互いの考えが同じであることを確認して、リリアーナに目配せ。

その上で……リリアーナが、姉に向けた複雑な想いを見せつつも……それでも第三王女として、こう告げる。

「……考える時間を、くださいまし」

妥当な要請に、ライラはそれも予想通りとばかりに頷いて。

「すぐに決められることではないから、当然ね。でも、期限は明日まで。こっちも今急いで総攻撃の用意を整えているところだから、それ以上は待てないわ。……それと、その前に」

きっちりと期日は決めた後……最後に。

「もう一つの判断材料として、これから会ってもらうわ。今代の『教皇』であり、現ユースティア王国の第二王妃」

ここまでの話をした以上、当然の要望を。

しかし、もう一つの驚きと共に、告げてきたのだった。

「――つまり、私のお母様。既に謁見の用意は整ってるから……ついてきなさい」

◆

教皇。

王家の親類縁者が務める、教会の大司教の暴走を止めるための上の役職。

当然、大司教と仲が良いわけはなく。代々何かしらの形でやり合ってきた歴史を持つ。

……だがその割に、今代の教皇は比較的大人しく。大司教の申し出も何も言わず受け入れることが多かった――

――だが。

アスターが没落し王位継承権が浮いてから、その態度は豹変した。

これまでほとんど傀儡だった態度があたかも仮初のものであるとでも言うかのように大司教の意見を突っぱね、己の意思を部下を通じて突きつけるようになった。

結果、大司教たちとの軋轢は急速に強くなり。今回の政権簒奪をきっかけに分裂するようになった、という経緯らしい。

そんな教皇が……

「……ライラ殿下の、お母様」

「――呼ぶ時は『オルテシア猊下』と呼びなさい。殿下、と呼ばれることをお母様は嫌うから」

さらりと名を明かした教皇の居場所まで案内を続けつつ、ライラは告げる。

それにしても。教会のトップ、教皇がライラの母親とは。

エルメスは知らなかったが――他の人間はどうだったのだろう、と自分以外の第三王女派の面々を見渡す。

「…………」

……大体のことは顔を見れば分かった。

少なくともユルゲン、サラやリリアーナ等王家、教会に近しい人間は知っていたものの口に出す機会がなかった、といったところか。

まぁ、仮にいつ知っても変わらないと言われればその通りだが。

誰も……特にユルゲンが。敢えて言わなかった――そこに何か理由があるのだろうか。

そんなことを考えつつ歩いていると……

「ついたわよ」

ライラの言葉と共に、一同が立ち止まり。一際大きな扉が開かれ、案内に従って部屋の中央まで歩み出る。

そうしてしばらく待つと……しゃらりと、静かな衣擦れの音と共に、奥の方から歩み出てくる人影が一つ。

そうして現れた人物を、全員が見やる。

……真っ先に目に入るのは、ボリュームのある深い紺色の髪。

目元はやや切れ長で、ライラの母親であるという年齢相応の特徴は刻まれているものの――十分以上に美人、と呼べる範囲だろう。

身を包むのは王族に相応しい豪奢なドレス。これも年齢にしては相当に派手な方だが、全くの違和感なく着こなしている。

――これが。ライラの母親であり……現教皇、オルテシア。

(……なんと、言うか)

それを見て、エルメスは感慨を抱く。

以前、王城謁見の間で、国王に抱いたものと同じ感慨を。

(思った以上に――普通、だ)

……しかし。そんな彼の思考を、感じ取ったのか否か。

教皇オルテシアの薄紫の瞳が、静かにエルメスを捉え――

(――ッッ!!)

――即座に、先ほどまでの感想を翻した。

「エル……？」

彼の気配の豹変に気付いて、カティアが声をかけようとするが。それに構わず……どこか気怠げに座に腰掛けた教皇が口を開いた。

「……初めましての人は初めまして……ね。一応自己紹介しようかしら……ユースティア王国、第二王妃……まぁ明日にも、その肩書きがなくならないとも限らないのだけれど。

……そして、教皇、オルテシアよ」

……全体的に。

口調、態度、雰囲気と言い……どことなく退廃的な気配を漂わせる女性だ。

一同に困惑が満ちる。

当然だ。ここまでで聞かされた教皇の所業を見る限り――もっと覇気に満ちた人物かと思っていたのだが。本当に、この女性が大司教との全面対立を決定した人物なのか。

戸惑う第三王女派に構わず……教皇オルテシアが続ける。

「……何を話そうかしら……とは言っても、大まかなことはもうライラから聞いていると は思うのだけれど。そうよね？」

「え……は、はい！　お母様！」

「……一応ここは謁見の場よ。教皇猊下……と呼びなさい。……まぁいいけど」

慌てたライラの無礼にも、特段気にした素振りもなくオルテシアは告げる。それは、娘に甘いというよりはむしろ……

「――では猊下。何故今回、我々をこの場にお呼びになったのですか？」

そこで。戸惑う一同の雰囲気を締めるように、ユルゲンが凛とした声で問いかけた。

問いを受けたオルテシアは、静かに目を細めて。

「……トラーキア……あなたは昔から賢しいわね。……ええ、そうだったわ。ライラから こちらの申し出は聞いている以上……改めて言うことはないのだけれど」

ゆったりと、告げてくる。

「一つだけ……直接、聞きたいことがあったのよ。――ねぇ、そこの銀髪の坊や？」

「！……何でしょう、オルテシア猊下」

教皇を見てから、どこか緊張した様子のエルメスに矛先を向けた。エルメスは思わず肩を跳ねさせつつも静かに問い返す。

「見たところ……あなたが、この場で一番強い魔法使いよね？

……じゃあ、大司教ヨハンを倒したのはあなた？」

「――直接決着をつけたのは、別のお方ですが」

何とも言い難い質問。彼の性格であれば『最大の功労者は僕ではない』と言ってもおかしくはないが……ここは。

とある懸念から、エルメスは敢えてこう告げる。

「はい。総合的には、僕が打倒したと言っても間違いはないかと」

「……そう。……じゃあ、まずは感謝するべきね。あの――この上なくにっくき大司教を倒してくれてとても助かったわ。……それで、一つ聞きたいのだけれど」

それを受けた上で。オルテシアが、核心に踏み込む。

「――どんな気持ちだった？」

「……え？」

「大司教ヨハン。あの性悪説の怪物を、どう感じて、何を思って打倒したか……それだけ、少し気になったわ。だから、聞かせて欲しいの」

「……」

……問いの意味は、よく分からなかったが。

誤魔化せるような場ではないと即座に察したエルメスは、しばしの沈黙を挟んで口を開く。

「……大司教ヨハンは」

「ええ」

「恐ろしい、存在でした。あらゆる想いを無価値だと断じ、悪意のみを拠り所にして暗黒郷を作り上げることに腐心する怪物。

――そして、だからこそ」

顔を上げ、静かに言い切る。

「――あれだけは。倒さなければならない、と感じました。

……想いは、決して、踏み躙られるべきものでも、否定されるべきものではないはずだから」

「……そう」

魔法使いとして。創成魔法の使い手として。

確かな信念を乗せての台詞に……教皇オルテシアは、ほんの僅かに微笑んで。

続いて……このような言葉を発する。

「良いわね……少し気に入ったわ、あなたのこと。うちにこない？」

「え」「なっ」「――ッ！」

エルメスが驚きの、カティアが反射的な否定を含んだ、そしてライラがそれ以上の怒りと拒否を見せるような、短い声を同時に上げる。

――流石(さすが)の彼も、これには完全に面食らったが。

それでも……答えだけは、迷うまでもないから。

「せ、師匠(せんせい)」

哀(かな)しげな声を上げるリリアーナを安心させるように微笑みかけたのち、正面に向き直って口を開く。

「……大変ありがたい申し出ではありますが、お受けすることはできません。

――今の僕は、リリアーナ殿下の配下ですので」

「……そう」

幸い、と言うべきか。オルテシアも少しだけ眉根を顰(ひそ)めたもののさしたる食い下がりを見せずに引き下がり。

「……それだけ聞ければ、もういいわ。……こちらの申し出はもう伝えた。受けるも突っぱねるも、好きにしなさい」

「……」

「受けるのならば歓迎するし、突っぱねるのなら邪魔をしない限りは放っておく。

……最初から、私の目的はただ一つ。だって、それ以外は――」

そうして、最後にオルテシアは。

ここまでの態度と、雰囲気を。一言で総括するこの言葉と共に――

「――どうでも、いいもの」

謁見を、終了した。

◆

「何と言うか……色々と予想外のお人だったねぇ」

謁見からの帰り道。どこか困惑を含んだ重さのある空気を和らげるように、ニィナが軽い口調で問いかけてきた。

「そう、ですね……」

「手腕は確かなのだろうが、手腕から受ける印象とは違ったのも確かだ」

意図を汲み取ってか、サラとアルバートが交互に告げる。

一方、ライラは何かを考え込んでいるのか先ほどから案内はしつつも押し黙っている。

そんな何とも変わらず微妙な空気の中――

「――で、エル」

それを切り裂くように、カティアが告げた。

「あなた、謁見の時から少し様子がおかしいけれど……何があったの?」

「え……」

「いえ、ここはこう言った方が良いわね」

顔を上げるエルメスに、心持ち強めの……けれど紛れもない心配する色を宿し。

「教皇猊下（げいか）と目が合った瞬間。——何を感じたの？」

「！」

——そこまで。理解されていたか。

有無を言わさぬ口調に導かれるまま、エルメスは静かに。

「……すみません。完全に感覚で、具体的な理屈は説明できないんですが」

彼にしては極めて珍しい、そんな前置きと共に——

——告げる。

「あの、教皇猊下の目。——ケルベロスと同じ瞳をしていました」

「————え」

衝撃の、感覚を。

獄界の獣（ケルベロス）。

かつてアスターと戦った果てに遭遇し、死闘を繰り広げた幻想種の魔物。

この上なく純粋な、敵意と殺意の化身。

——それと、同じ瞳、とは。

その意味を知るカティア、サラが息を呑（の）み。ユルゲンが目を見開き、アルバート、ニィナ、リリアーナもただならぬ気配を悟ってか押し黙る。

そこで。

「……へぇ」

ここまで黙っていたライラが、振り向いて口を開いた。

「響きからするに、そのケルベロスってやつは魔物よね？

それと同じ瞳、だなんて。——人の母親を、随分な言いようじゃない」

「……あ」

しまった。いくら何でもこれはライラに聞かれてはいけないことだった。

当然だが、そこまで気が回らないほどに驚愕が思考を支配していたらしい。

「……ま、別に言いつけはしないけど。……言いつけたところで、お母様は多分まともに聞いてなんてくれないし」

慌てるエルメスたちだったが、意外にもライラはその件を軽く嘆息するだけに留めると。

「……でも、もういいわよね。お母様に言われたことは全部やったし、別に受けても受けなくてもいいって仰ってたし。

——せっかくだからもう、言わせてもらうわね」

しかしそこで、改めてライラは……『教皇の使い』としての仕事を終えたライラは。

『第二王女』としての彼女を出して——告げてきた。

「——私。あなたたちのことは嫌い」

「……」

「力を持っている人が。力だけで、どうとでもできると思っている傲慢な奴が。そして、その傲慢さに気付きすらできず善人面する連中が、どうしようもなく嫌い」

……ここで。最初に王城で対面した時と似通った雰囲気を漂わせながら——

「特に」

最後に、ライラは。

こちらに数歩踏み込んで。エルメス——の後ろ、これまで以上の困惑を漂わせる金髪の少女に向かって、思いっきり顔を近づけると。

「サラ・フォン・ハルトマン。——あなたのことは、大ッ嫌い」

——呆然と。

立ちすくむサラと第三王女派の面々をもう一度見渡すと、ライラは。

「着いたわよ、案内はここまでね。

じゃあ、また明日。協力する用意ができたら——いえ」

自らの仕事の終わりを、こう宣言して。

「——『私にこき使われる用意』ができたら、言ってちょうだい」

酷薄な笑みを向けると、踵を返して。心持ち足早に去っていく。

「……おねえ、さま」

そんな彼女は、最後まで。

——一度も、リリアーナの方を向こうとはしなかった。

◆

「随分と嫌われたね」

改めて、割り当てられた部屋に戻ってきた第三王女派閥の面々。

ここで教会から提示された条件を吟味し、協力するかどうかの結論を出す――前に。

ユルゲンが先ほどのライラの態度について言及する。一切の反論なく黙り込む一同だったが……そこで。

「……その、リリィ様」

サラが、口を開いた。

控えめながらも、確かな意志を宿して。ここが、聞くべき時、踏み込むべき時と確信した表情と共に。

「聞かせて、くれませんか」

「……何をですの」

「ライラ殿下が、あそこまでわたしを嫌う理由。わたしたちに敵意を向けている理由、どこか教会側の皆さんにも避けられている理由。そして――」

口をつぐみつつも迷うリリアーナに、ダメ押しの一言を告げた。

「最近……いえ、お会いしてからずっと。リリィ様が――わたしを避けている理由も。そこに関係しているんでしょう？」

「っ！」

完全に、図星の反応を見せる。

リリアーナは、尚も彼女ならではであろう葛藤を見せたが……最後には。

「……分かり、ましたわ」

どの道、ここからもライラと関わるつもりならば避けては通れないと悟ったのだろう。

一つ息を吐いたのち、きっぱりと顔を上げて話し始める。

「……言っておきますけれど、わたくしもはっきりと理由をお聞きしたわけではございませんわ。分からないところも、推測も多分に含むでしょう」

「はい」

「それでもよろしければ……まずは、最大の理由からお話しします」

耳を傾ける一同。

そんな彼らをもう一度見渡してから……リリアーナは、沈んだ声で始める。

「……恐らく、原因は。ライラお姉様の血統魔法でしょう」

「血統魔法？」

「ええ、ご存じ……であるわけないですわよね。だって、知ってさえいれば明らかなんですもの」

その表情、口調、内容から。

（……まさか）

魔法への感覚に秀でたエルメスが、とある推理を脳内に結ぶ。

「師匠はお気付きになったようですわね。ええ、そうですわ。お姉様の血統魔法は――」

そのエルメスの反応に悲しげな笑みを返してから、リリアーナは。

一息に、告げた。

「――『精霊の帳(テウル・ギア)』。……この場に、もっと即して言うなら。

……『精霊の帳』だけ、なんですの」

『…………』

……『精霊の帳(テウル・ギア)』。

結界を生み出す、強力な魔法であり。

そして、『二重適性』であるサラが持つ血統魔法の一つ。

対してライラの、それ一つだけの血統魔法。

つまり、リリアーナの語ったことが示すのは。

第二王女ライラという存在は。敢(あ)えてこの国の価値観的に示すのであれば、魔法的に
――

――サラの完全下位互換、ということになる。

「……それ、は」

ひどく震えた、サラの声が響く。

……そう。もうこの時点で概(おおむ)ね推測がついてしまった、第二王女の境遇に。

一同は――一斉に、思いを馳(は)せるのであった。

◆

「――見ろ、お飾りの王女様だ」

嫌いだ。

「教皇猊下の一人娘だからって威張り散らして」
「ねぇ？　我儘放題の元第二王子様にすら敵わなかった分際で」

身分を考えず好き放題陰口を言ってくる周りの人間も、それを当然のように良しとする教会の雰囲気も、そして何より……そんな空気を一切止められない自分も。

周囲を取り巻く何もかもが……ライラにとっては、ストレスを増加させる要因だった。

「おまけに、今はあの二重適性の『本物』の聖女様をお招きしているのでしょう？　けれど何を血迷ったか、血統魔法が使えない第三王女についているっていう」
「その前は第二王子の婚約者だったことと言い……魔法もお姿も素晴らしいのに、人を見る目だけはないのよねぇ」
「いやいや、きっと言葉巧みに騙されているのさ！　むしろあのお方を救い出し、正しく教会に取り込むことこそ我々の義務ではないのか!?」
「その通りだ！　というか……むしろ第二王女様こそ率先してそうするべきなのではないか？　そう、だって……『偽物』の聖女様だものなぁ」

「本当ね！　ハルトマンの御令嬢の血統魔法のうち片方しか使えない。それだけで選ばれなかった存在であるのは明らかなのに、何を醜く立場を利用して縋り付いているのかしら！」

「ああ！　もし私がその立場であれば――即座に己の非力を神に詫び、自らの権利の全てをハルトマンの御令嬢に与えるというのに！　たとえ首を切られようとも喜んで受け入れるとも！」

「素晴らしい！　それでこそ正しき神の僕だ！　全く、どこかの王女様とは大違いだなぁ！」

――うるさくて。

うるさくて、うるさくて仕方がなかった。

……でも、何も言い返せなくて。

先ほどの護衛の一件のように明らかな規律違反ならともかく、『ただ自分の悪口を言っていただけ』であるならば。しらばっくれればそれで終わり、自分には何もできない。何より、たかが一人や二人断罪したところでまたいくらでも悪意の種は湧いてくる。

今の、教会での自分の立場は、それほどに悪いのだ。

……それに。

今は、そんなものに拘っている暇はない。自分の目的は、最初から、ただ一つなのだから。

そう思考し、周囲から漏れ聞こえてくる悪意をシャットアウトして。

ライラは、淡々と歩みを進め。やがて周囲の人影も消えた、大きな扉の前に辿り着く。

それもそのはず。だってここは――この教会の、支配者の居室なのだから。

「……今、大丈夫？　お母様」

ノックと共に、問いかけ。応えがあったのを確認して、静かに扉を開く。

「……」

そうして、目に入った。

視線の先、執務机に座る教皇オルテシア……自分の母親の様子は、いつもと変わらず気怠げだ。

――昔は、こうではなかった。

多少、影のある雰囲気こそあったが。それでも真っ当に自分に愛情を注いでくれた。

弟の存在があった以上、自分が『王様』になれないことは分かりきっていたが、それでも十分に幸せではあった。

それが、いつの間にか。あらゆることに関して無気力になっていったのだ。

どうして、母がこうなったかは分からない。推測もできない。

でも――確かに分かることは、二つ。

一つ目は、母が変わり始めたのは自分が六歳前後の頃――自分の、血統魔法が発覚したあたりからということ。

二つ目は……そんな母が、唯一、この王位継承戦に関することだけは精力的に動いてくれている、ということだ。

ならば、自分はその望みのために動く。

母親の『たった一つの願い』は何か分からない。でも、そのためにこの王位継承戦が必要なのであれば全力で戦う。

そうして——

(——お母様が、こうなってしまった原因を突き止める。私にあるのなら改善するし、私以外の人間がこうしたのならばそいつを地の果てまで追い詰めて叩き潰す)

そうすれば、いつか、きっと。

あの日の、魔法に恵まれない自分にとっては唯一の幸福だった世界が。戻ってきてくれるのではないかと信じて。

ライラは、今日も行動を続ける。自分のために、母のために。そのためだったらなんであろうと利用するし使い潰してみせる。

その決意でもって、彼女は今日も母に一通りの成果を報告する。

「……この通り、一通りの条件は第三王女派に伝えたわ。向こうにはトラーキアがいるから、馬鹿な判断はしないと思うけれど」

「……そう、ね。……よくやったわ、ライラ」

聞き終えたオルテシアは、微かな労いの声をかけてくれて。

それだけで苦労した甲斐はある、と噛み締めるライラに、教皇は続けて。

「……私も、トラーキアなら受けてくると踏んでいるわ。大人しく大司教討伐に協力するならそれで良し、それで、もし断るようなら――」

こう、告げてきた。

「――ちゃんと、リ、リ、リリア、ア、ーナを殺すの、か、よ？」

「……それ、は」

「私は言ったわよね。……あの子だけは、何を置いても絶対に始末するべきだって。放っておいたら、確実に将来の害悪になるって――実際、そうなりかけているでしょう？」

……反論は、ない。

そう。教皇オルテシアは、何故か最初から……それこそ政権簒奪が起こる前から、リリアーナが危険因子だと確信していた。彼女が創成魔法を継承する前、まさしくただの無適性で、誰にも見向きもされていなかった頃から――だ。

それが、教皇だけが得られる知識によるものなのか、はたまたただの直感なのかは分からない。ただ……実際に、リリアーナはこれまでの常識にない途轍もない力を手に入れ始めており。紛れもなく脅威の一大勢力になりかけていることは確かで。

「それを覆しているのは、あなたのわがまま。あなたがすぐに殺すのは惜しいと言ったし、私もそれに一理あると納得したからに過ぎない。だから……」

「分かっているわ、お母様」

それらを、しっかりと受け入れた上で。ライラは返す。

「リリィは、まだ使い道がある。あの子は身内に甘すぎるもの、たとえ敵対していようとも私がいる以上極端にこっちが不利になる決断はできない。――そこを上手くつけば、あの子の優秀な配下を徹底的に使い倒すことができる」

対して、自分は違う。

いざとなれば、彼女を切り捨てることにだってなんの躊躇もない。身内とは言え、所詮は腹違いの妹だ。母との繋がりに比べれば大したことはない。

……そうだ。かつての日々、自分がリリアーナに優しくしていたのは。リリアーナが弱く、矮小で、どう足掻いても自分を脅かさない存在だったから。喩えて言うならペットを可愛がっていたようなものだ。

その前提が崩れた――リリアーナが自分に反抗できる力を持った、自分に噛み付けるだけの立場を手に入れたなら。

ライラは、自分を嫌うもの、自分より力あるものが嫌いだ。

だから、教会の自分を舐め腐っている連中のことは当然嫌いで。

あの第三王女派閥の――ハルトマンの令嬢をはじめとした『選ばれた魔法使い』どもは反吐が出るほど嫌いで。

それらを従え、自身も途轍もない魔法の力を手に入れたリリアーナのことなんて……

「……一番、大ッ嫌い」

かつて可愛がっていた分、憎さはむしろ百倍だ。

だから、利用してやる。使い潰してやる。

そうして用がなくなったら、或いは自分に反抗してきたら――

「――ちゃんと、始末はするから。だからお母様、大司教派との争いは、私に任せて」

言い聞かせるような言葉で、ようやくオルテシアも納得したのだろう。

「……ええ、任せるわ」

その言葉を最後に、母娘の会話は終了し。

踵を返し、扉を閉めたライラは――美しい真紅の瞳に、決意の色を宿し。

「なんだって、やってやるわよ。……私が、欲しいもののためなら」

そう呟いて。確固たる足取りで、再度歩みを進めるのだった。

◆

「ライラお姉様のお話……受けようと、思いますわ」

同刻、第三王女陣営。

教会――第二王女派、教皇派から提案された対大司教派の共同作戦。

それらについて吟味していた彼らの結論を、第三王女リリアーナが述べた。

反論は、出ない。

「異論はありません、リリアーナ殿下。……いずれにせよ、大司教ヨハンという要を潰した我々を大司教派も放ってはおかない。いくら教皇派との戦いがあるとは言えど……無視するのは、危険に過ぎる。後顧の憂いは確実に断ちましょう」

「……です、ね。戦力増強のお手伝いという報酬も、正直なところ魅力的です」

「魅力的すぎる、という危険はあるが……だとしても無視するには諸々のリスクが大きすぎる」

ユルゲンの肯定に、サラ、アルバートが続く。

他の面々も否定は述べないが……そこで、カティアが一言。

「それに……一つ、聞き逃せない情報もあったしね。ニィナ？」

敢えてニィナに話を振られた。その意図を正確に理解した彼女は、一つ頷くと。彼女の立場を加味した重大情報。ライラからここまでの経緯について話された時の、最も聞き逃せない内容を述べる。

「そうだね。……ライラ殿下は、こう仰っていた。政権簒奪の影響で、今代の教皇と大司教が決別して。で、本部を教皇派に押さえられたから、失った教会本部の代わりに新たな拠点を作るべく——大司教ヨハンが、北部の完全支配に乗り出した……って。

——でもさ、これ」

彼女だけが分かる、一つの致命的な違和感。

「ヨハンが北部支配に乗り出したの——政権簒奪が起こる前なんだよね」

そう。そもそも北部反乱が勃発、報告が王都にきてリリアーナに平定が命じられ……その日の夜に、政権簒奪（クーデター）が起こった以上順序はそれ以外あり得ない。

無論、タイミングが偶然嚙み合っただけということも考えられる。元々ヨハンは北部を支配する予定で、その途中に『たまたま』第一王子の事件が起こっただけという可能性もなくはない。

だが、全員が理解していた。あの大司教ヨハンの性格を知っているならば……そんなできすぎた『偶然』などあり得ない、と。

故に。そこから導き出される結論は、一つ。


「教会は……少なくとも、大司教派閥は。

――政権簒奪（クーデター）が起こることを事前に知っていた」


つまり、第一王子派……否。

その裏にいる『組織』と――大司教派は繫がっている、という確たる証拠。

「まぁ元々、ボクが大司教ヨハンの命令で学園のスパイをさせられて、そこであの事件が起こった以上繫がっていることは確定だったんだけど――」

「――より、確かな尻尾が見えてきたわね」

「ああ。元々教会側にも『組織』の人間がいるのは王都にいる時点で分かっていたが……

よりはっきりと見えてきた。

ライラ殿下は、教皇猊下が致命的なものは見逃さない、と仰っていたが――正直、今日の教皇猊下の様子を見る限りそれも怪しいと思った方が良いかもしれないね」

カティアとユルゲンの補足に、ニィナが頷く。

「……であれば、尚更退くわけにはいきませんね」

エルメスが告げる。

元々、ここにきた目的は情報を得るため。教会について、そして――未だ全容を窺い知れない、『組織』について。この先否応なく対峙するだろう彼らのことをより理解するためだ。

大司教派討伐作戦によって、その二つが一挙に得られるかもしれないとなれば……余計に、参加しない選択はあり得ない。

「では――改めて。わたくしたち第三王女派は、教皇派及び中立貴族と共同で、大司教派を討伐します。敵は……敢えて言うなら、ヨハンとほぼ同格が三人。厳しい戦いになるでしょうが――今回も、どうか皆様のお力を、お貸しくださいまし」

律儀かつ可憐な所作で、リリアーナが頭を下げ。その様子に、第三王女派の面々が力強く賛同し。

こうして、彼らの大司教派討伐作戦への参加が決定した。

――同時に、エルメスは思う。

（……大司教派と、組織。そこまで繋がっているのなら……）

ならば。この、討伐作戦においても。

『何もしてこない』などという楽観的な考えはしない方が良いだろう。

「……」

これまで数度対峙し、恐らくこの先も対峙するだろうと直感している、第一王子の側近にして因縁の男の顔を思い浮かべながら。

その夜は、平穏に更けていくのだった。

◆

大司教派討伐への、参加が決定して。

では早速、討伐作戦に関する準備を——と行きたいところだが。

その前にもう一つ、第三王女派として、やっておかなければならないことがある。それは、

「——『中立貴族』との交渉だ」

教会本部、大聖堂内部。

その廊下を歩くユルゲンが……後ろについてきているエルメス、そしてリリアーナの二人に対して改めて確かめるように話を始めた。

「ライラ殿下が、協力への見返りとして早速話し合いの場を設けてくださった。本来ならば大司教派討伐の後にでも話をつけるべきなのだろうが……」

「――それでは遅い、ですか」

「その通り」

エルメスの先を読んでの解答に、ユルゲンが頷く。

「我々と第二王女派の協力関係は、あくまで大司教派討伐まで。それ以降は協力関係も解消――どころか、その瞬間から王位に関しては敵対関係の再燃だ。ライラ殿下もそれを理解してか、『討伐後』の話は一切しなかったからね」

「……」

きゅっ、と。

ライラの名前を出されたリリアーナが、不安を表した様子でエルメスの袖を握る。

エルメスはその不安を少しでも和らげるべく手を握りかえしつつ、ユルゲンに続きを促した。

「だから、今。このタイミングで話をつける。少なくとも討伐した後――事実上敵地の真ん中で孤立する形になる私たちを、最低限守ってくれる程度の契約は取り付けたい。……本当に『中立貴族派』が討伐作戦に参加するならば、それで十分だ」

「……それほどまでに、大きいのですか？　中立貴族派の勢力は」

「ああ。――そうだね、話し合いの場所まで時間がある。丁度良いから話しておこうか、この王位継承争いにおける第四勢力とも呼べる中立貴族派閥の話を」

エルメスの問いに、恐らく予想していただろう迷いのなさで回答する。

王都を押さえている第一王子派、教会を背後につける第二王女派、そして自分たち第三王女派。

大司教派を除けば、それ以外のまとまった勢力である『中立貴族派』。

一つ息をついてから、ユルゲンは改めてこれから交渉する相手について口を開くのだった。


「――『中立貴族』は、ここ数十年急速に規模を大きくしてきた勢力だ」

「数十年……先代の継承争いから、ということですか？」

「うん、丁度その頃からだね。それ以前にも勿論王位継承争いに代々加わらない『中立』の貴族はいたことにはいたんだが……そんな貴族たちをとある家が声をかけ統合したのがどうやら始まりのようだ」

その『とある家』とやらが、恐らく今回交渉する相手なのだろう……と思いつつ、エルメスは続きを促す。

「理念としては、『純粋に国の未来のためだけに動く』ことを掲げていてね。つまるところ、王家が割れた時にもどの勢力にもつかず、争いも起こさない。それは『国の未来』のためにならないと判断するからだ」

「……」

「むしろ、そのごたごたで国が乱れた時に、魔物の討伐等手が回らないところを穴埋めする役割を負ってさえいた。そうした、権力争いに加わらない真の『国難』のみに対応する貴族家の集合なのさ」

「……納得できます。が……お話を聞く限り」

『中立貴族派』の簡単な成立経緯と理念を聞いた上で、エルメスは問いかけた。

「それだと……割と普通に交渉の余地がないのでは？　王位継承争いに参加しないことを決めているのでは――」

「もっともな疑問だ。でも……それなんだけれどね」

当然の問いに頷きを返しつつ、ユルゲンは――話の核心を述べる。

「『中立貴族派』と名こそ付けているが。

そのまとめ役の貴族はね、別に特定の王族につかない、とは言っていないんだ」

「…………え？」

「その家の理念は、『この国の未来のため』。ただの継承争いは国にとって益にならないと思ったから先代の時は何処にも協力しなかった。けれど――裏を返せば」

――真に、国の未来のためになると思うのであれば。義があると思った方を判断して『中立』を辞めることも厭わない、ということ。

「むしろ、今代の当主はその旨を一切隠すことなく公開すらしている。……ライラ殿下も言っていただろう、ただの日和見主義者ではないんだよ、あの家は」

「……」

ただ、争いの余波や立場の減衰を恐れて何処にもつかないのではなく。

正しく、国の未来を見据えて。敢えて権力の外に身を置いたもの。

なるほど確かに、特にこの国においては必要だと思われる立場だ。

……というか。

「……あの。すごい失礼な物言いかもですが」

「？　良いよ、言ってみなさい」

「――いたんですね。この国に、そんな立派な貴族」

「…………うん、まぁ、その考えも間違ってはいないけれど」

ユルゲンはものすごく微妙な顔をしつつ……まぁエルメスがこれまで見てきた『貴族』の印象からすると当然かと考えてか、ゆっくりと頷いて。

「多数派――とはお世辞にも言えないが。そういう家が皆無ではないことは確かだ。そして……だからこそ、今回の『交渉』も一筋縄ではいかないと考えた方が良い」

「！」「――え」

目を見開くエルメスとリリアーナに、ユルゲンは続けて。

「その家は、上っ面の権威や形だけのおべんちゃらが通用する相手ではないということだ。

――ちなみにだが、先ほど述べた『真に国のためになるのならば特定の王族につくことも厭わない』旨だけれど」

「……はい」

「それを聞いてね、とある王族がその家に出向いたんだ。『ならば俺につくことこそお前たちの本懐だろう』と言ってね」

……その論法だけで、なんとなく察したものの問いかける。

「だいたい予想はできますが、その『王族』は」

「お察しの通り、アスター殿下さ」

「……それで、どうなったんですか？」

続けての質問に、ユルゲンはにっこりと笑って。

「——門前払いだったそうだ」

「……」

「家に入れないまま容赦なく、徹底的に。あの元殿下特有の思い込みや捻じ曲げの矛盾点をきっちり一切逃さず指摘して。完膚なきまでに言い負かしてお帰り願ったとか」

「……あの……それ、アスターお兄様はお怒りになったのでは……？」

「ああ、それはもう大荒れだったとも」

リリアーナの控えめな質問にも、ユルゲンは予想通りの答えを返して。

「——だが、それだけだった」

「！」

「逆上して、悪口と悪評を並べ立てて自らの取り巻きにそれを認めさせて……そこが限界だった。当然制裁も与えようとしたが、悉く返り討ちにされたそうだ。悪評も元々権力構造から距離を置いていたことと……何よりその強大さから、びくともしなかったとか。それ以降、殿下は彼らのことを『いないもの』として無視したらしいね」

「……なるほど」

アスターの、徹頭徹尾そうだったんだなと思うような行動はともあれ。

……なんというか、ルキウスの件といいその中立貴族の件といい。

「アスター殿下周りの件は……本当に、この国の『表層』だったんですね」

――この国の『底』は、自分が思っているほど浅くない。

かつて、学園で対峙した時のラプラスの言葉が思い返される。

「まぁ、ね。ある意味で当然だ、だって本当にアスター殿下に迎合するような貴族しかこの国にいなかったのならば――」

そのエルメスの呟きを受けて、ユルゲンは、

「――もっと早く、この国は終わっていたさ」

告げた、その言葉の響きが。

普段とは、どことなく違って。思わずエルメスはリリアーナと共にユルゲンを見やるが……その時には既に、いつもの穏やかな表情にユルゲンも戻っていた。

「……とにかく、だ。そんな甘い考えには容赦ない人だが、相応の知見と興味をエルメス

君たちには持っているようだ。
だから、それを。君たちの考えるこの国の『未来』を、きちんとぶつけてきなさい。そうすれば、上手（うま）くいけば中立貴族派の協力が得られ――大司教派討伐も控えているが、それで戦力的にも、ようやく」

「――王都奪還の、目処（めど）が立つ」

「っ！」

改めてユルゲンから説明された、この後の流れ。

無論それまでに多くの関門が控えているが……エルメスの言葉で締めくくった、ようやく見えてきた『ゴール』までの流れに。否応（いやおう）なしにリリアーナの緊張が増す。

そして、そこで。

「……さぁ、着いたよ」

ユルゲンが足を止め、大聖堂の一室の扉を正面から見やる。

最後にもう一度、エルメスとリリアーナを見て。覚悟を確認してから、扉を開いて――

その瞬間。

「――私は反対ですッ！」

突如耳に入ってきたのは、耳障りな大声。

思わず肩を震わせるリリアーナを他所（よそ）に、その声は続けて捲（まく）し立てる。

「何故（なぜ）ですか！　そちらの決定が私には理解できない！」

「そう言われても、家で決めたことですので。口を挟みたくば正規の上申手順に則ってくれませんか？」

「ですから、それでは遅いと言っているのです！」

見ると、大声の持ち主である中年の貴族らしき人物が青年の制止を聞かずに何かを必死に訴えているようだ。

中年貴族の方が、尚も続ける。

「良いですか、クロノ殿！　貴殿は所詮当主代理だから分からないかもしれませんが、我ら中立連合は全ての伝統ある貴族に平等たれという崇高な考えのもと協力しているのです！」

「……」

「それなのに、貴殿はあの第三王女の話を聞くと言うのですか！　あんな連中は貴族の在り方を否定する破壊者、我々が最も忌むべきもののはずだ！」

「……それで？」

「そんな連中の話に耳を傾け、あわよくば支持するですと!?　この場は子供の遊び場ではないのですぞ、そんな感情に任せた特別扱いなど言語道断、平等の理念に反すること甚だしい！　ここは我々経験豊富な貴族に任せなされ、それがこの国のためで――」

「――ええっとですね」

一方的に言葉を続けていた中立貴族の声を遮って、青年の方が。

「――まず、当家は『平等』が理念だなんて一言も言っていないのですが。その、そちらにばかり都合の良い論調はどちらから出てきたのですか？」

「な」

「そして、それをあたかも当然の前提かのように話すのはとても良くないですね。意見の何たるかをまるで理解していないと見えます」

「――」

あまりにも、穏やかな微笑と口調で。

あまりにも、痛烈な批判をやってのけたその青年。強烈な印象のちぐはぐさに中年貴族も何も言えず、言葉が止まる。

「当家の考えは『国の未来』のためただ一つ、まずはそこをお間違えなきよう。

――あと、愉快な言葉が出てきましたね。……『特別扱い』ですか？」

その隙を逃さず、青年は柔らかな……けれど有無を言わさぬ声色で。

「――ええ、しますよ？　特別扱い」

「っ、やはり――！」

「まぁ少々お黙りを。そもそも特別扱いの何がいけないのです？　第三王女殿下及びその配下は、崩壊する王都と第一王子の魔の手から逃れ、大司教ヨハンによる教国建設も阻止した。加えて今回大司教派による暴走の鎮圧にも協力してくださる。

……十分『特別扱い』されるに相応しい偉業を重ねているのですよ。いくら魔法が特殊だろうと、理念が不透明だろうと特別に話を聞かない理由にはなり得ない——むしろ、だからこそしっかりと話はつけるべきでしょう」

「それは……っ、ですが！」

「それに引き換え」

尚も感情に任せた反論を口走ろうとした中年貴族を静かに見据えて、当の青年は。

「貴方は、私が今しがた言った旨をきちんと代表貴族の前で説明した、その場では賛成貴族の反感を恐れて何も言えなかったにも拘わらず。上申の機会も意見の場も撥ね除けて、あろうことか私に直談判をしにきている。そんなもの通るわけがないでしょう。

ねぇ？　逆に問いますが。何もせず、口では特別扱いを否定しておきながら——どうして自分だけは特別扱いしてもらえると思ったんですか？」

痛烈。

その、一言に尽きるだろう。

淡々と、この上なく丁寧に。言葉の裏に潜む欲望も自己正当化も暴き立てて。ある意味で何よりも屈辱的な反論を並べ立てる青年。

……なるほど。

恐らく先ほどの話に出てきた以前のアスターも、こうやって撃退されたのだろう。

言われた当の中年貴族は、怒りと羞恥で顔を真っ赤にして逆上しかかったが——

「この若造——ッ！」

「若造ですが、何か？」

続く一言と。

静かに細められた瞳と同時に放たれた……ローズにすら匹敵するほどの魔力の奔流。

「！」

エルメスですら身構え、リリアーナは咄嗟にエルメスの背に隠れ。

そして……その威圧を真正面から受けた中年貴族は、先ほどまでとは対照的に恐怖と絶望に顔を青ざめさせる。

「では最後に。己を通したくば、自身を証明したくば。きちんと正しい手順に則って物事を進めるか――或いは」

その貴族に向かって、青年は最後に。

「何もかも壊せるほどの圧倒的な成果を持ってきてから、言ってください。

そうでないと、一生こちらは話を聞く価値すら覚えません。良いですか？」

自分の子供ほどの人間に、それこそ子供に言い聞かせるような口調で告げられる。それへの屈辱は……最早感じることもできず。

中年貴族は、壊れた玩具のように頷いて。そそくさとその場を後にした。

「……さて」

そして、青年が振り向いて。

「来ていただいて早々、お見苦しいところをお見せして申し訳ない。ですが……これ以降

は、邪魔はさせませんので」

　ゆったりとした一礼と共に、告げる。

「まずは自己紹介を。中立貴族派閥、代表家であるフェイブラッド公爵家、その長男。

――クロノ・フォン・フェイブラッドと申します。お見知りおきを」

「……」

　緩やかな所作、穏やかな表情。

　しかし、それとは裏腹な――確固たる信念と澱みない理論と理念。

　そして何より……先ほどの、彼の師にすら匹敵するのではないかと思われる魔力量。

「では、早速ですが」

　……なるほど。

「第三王女、リリアーナ殿下。そしてその師、エルメス殿。

　まずは――あなたがたの『理念』を、お聞かせいただけますか？」

　これは、色々な意味で強敵だ。

　その認識を、手を繋いだ弟子と共有しつつ……緊張感と共に、交渉の場につくのだった。

◆

　現在の王位継承戦における、第四勢力とも言うべき中立貴族派、そのまとめ役であるというフェイブラッド家。

　その当主――の、長男であるというクロノ・フォン・フェイブラッド。

「無論、父はまだ現役ですよ。ただ……恐ろしく出不精かつ慎重なかたでして。その代理として私が情報を集め、人を見極める役目を担っているというわけです」

「出不精……ですか。その……初対面で不躾かもなのですが、貴族がそれでよろしいのですか……？」

「はは、仰ることはごもっとも。ただ、これにもメリットはあるのですよ。敢えて自分の主観を排した情報だけを集めて、思い込みや先入観に囚われない結論を導き出す。フェイブラッド家はそれで情勢を、人を見極めてきました。言わば私は父の『目』というわけです」

「……それで、中立貴族をまとめ上げているのですもの。今更手腕は疑えませんわ、そのお父様も――そして、あなたも」

「光栄です、リリアーナ殿下。まぁ唯一の悩みとしては……どうやら私は若い頃の父に瓜二つであるようで。古い貴族に会うたびに『フェイブラッドが若返った!?』と驚かれることなんですよねぇ」

　先ほどの中年貴族とは打って変わって。

　まずは場をほぐすための、軽い雑談を交えつつの会話を開始する。

　しかし……そんな中でも、彼の赤みがかった瞳は油断なく光り。静かに……そして委細漏らさず。自分たちを見極めようとしていることは強く感じられた。

エルメスも、よく分かった。

この、クロノと名乗る青年は……まず間違いなく只者ではないことと、加えて先ほどの貴族との会話から大まかな彼の性質も。

彼は……敢えて言うならば、『理』の権化だ。

理性的に、理路整然と、理屈を突き詰めて理念を追い求める存在。

恐らく、中立貴族というこの上なく繊細さを要求される立場であるからこそ身についたと思われるその性質。

それがどのような信念に根ざしたものであるかも、気にはなるがそれはさておき。

そんな存在が……今、自分たちに興味を抱き。要請に応じて自分たちを見極めようとこうして話の場を設けている。

紛れもなく、緊張すべきことだが……同時にチャンスでもある。

何故なら、裏を返せばこの場で彼が力を貸すに足る『理念』を提示できれば。

彼の家がトップを務める中立貴族、ユルゲンも無視できないと太鼓判を押すほどの大戦力が一気に味方になってくれる可能性があるということなのだから。

「では、場も温まったところで。──聞かせてもらえますか？」

自分たちの心が固まったことを察してか。クロノが問いかけてくる。

それを受け、エルメスとリリアーナはまず背後のユルゲンに確認を取る。ユルゲンはその問いかけを内容まで完璧に予想していたかのように、即座に頷いた。

「大丈夫、彼は信用できる人間です。……お話しして構いません」

そうだ。この青年を前にして建前やおためごかしは通用しない、表面上のものは即座に看破される、それだけの叡智と観察眼——大貴族の『目』を務め上げるだけのものがあると、ここに来てからのやり取りで既に全員が確信していた。

故に、話すべきだろう。これまでは混乱を恐れて身内以外には積極的に公開することを伏せていた、或いは制限していた情報。彼らの目的の根幹をなす、この国の矛盾。

すなわち——魔法の真実を。

「では、僭越ながら僕から。……まずは、『血統魔法』と呼ばれるものが正しくはどうできたかについて、ご説明します」

そんな言葉と共に。静かに、淡々と。エルメスは語りを開始した。


「…………なるほど」

一通りの、説明を受けて。

クロノは……予想、そして期待に違わず。静かに納得を示す様子で頷いた。

少なくとも他の貴族のように、頭ごなしに否定するような素振りは欠片ほども見せていない。

「確かに、その理屈によれば説明できる経験も多々存在しますね。……分かりました、流石に情報が足りなすぎるので『正しいもの』と断定はできませんが、少なくとも考慮に値する論説であることは間違いないでしょう」

説明を受けての回答も、エルメスから見る限り百点満点だ。ここで『なるほど、それこそが正しい魔法の認識で間違いない！』と無条件に肯定するようなら他の貴族と一切変わらない。安易な断定がどれほど危険か分かっているという思慮深さにおいても、やはり彼は一線を画している。

その上で、クロノは問いかけた。

「では、そちらの魔法に対する認識を踏まえた上で。あなたたち第三王女派閥……リリアーナ殿下は、何をしたいのですか？」

来た、と思った。

それは、自分たちの根幹。クロノが求める『理念』そのもの。

そして、こればかりはエルメスが答えるわけにはいかないもの。大丈夫ですか、との意を込めて隣の少女を見やるが——リリアーナは彼の心配をしっかりと受け止めた上で、覚悟を決めた瞳で前を向く。

そうして、彼女は語り始める。

……多分。最初はただ、家族に迫っていた危機をなんとかしなければという一心だけだったと思う。

けれど、そんな折にエルメスに出会って。魔法を教えられて、希望が見えて。そこから政権簒奪（クーデター）に巻き込まれ、自分の想定も何もかも甘かったことを叩（たた）き付けられて。

——それでも、と立ち上がって。そこから多くのものを見た。

王宮に籠っているばかりでは絶対に見られなかった、この国の本音。この国の真理。民の想（おも）いに、貴族の想い。

そして……大好きな師匠に教えてもらった、今も胸の中で燃える熱量。

それら全ての果てに得た、彼女の知見。彼女の足跡を今一度振り返って。

「……まず、はっきりと言わせていただきますわ。この国においては——」

少女は、告げる。


「——『血統魔法』というシステム自体が最初から破綻しています」


……貴族全てを敵に回すような、あまりにも残酷な断定から。

幸い、その貴族——しかも公爵令息であるはずのクロノは気を悪くした風もなく、静かに問いを返す。

「……何故（なぜ）そうお思いに？」

「……きっと、本当に始まりの始まり。最初に『血統魔法』を創ったわたくしたちのご先祖様は——そんなことを考えてはいなかったでしょう。自分たちの成果を、自分たちの子孫に贈り物（ギフト）として遺（のこ）す、その意思だけだったと思いますわ」

けれど、きっと彼らも想像だにできなかったことが二つ。

そのうちの一つ――自分たちの開発したものが、よもや自分たちを縛る呪いとなること……これはもしかしたら回避はできたのかもしれない。彼らがもう少し魔法に関する深い造詣を持っていたら、その呪縛を何らかの形で緩和はできたのかもしれない。

しかし、もう一つ。これはきっと、どう頑張っても思い至ることができなかったのだろうこと。それは――

「『何の苦労もなく、生まれつき無条件で周りより強大な力が与えられる』。そんなものがある世界で、そんなものがある国で。

――堕落するなという方が無理なのです。ただでさえ努力は苦しいものなのに、その努力を一切合切否定する魔法（もの）が存在してしまったら。……多くの人は、頑張ることができなくなってしまうのですわ。持つものも、持たざるものも」

……多分、それでも頑張れる人はいるのだろう。

与えられたものに満足せず、絶望を突きつけられても諦めず。どれほど血反吐（ちへど）を吐いても、いくら傷ついても、求めることをやめない――そんな強靱（きょうじん）で素晴らしい人もいるのだろう。

それこそ、エルメスがきっとその筆頭だ。カティアやサラも恐らくその領域にいる人間、彼らは間違いなく世界を引っ張り、進めていく存在で。

――でも。

そう在れる人は、きっと少数派だ。他の多くの人にとっては、そうではない。

リリアーナはそれを、かつてのニィナの……『普通の少女』との対峙から学んだ。

きっと、エルメスたちのような人種はそれを顧みない。頑張らない人たちには良くも悪くも構うことなく、己の道を進んでいくのだろう。

それは、それで素晴らしいことだ。応援すべき開拓の道だ。

……けれど、リリアーナは王族だ。頑張れる人も頑張れない人も、全部ひっくるめてそれらの上に立つべき人間――今は強制されるものではなく、リリアーナ自身がそう在りたいと思っている在り方だから。

故に、と彼女は改めて告げる。己の望み、己の理念、自分が進むと決めた王道を。

「だから、わたくしは師匠のお力を借りて。――全ての血統魔法を、汎用魔法にします」

「！」

その言葉には、さしものクロノも目を見開いた。

「そうして、誰もが自分の努力によって。生まれ持ったものだけで全てが決まるだけでない、魔法の研鑽を肯定する国へ。

……もちろん、それでも生まれ持ったものはあるでしょう。多少の差は出るでしょう。けれど――それはきっと、今までほど絶対的なものではない。今までよりもう少しだけ、努力で埋められるものになる。

わたくしは……誰にももう少しだけ、頑張れる権利を与えたいのです」

最後、一息にそこまで語り終え、リリアーナは大きく息を吐く。

そこにしばしの沈黙を挟んで、クロノが問いかけた。

「……拝聴、させていただきました。その上で私なりに殿下のお話をまとめた結果、お聞きしたいことが一つ」

「はい」

「殿下はすなわち――『全貴族の特権を廃止する』と仰せか？」

「！」

相手が幼い少女であろうと関係ない。逃げることを許さぬ問いかけが、リリアーナに突きつけられる。

「他の国はいざ知らず。この国においては、貴族が貴族たる条件は『血統魔法を継承していること』の一点です。これは功罪を問わず、『そういうもの』であるが故に変えようがない」

「……」

「聞くに、殿下の御大望が成った暁には、血統魔法と汎用魔法の差がなくなる。それはすなわち、貴族が貴族であることを支えている唯一にして最大の点の崩壊を意味します。その後新しい貴族が生まれるか、全く新しい形になるかは分かりませんが……少なくとも、現状の貴族は軒並み立場を失うことでしょう。

――殿下は、つまるところ『そういうこと』をなさるという認識でよろしいか？」

そう、公爵家の令息が、つまり、それが成った時に最も不利益を被るだろう人間が問いかける。

思わず聞いていたエルメスがリリアーナの方を見るが……彼女は、それでも動揺した様子を見せず。

落ち着いて、答える。

「……最終的には、そうなりますわね」

「では――」

「ですが、それは『すぐに』ではありません」

問いかけようとしたクロノを遮るように、リリアーナは口を開いた。

「わたくしも……師匠には及びもつきませんが、師匠と同じ魔法を使うが故に分かります。今わたくしが言ったことは――到底一朝一夕でできることではない。年単位……或いは数十年、百年以上をかけた大事業になる可能性すらあるでしょう」

「……なるほど」

「何事も、すぐには変わりません。そして何かを変えようとすれば、必ず相応の力がそこに割かれますわ。今回の場合は……『汎用魔法』を覚える民に負担を強いる分、国の力は弱まるでしょう。――ですから」

幼い美貌に、確かな叡智を宿し。リリアーナはクロノを、物怖じすることなく見据え。

最後の最後に、こう言い切った。

「あなたがた貴族の皆様には、その間、これまで通り、国の盾としての役割を果たしてほしいのです。民が力をつける……この国の力を高めている間も、もしかするとその後も。――生まれつき無条件で力を持てるという特権を活かした、『安定した』護国の力となってくださることを望みますわ」

「――」

「……先々のことまでは、保証はできませんけれど。少なくともわたくしが玉座について……わたくしが王である限りは。あなたたちが正しく責務を果たす限り、相応しい特権を維持することを誓います。

……それで、どうでしょうか……？」

言い切って、力が抜けたのか。

最後は、少しだけ自信なさげに。若干の震えを声に滲ませて問いかけるリリアーナ。

クロノはしばしそれを驚きと共に見据えたのち……ふっと笑って。

「――殿下の御大望、しかと聞き届けさせていただきました。……素晴らしい理念だとも理解しました」

肯定の言葉を述べる。そこに含みがないことも分かる、表情通りの優しい口調で。

「！」

「無論、すぐには決めかねますが……少なくとも、こうしてお話をお聞きする機会を設けて良かったとは本音で思います」

「は、はい！」

ぱぁ、と顔を輝かせるリリアーナ。

言葉通り、リリアーナの『理念』が彼の理解を得られたことは間違いない事実だろう。

そして、その上で『すぐには決めかねる』とクロノが言った理由もエルメスには理解できていた。何故なら――

「――では。次はあなたですね、エルメス殿」

クロノの視線が、意識が、こちらに向いたことをしかと感じたから。

「殿下の御前で不敬とは分かっていますが……正直に言ってしまうと、私は君の方により強い興味を引かれている。

リリアーナ殿下をこうまで変えた立役者だろう君のお話を――今度は、聞かせていただけませんか？」

「……分かりました」

今度は、自分が試される番。

そう正しく理解したエルメスは、一つ息をつき。自らの思考をまとめ始めるのだった。

◆

「――では、問いましょうか」

リリアーナとの問答を終え、続いてエルメスに目を向けた中立貴族派当主の長男、クロノ。

若干の緊張と共にその瞳を見返すエルメスに……クロノは穏やかな表情を崩さず、こう問いかけてきた。

「まず、君の語った血統魔法の真実。これに基づいて君たち……『無適性』である君とリリアーナ殿下は、魔法に関して君たちが『正しい』と思う魔法を伝えるために王位継承争いを戦っている――という認識でよろしいですか？」

「……はい」

「では」

前提を確認し、そこで。

クロノはすっと目を細めて――

「それでは、君たちの目的は」

こう、問いかけてきた。

「血統魔法至上主義の国に対する『復讐(ふくしゅう)』――と考えてよろしいか？」

「――え」

「そう考えるのが、最も自然だ。君もリリアーナ殿下も、この国では問答無用で見下される無適性の存在……きっと多くの理不尽な扱いや差別、侮蔑に晒(さら)されたことでしょう。

そんな国を、それを良しとした王家を、教会を。恨み、憎んだとしてもしょうがない

――故に問います。君たちの目的は、『個人的な復讐』以上のものではないのでは？」

「……」

聞きようによっては。

あまりにも痛烈な皮肉……だが、確かに向こうから見ればそのような認識になってもおかしくないとは分かったし、問いかけ自体に侮蔑の色は一切ない。

そして何より、その問いを発するクロノの瞳が……これまでとは段違い、恐ろしいほどに真剣な色を帯びていることを確認して。

エルメスは悟る。……これは、ここまでで一番誤魔化してはならない類の問いだと。

よって、彼はもう一度。問いかけられた内容を吟味して――静かに、一言一言に気を遣いながら回答する。

「……いえ。確かに、『見返したい』という思いがなかったと言えば嘘になるかもしれませんが」

王都に戻ってきてからこれまでの日々を、ゆっくりと思い返しながら。

「でも、恨みや憎しみ……までは、なかったと思います」

確かに最初――王都に戻った瞬間は、王都に蔓延る血統魔法に関する誤った認識や、自らを追い出した家族に対して思うところはあった。

けれど……それは早いうちに薄れていったと思う。

何故なら、それ以上に。

美しいものを、たくさん見たからだ。そして……それ故に許せないものも、見てしまったからだ。

「……想いは、綺麗で。願いは、美しいものです」

だから、彼は語る。

かつて王都からの旅路の果てに、得たその認識。彼の『理念』を、もう一度噛み締めるように。

「想いが、願いが。世界を作り、文明を発展させ、魔法すらも生み出した。だから……そんな素晴らしい力を持った人の心を、捻じ曲げたり押さえつけたり、強制したりするのは一番良くないことだ」

思い返す。世界の全てを己の都合の良いようにしか認識せず、多くの想いを自分の好きなように解釈して。周りにすらそれに合わせることを強いた傲慢な王子や、変革者を気取った貴族子弟の姿を。

思い返す。ありとあらゆる素晴らしい想いを偽物と断じ、性悪説のみを信じきってそれ以外の全てを捻じ曲げた悪辣な聖職者の姿を。

ああいうものを。

これ以上のさばらせてはならない。

「だから、魔法の真実を。魔法の素晴らしさを、美しさを。

より、多くの人に知って欲しい――認識して欲しい。それが僕の願い……リリィ様と共に、この国を変えようと思った根源です」

「……師匠」

改めて認識した、彼自身の願い。

リリアーナが若干の驚きと共に彼を見据える。同時に――クロノがエルメスを静かに眺め……しばしの沈黙ののち、そこに嘘偽りがないことを確認したのだろう。

「……うん、分かりました。今は、それで十分だ」

穏やかな微笑みを崩さず、そう頷いて告げる。

「認めましょう。君は、君たちは。他の口ばかりの方々とは違う、真にこの国に変革をもたらしうる存在であることを」

「！　では……」

「ええ。『中立』をやめる件、前向きに考えさせていただきます。が――」

思わず顔を上げるリリアーナに、クロノは一つ指を立てると。

「――まだ、確約はできかねます。最終決定権は父にあるということもそうですが……更に判断材料が欲しい。決定が遅くて申し訳ないのですが、それほどに重い決断を下そうとしていることはご理解いただけると」

「……では、何をすれば？」

言わんとするところを理解、そしてそうだろうと納得したエルメスの問いかけに、クロノは改めてエルメスを見据え。

こう、告げてきた。

「大司教派討伐作戦。――私を、君たちに直接同行させていただきたい」

「！　それは――」

「つまるところ、最後は行動で示して欲しいのです。今、あなたがたが語ってくださったことを、あなたがたがしっかりと実践しているか。

それを見極めたら……今度こそ。討伐作戦の終了に合わせて、我々もここまでの観察、見極めにかかった手間に報いるだけの動きをさせていただきます」

中立貴族派が。

ユルゲンをして相当の戦力、と言わしめるほどの大規模な力が……ようやく、自分たちに協力してくれる目が見えてくる。

それに、とクロノが再度指を立て。

「私個人も、足手まといにはならないでしょう。

『私がいる』というだけで第二王女殿下の軽率な行動を抑えることができますし……何より、万が一の時には――『私の血統魔法』も使わせていただきますので」

「！」

……先刻の出来事を思い返す。

威圧だけで中年貴族を追い出した、ローズに匹敵するほどの威圧。それほどの力の持ち主が、『保険』として控えていてくれるなら。

確かに、頼もしいことこの上ない。

納得と肯定の返事を受け取ると、クロノはそこで話をまとめにかかる。

「では、ここまでで。非常に有意義な対話でした。

……逆に、そちらの方から私に聞いておきたいことはありますか？」

終始自身のペースで対話を運んでいたクロノの、そんな問いかけ。

咄嗟（とっさ）に言葉を出しかねるリリアーナに代わって……

「……では、一つだけ」

エルメスが。

こう、問いかけた。

「――この、対話の間。

ただの一度も表情を変えなかったのは、何か理由があってのことですか？」

……そうだ。

クロノはこの話の間――否、出会ったその瞬間から今に至るまで。

『穏やかな微笑み』の表情を、一瞬たりとも崩さなかった。

目線や瞳の色で多少の揺らぎこそあったが、それ以外はあまりに不自然なほどに表情が凪（な）いでおり。それが、底知れない印象に拍車をかけていたのだ。

クロノが、この対話を通してエルメスたちを見極めていたように。

エルメスも、クロノのことを見極めていた。それをしっかりと示すかのような、ある種挑戦的な問いかけだ。

「ちょ、師匠――！」

「……あはは。いえ、構いませんよ、リリアーナ殿下」

当然、挑発とすら取られかねない台詞だ。リリアーナが思わずエルメスを諫めようとするが、当のクロノはそれを――これも微笑みと共に制したのち、エルメスに向き直り。

「聡明な少年ですね。……私の『底』が知りたいのですか？」

「……ええ」

「ふふ。――ではそれは、君のことをもう少しだけ知ってからの楽しみに取っておいてください」

幸い、と言うべきか。

特段気を悪くした風もない……どころか若干の楽しみすら滲ませた声色で、クロノはそう告げてから。

「それでも、今すぐ知りたいというのであればそうですね……エルメス殿、今からでも中立貴族に鞍替えしますか？　正直割と真面目に歓迎させていただきますが」

「え」「っ！」

思わぬ真剣な勧誘の言葉を投げかけられ。

咄嗟に固まるエルメスと、反射的にエルメスの前に立って渡さないポーズをするリリアーナ。そんな両者の様子を愉快そうに見つめると、

「まぁ、ですよね。ご安心を殿下、三割ほどは冗談です」

「本気の割合が結構ですわね……！」

「はは。……ではエルメス殿、その慧眼に免じて最後に一つ忠告を」

去り際に、静かな確信を持った声色で。

「——教皇には、くれぐれもお気をつけください」

それだけを言って、今度こそ。緩やかな足取りで、その場を後にするのだった。

◆

かくして、エルメスたちも自分たちの陣営に戻る道中。

「師匠！　物怖じしないのは師匠の魅力ですが、時と場合を考えてくださいましっ！」

珍しく、リリアーナのお説教が始まっていた。

「それはその、申し訳ない」

「今回フェイブラッド家の協力を得られるかどうかは非常に重要なのですから！　それと——」

その指摘自体は真っ当なものではあったのだが、しかし……

「それと！……師匠はわ、たくし、の師匠なのですから、怪しい勧誘にも決して引っかからないように！　お願いしますわ……っ！」

ぎゅぅ、と。

エルメスの片腕に抱きついて、頬を膨らませつつ、最後の言葉を一番強調しての説教であるので。

度重なる他陣営からの勧誘により『エルメスを取られたくない』という心理が強く働いての行動であることは誰の目にも明らかで、それ故に可愛(かわい)らしさが先行して端的に言うと怒られている気があんまりしない。

というか改めて思うが、クロノの前でしっかりと理想を語っていたリリアーナとはまるで別人だ。……やはり成長したと言っても、彼の前では年相応に戻ってしまうようである。

そのリリアーナが、多少は溜飲(りゅういん)が下がった様子で……でも若干の焦燥と共に口を開く。

「というか、師匠色々と勧誘されすぎではありません……？　教会も、中立貴族派も、出会うたびに引き抜きにかかってくるではありませんの！」

「まぁ、本来エルメス君の戦力はどこも喉から手が出るほど欲しがる価値がある代物ですから。これまではその辺りも危惧して開示を抑えていましたが……一度表に出てしまえばむしろこれが自然かと」

「……学園まで隠させていたのはそういう意図もあったんですね」

それを受けてのユルゲンの回答に、エルメスが納得の声を上げる。

そこで話がひと段落つき……考えるのはやはり、今しがた会話をしたクロノのこと。受けた印象の諸々を総合して——端的に、エルメスは告げた。

「色々と、底知れないお方でしたね。ただ、傑物なのは間違いないでしょう」

「……同感ですわ」

リリアーナもその辺りは認めているのか、エルメスに抱きついた体勢はそのままに頷く。

「会う前も言いましたが……あれほどの人が、これまでこの国で埋もれていたとは」

「……その辺りは、大貴族のしがらみとか色々あってね」

ある程度の事情は察しがついているのか、ユルゲンがそう回答する。

「いくらなんでも、ただ一つの家だけで公然と王家に反抗するわけにはいかない。当人だけならいいけれど、家の人間や関係者全員に迷惑がかかるからね。『この国をどうにかしたい』と思ってはいても、そういった様々な理由で表立った行動に移せなかった人は多くいる。クロノ殿は、その筆頭だろう」

だが、とそこで言葉を区切って。

「それでも、『いる』ことは確かだ。加えてその中でも行動力に頭抜けたものは、表ではなく裏で着々と準備を進め、牙を研いできた。そして——」

「——リリィ様という旗印を手に入れれば、そういった人たちの全てが集まる」

「！」

言葉の続きは、エルメスが引き継ぎ。リリアーナが瞠目した。

想像したのだ。

あの、クロノのような埋もれた傑物が。今や明確な勢力として成長したリリアーナ派閥のもとに集まって……欲しかった戦力が、遂に手に入る光景を。

同様の空想をしてか、ユルゲンも続けて呟く。

「無論、大司教派を討伐した後になる。けれど、それが終わったならば……

――いよいよ。始まるんだね」

「――公爵様」

その言葉には、強い覚悟交じりの意志が込められていた。

国の変革を願う公爵家当主。エルメスの知る限りの気高き意思と……或いは、エルメスも知らないだろう経験に基づく、確かな万感の思い。

王都を追い出されてから、始まった戦い。

その明確なゴールが見えてきたことに、エルメスとリリアーナも同じく感慨深いものを抱くが……

「でも。油断してもいけないね」

続くユルゲンの言葉に、確かにと気を引き締める。

「……そもそも、大司教派討伐作戦もありますしね。大司教なだけあって何をしてくるかも分かりませんし、油断すれば足元を掬われますわ」

「ええ。それに――『組織』のこともあります」

「だね」

エルメスが告げた言葉に、ユルゲンが反応した。

「覚えているかな、エルメス君。王位継承戦が始まる前に、対抗派閥にも組織の人間が既にいるだろうと言った」

「ええ。第二王女派にも、第一王子派にも。恐らくかなり深いところまで、例の組織の人間は入り込んでいるだろう、ということも」

「ああ、ならば――」

回答を受けて、ユルゲンは一息に。

「――中立貴族派にも入り込んでいない、とは限らない、だろう？」

「……確かに」「です、わね」

エルメスとリリアーナが、同時に頷く。

「クロノ殿は、調べた限り素性に問題はないから大丈夫だろう。フェイブラッド家は恐らくシロだ。

だが……いくら彼らでも、中立貴族派全てを完璧にコントロールしきるのは難しいだろうからね」

クロノとの話の前の問答を見ればそれも明らかだろう。

「流石に大司教戦の最中は『組織』も手は出せないだろうが……終わってからは、より本腰を入れてあぶり出しにも取り組む必要がありそうだね」

「……ですね」

未だ多くの脅威が健在と言って良い――が、それでも『組織』の全容を全く摑めなかった頃から考えれば今は格段に情報が揃ってきている。

加えて、ここまで何度も言っている通り……

「――それに。道筋も、ようやく見えてきました」

確固たる自信を持って、エルメスは呟く。

そう。ここまで多くの脅威を退けてきて、きっとここからも多くの脅威がある。だが
……

「大丈夫です。僕なら……僕たち、リリィ様たち、公爵様たちなら」

「……だね」

「はい、師匠！」

特段根拠のない、その言葉。

でも、それを口にすることの大事さも、既に彼は知っている。

そんな意図を込めた言葉に、リリアーナもユルゲンも静かに肯定を示して。

そうして、いよいよ。

リリアーナ陣営も、目先の課題――大司教派討伐作戦に向けて、動き出すのだった。

第三章　大司教討伐作戦

「……じゃあ、改めて。状況を確認するわね」

中立貴族派との話が済んだ翌日。

早速、大司教派討伐作戦の詳細を詰めるべく、一同は大聖堂内の会議室に集められていた。

集まった全員を見渡し、会議を進行するのは、第二王女ライラ。彼女はどこか不機嫌そうながらも、しっかりとエルメスたちにやってもらう作戦の説明自体は行うべく口を開く。

「まず、今回倒すべき相手である大司教たちについて。……奴(やつ)らは現在、大聖堂(ここ)ではないもう一つの拠点に引きこもる形で集結しているわ」

「拠点、ですか」

「ええ。……ただ、勿論(もちろん)正式な拠点としては不完全よ。だからこそ大司教ヨハンが別の、しっかりと交通や補給のルートも整備された拠点を北部に作り上げようとしたのだしね」

そして、だからこそ――

「その目論見(もくろみ)を、あなたたちが外してくれたおかげで。……大司教派は、現在追い詰められている」

彼らが生み出したあの勝利の、想定以上の価値を。ライラが語る。

「向こうは現状、手勢と共にその『拠点』に引きこもっている。でも、言った通り補給のルートはなく立地も最悪。既にほとんどの手勢を集め切っているし、既に私たちの勢力で包囲もかけているから、外部からの救援は望めないわ」

「……聞いている限りだと、それは僕たちが手を貸すまでもなく詰んでいるのでは？」

「その通りよ。補給がない以上、こっちは向こうが干からびるのを待つだけでいい。実のところ、このまま包囲を続けていれば大司教派は瓦解する——」

エルメスの率直な疑問を、ライラは肯定した上で。

端的に、それでも助力を求める理由を告げる。

「——時間が無限にあるなら、ね」

「……なるほど」

「へぇ、もう分かるの……話が早いのは助かるけど、面白くはないわね」

言わんとするところを、それでエルメスも完璧に理解した。

ライラはそんなエルメスの様子に、若干不機嫌さを増しつつ。それでも説明自体は端的に、要点をまとめて続けてくる。

「多分、そっちの思っている通り。仮に兵糧攻めをするとしても、物資も相応に貯蓄を持っているだろうから、向こうの息切れを待っていたら月単位の時間がかかるわ。そして——」

「——その間に。第一王子派……ひいては『組織』が、何をしてくるか分からない」

「そういうこと」

二人の会話を聞いて、リリアーナたち他の一同も納得の頷きを見せた。

そう。自分たち……そして恐らくライラたちも、最終的な目標は王都奪還にある。そして当然、王都を占領している第一王子派がこの状況で何も手を打ってこないと考えるのはあまりに楽観に過ぎるだろう。

最悪の場合、その『拠点』とやらを包囲している側に攻撃をかけ、一時的に大司教派を解放して自分たちと潰し合わせる……くらいのことは目論んでくるかもしれない。そのリスクは、討伐作戦が長引けば長引くほど跳ね上がる。

結論を言うと――ここにいる人間は全員、『大司教だけに時間をかけてはいられない』のである。

故に望むのは短期決戦、というわけだ。

「厄介なことに、連中の『拠点』は立地こそ悪いものの拠点としての防御性能は極めて高いのよ。だから今までは、攻勢をかけようにも戦力が足りなかった。

――でも、今はあなたたちがいる」

そこまで聞けば、今回自分たちに何が求められているかは大凡（おおよそ）見当がつく。

「つまり、僕たちがやるべきことは……」

「ええ」

エルメスの推測を肯定する様子で、ライラが頷いて。

その内容を、告げた。

「あなたたちに求めるのは、少数精鋭による拠点への侵入、及び大司教たちの討伐。要は――忍び込んで向こうの頭を全員潰して頂戴、ってこと」

……言うまでもなく。

危険度は間違いなく極大。向こうの拠点、向こうに極めて有利な向こうのホームで、立場上……そしてひょっとすると力量の上でもかのヨハンと同格かもしれない大司教を叩く。

だが、それができれば即座に大司教派を潰すことができ、その分早く王都奪還の作戦にリソースを割ける。

加えて、協力の見返り。今後手を組むべき中立貴族派の窓口であるクロノ――この会議にも出席している彼からも、かなり前向きな返答を貰っている。

つまり……協力に足る義理も、見返りも、十分にある。

できる、と言えるだけの自負も、今の自分たちにはある。

第三王女派の全員がその認識を共有するのを見計らって、ライラが続けた。

「討伐して欲しいのは、残る三人。大司教グレゴリオ、大司教ニコラ、大司教ヴァレン。そのうち――一人は、中立貴族派が引き受けてくれることでいいのよね？」

「ええ。父の懐刀、精鋭の魔法使いを向かわせるそうです」

話を向けられたクロノは、変わらず穏やかな表情でそう語る。

「我々は、特定の王族には仕えないが『王家』には忠誠を誓う。大司教派は、既に王家を見限りました。である以上——国難として、我々も容赦はいたしません」

静かながら底知れぬ響きに一同が緊張するも……ともあれ、三人の大司教のうち一人は中立貴族派の精鋭——恐らくはクロノのように表に出てこなかった強力な魔法使いが引き受けてくれるという認識で良いだろう。

ということは……

「だから、第三王女派に引き受けてもらいたいのは残り二人」

エルメスの予想通り、ライラが語る。

第三王女派。エルメス、カティア、サラ、アルバート、ユルゲン、リリアーナ、ニィナ……あとは、近日北部連合軍も討伐作戦に参加する手筈になっているのでルキウスも含まれるか。リリアーナは怪しいが、それらの『個として強大な魔法使い』たちを残る二人の大司教にぶつける。

クロノも含めれば、大司教一人につき約四人。人数や向こうのホームであることを考えれば妥当な割合か。

加えて、各々の大司教は強大だが癖も強く、それ故に大司教同士で連携を取る、ということはまずないとのことだ。

向こうを混乱させること、一網打尽を防ぐ意味でも——それぞれの大司教攻略班は、別々の行動をすることでまとまった。

「班の割り振りについては、ここから決めるとして……現時点で、何か質問はある？」

そして、一通り話し終えたと思ったのか、ライラはそこで話を区切って問いかけてきた。

だが、エルメスは分かっている。

ライラがここまで、意図的に『とある情報』を伏せていたということを。

更に言えば、彼女の性格上――その伏せていた情報の中に、とびきりのものが含まれているということも。

恐らく、最後にそれを明かしてこちらを動揺させることが狙いなのだろう。よって、それについて質問することを誘導されていると理解しつつ、エルメスは口を開く。それは、

「……向こうの『拠点』がどこの何か」

「ええ」

「ライラ殿下は、その情報だけ意図的に伏せましたね。どういうことか教えていただく――前に」

――だが。向こうの思惑が通ったまま会議を進めるのもよろしくないので。

「その『拠点』について多少の推測が立ったので、お聞きいただいてもよろしいでしょうか」

「っ！」

恐らくライラが隠していただろうとびきりの情報を……話の中であらかじめエルメスは推理していた。

それを、ここで開示する。

「まず、その拠点は立地が極めて悪く、補給経路の確保が困難とのこと。つまり人里離れたところであると推測されます」

「……」

「加えて、それでいて『拠点としての防御性能は極めて高い』と仰いましたね。しかしこれはどうにもおかしい。そこまで人里離れた人通りもない場所ならば、わざわざ手間をかけて堅固な砦を建築する意義が薄い。移動コストも馬鹿にはならないでしょうしね」

だが、ここで思い返す。

ライラはここまで一言も――『拠点』が砦であるとは言っていない。

加えて、彼女の妙な口ぶり。そして彼自身の経験から……正直思い至った今でも信じがたい、けれど辻褄は合う、一つの結論を導き出す。

「だから、殿下の仰る『拠点』の正体は――」

人里離れた場所にあり、かつ防御拠点としてうってつけなもの。

その条件に合致する建造物を、彼は……否、この国の全員がよく知っている。

それは。


「――『迷宮』なのではないですか？」

『――ッ!!』

その場のほぼ全員が、瞠目した。

だが、それならば条件に合う上に矛盾もない。

何故なら、迷宮はどこからともなく現れる異形の建造物。

『魔物の拠点』としての印象が強いかもしれないが……そもそも『迷宮』と『魔物』に直接の相関はない。たまたま、迷宮の立地や構造が魔物の拠点として都合が良いため偶然魔物がそこに棲みつくことが多いだけ、なのである。

よって、そこに棲みつく魔物を駆逐して、他の魔物が入らないように気をつけていれば、迷宮を魔物以外の存在が拠点運用することは不可能ではない。

しかし、そうと理屈では分かっていても。有用だと理解はしていても。

魔物の巣窟と世間では信じられている迷宮を、あろうことか『人間の拠点』として使用する――しかも、そういう観念的な矛盾を何よりも嫌うだろう教会の人間が。

俄には、信じがたいことである。

……改めて、教会の闇とも言えるものを垣間見る中。

エルメスの推理を聞かされた第二王女ライラは――

「……あなた、本っ当に可愛くないわね」

どことなく忌々しそうに、まさしく思惑を外された顔でエルメスを見据えてくる。

その表情が何よりも、図星であることを物語っていた。

しばしそのままエルメスを睨みつけていたライラだったが……やがて、諦めたように肩をすくめると、気を取り直した表情で告げる。

「……はぁ。ま、いっか。ご明察。大司教派が現在立てこもっている『拠点』は迷宮の中にある――というより、改造した迷宮がそのまま拠点になっている、というべきかしら」

「……改造？」

「そうよ？　ああ、言っておくけれどその拠点は即席のものではないわ……むしろ、教会の中でも随一の歴史を持つ建物と言って良いわね」

その情報には、さしものエルメスも驚きを隠せず。

「じゃあ、改めて。種明かしといきましょうか」

そんな一同を前に、薄笑みと共に。

「今回あなたたちが、大司教討伐のために向かって……『攻略』してもらうのは、迷宮が改造された建造物。教会の中でも限られた人間しか知らない、教会のあらゆる資料、魔道具、秘密物資を保管する教会最大の火薬箱」

「……」

「正式名称は、改造迷宮：秘匿聖堂。けれど口さがないものは、こう呼ぶわ――」

ライラは、どこか自嘲気味に。その名前を口にした。

「――教会『裏本部』、とね」

その、言葉を皮切りにして。

想像以上に、教会の闇に触れることになるであろう。

大司教討伐作戦、かつ――迷宮攻略作戦が、始まろうとしていた。

◆

改造迷宮：秘匿聖堂。

通称、教会裏本部。

その所在地は、教会本部より東に進んだとある山地にあった。

三方を山に、そして残る一方も深い森に閉ざされた場所――なるほど、確かにこれは補給物資を送るのも一苦労だと納得できる土地。

そこに、ぽっかりと偶然できた空き地。当の迷宮はその端、南の山地に接する形で発生していた。

「……なるほど。これは確かに、何かを『秘匿』するにはうってつけですね」

その全容を見やって、エルメスは呟いた。

第二王女ライラから、大司教討伐作戦を行う場所が明かされた数日後。

諸々の準備を終えたエルメスたちは満を持して、秘匿聖堂へと足を運んでいた。

現在彼らがいるのは、南の山地の中腹。丁度迷宮の全貌を見下ろせる場所だ。

どうしてそんな場所にいるかと言われれば、答えは単純。

――ここから乗り込むからだ。

何故なら、既に眼下の平地。秘匿聖堂の『本当の入り口』の周辺土地にはぎっしりと教会兵——大司教派の教会兵たちが密集しており、そこを包囲する教皇派の教会兵たちと小競り合いを続けている。

当初の予定ではそこを強引に中央突破する予定だったのだが……あそこの突破はどう考えてもかなりの損耗は避けられない。故にエルメスが急遽『正面ではない場所』からの突入を提案し、今に至る。

「……本当にできるの？」

現在いる人間は、いつもの第三王女派の面々に加えて、ライラ、ルキウス、そしてクロノを加えた精鋭の魔法使い合計十人。

その中で、当初の作戦を打ち立てていた人間。第二王女ライラが訝しげな目で問いかけた。

「あなたがとんでもない魔法使いだってことは知ってる。でも——ここから突入って、そりゃできればありがたいけど一体どうするつもりなのよ。どれだけここから裏教会まで距離があると思ってんの。

……まさか、空でも飛んで行くって馬鹿げたことを言うんじゃないでしょうね？」

「……いやいや、まさかそんな」

——本当はできますけど。

という言葉はもちろん口に出さず、エルメスはにこやかに返す。

ライラの言う通り、『無縫の大鷲(フレースヴェルグ)』を用いての突入も最初は考えたが、すぐに自身で却下している。

理由は、まず単純にエルメスの魔力では流石(さすが)に十人を一気に運ぶことは不可能だったこと……

……そしてもう一つ。ユルゲンが強く反対を述べたからだ。曰(いわ)く、

『エルメス君。ここにおいては、『無縫の大鷲(フレースヴェルグ)』と『流星の玉座(フリズスキャルヴ)』──ローズに関連する魔法の使用は避けた方が良い。ヨハンとの戦いではそれ以外なかったから仕方ないが、他の魔法で代用できる場面では極力使わない方向でお願いできるかな』

とのこと。

過去、ローズが教会と一悶着(ひともんちゃく)あったことは想像に難くない。恐らくその辺りが関係しているのだろうとエルメスは当たりをつけた。

大司教ヨハンとの戦いにおいても、実は使ったのは危なかったらしい……ということは、あの後目撃者に緘口令(かんこうれい)を敷いたことも含めて聞いている。

ならば従うべきだろう。それに、今回に限っては特別問題はない。

元々潜入する場所が迷宮ならば、『流星の玉座(フリズスキャルヴ)』を使う機会はないだろうし、今回も大丈夫だ。

使えないなら、別の魔法で代用するまで。今の彼に──『彼ら』になら、それができる。

（……さて）

始めよう。

実のところ、あまり余裕もない。既にこちらの存在に気付いた大司教派の兵士たちが向かってきている。割と急いでここまで来たし、説明する時間もなかったのはそのためだ。

そういうわけで、まずエルメスは告げる。

「アルバート様。『二日前の魔法鍛錬』の件で、お願いします」

「お前……なるほど、そういうことか」

「サラ様もその場に居合わせたのでお分かりですね？　防御方面はお任せします」

「え……？　あ、は、はい！」

エルメスたち第三王女派閥は、リリアーナを筆頭にここまでも魔法の修練を続けてきた。時にはエルメスに教えを乞い、時にはエルメス自身も誰かから学び。

それ故に、簡単な言葉で意図は伝わる。残る面々は大凡のやろうとしていることを察し、部外者である残り三人は――

「？」「な、何する気よ」「……ほう？」

ルキウスはまるで分からん、と首を傾げ、ライラは若干引き気味に。クロノはどこか興味深げに目を細め。

三者三様の反応を前に――まずは、エルメスとアルバートが息を吸い、詠唱し。

「血統魔法――」「術式再演――」

彼らの魔法を、告げる。

「『──天魔の四風(アイオロス)』」

瞬間、二人分の魔力によって引き起こされた莫大(ばくだい)な風量が渦を巻き、各々の手腕でコントロールされ。

やがて、するりと。十人を二手に分けて包み込む風の膜と化した。

同時に風圧によって全員がふわりと浮き上がる。丁度、風でできた球体の中に全員が入っているような認識だ。

そして。ここで、やろうとしていることを大まかに察したライラが問いかける。

「ちょ……まさか、このまま空中を運ぶ気？　その風の血統魔法で？

……いや無理でしょ、血統魔法はそんなに万能じゃない、いくらあなたたちでも──」

彼女の言うことは正しい。

強力な風の血統魔法とは言え、できることには限界がある。風を用いた飛行はその最たるもので、だからこそ『無縫の大鷲(フレースヴェルグ)』が強力無比なのだ。

いくら『天魔の四風(アイオロス)』と言えど、風の血統魔法だけでは十人分の質量を長時間空中に浮かべるだけでもほぼ無理、ましてや運ぶことなど到底不可能。

──風の血統魔法『だけ』ならば。

故に。エルメスは、今の自分の全力で。もう一つの血統魔法を『解放』する。

「──【弾けろ(ミストール・テイナ)】」

保持(ストック)しておいた、『魔弾の射手(ミストール・テイナ)』を解放。

彼の最も慣れ親しんだ血統魔法を、最大出力で発生させ。

それを、『魔弾の射手(ミストール・ティナ)』最大の特徴。『付与(エンチャント)』を以(もっ)て運用する。

すなわち。

「──強化付与(エンチャント)：推進(スラスタ)」

『風の球体そのもの』に、魔弾を付与。

結果、何が起こるかはこの魔法を知るものならば誰もが分かるだろう。

……ライラの言っていることは、あながち間違ってもいなかったのである。

「ライラ殿下、ルキウス様、クロノ様。手短に忠告を」

「……待って、まさか」

故に、いち早く悟ったライラに詳しく説明している時間もないので。

エルメスは『魔弾の射手(ミストール・ティナ)』の特性を詳しくは知らない人間に向けて。

恐らくこういう状況では、定番となっているだろうこの言葉を……まさか自分が言うことになるとは、と謎の感慨を覚えつつ告げるのだった。

「──喋(しゃべ)らないでください。舌を噛(か)みます」

瞬間。魔弾の持つ圧倒的な推進力が、十人を包み込んだ風の球体に作用し。

一挙に、劇的に、凄(すさ)まじい勢いで──

──すっ飛んで行った。

「〜〜〜〜〜ッ!?」

つまるところ、エルメスがよく行う『魔弾の射手（ミストール・テイナ）』を用いた機動強化、それを本人ではなく魔法に適用したものだ。

そうして生まれた、まさしく空を飛ぶ——ならぬ、空を跳んで移動する荒技。

全身を襲う反対方向の圧力に、ライラが声にならない悲鳴を上げる。

「——はっはぁ！　これは面白い、まさか自分が砲弾の真似事（まねごと）をすることになるとは！」

「……いやはや、これはまた」

一方のルキウスは若干精神年齢が下がった様子で子供のように興奮し、クロノは苦笑いを浮かべて空中を高速で移動する自分たちの様子を若干の呆（あき）れと共に見やる。

そして当然、行き先は秘匿聖堂である以上。

その様子は、眼下の兵士たち——特に大司教派の兵士たちに見つからないはずもなく。

「な……っ、なんだあれは!?」

「第二王女がいるぞ！　つまり教皇派の刺客——くっ、なんて悪魔たちだ！　空を飛ぶなど神をも恐れぬ、まさしくかの魔女と同じ所業、許してはならない！」

「ああ！　遠距離魔法持ち、撃ち落とせぇ!!」

あまりの移動方法に泡を食うものの、即座に判断を下して撃ち落としにかかってきた。

多種多様な魔法が地上から襲い来る。その多くは高速移動する彼らにかすりもしないが、それでも数の暴力で何発かは直撃コースを通ってくる。

そして現状、エルメスはアルバートと共に『天魔の四風(アイオロス)』を用いた軌道制御に手一杯。防ぐ手段はない——が。

「サラ様」

「は、はいっ！　『精霊の帳(テウル・ギア)』……！」

そこは、サラが圧力に体勢を崩しながらも結界の魔法を発動。流れ弾程度なら容易に防ぎ切る。

万全を期すならば、同じ魔法を持っているライラにも防御に加わってほしいが……まぁあの様子からすると難しいだろう。現状防ぎ切れているしそこも問題はない。

そしていよいよ、エルメスたちは秘匿聖堂上空に到達。ここまで来ると地上からの魔法もほぼ射線がなく、攻撃が収まってくる。

それを確認すると、エルメスはアルバートと頷(うなず)き合い。

そこで——固まっていた十人が、空中でぱっと二つに分かれる。アルバートを含めた四人と、エルメスを含めた六人の二グループに。

これは、当初の予定通り。エルメスたちで、大司教二人を討伐するためのグループ分け、二手に分かれての迷宮攻略だ。

迷宮は隘路(あいろ)が予想されている以上、必要以上に固まりすぎるのは逆に危険と判断しての分進。そのプランに従い、エルメスたちはアルバートたちとは逆側、秘匿聖堂の西側へと着地するのだった。

「あなた、覚えてなさいよ……！」

そうして、一応は予定通り秘匿聖堂にほぼ無傷で到着したエルメスたち。

そこまでに唯一犠牲になった、第二王女ライラ――の平衡感覚。その後遺症に悩まされる様子でこめかみを押さえながら、ライラが開口一番エルメスに噛み付いた。

「……手段自体に文句はないわ、裏教会正面の守りが予想より堅かった以上、別の侵入手段は試す必要があったし、気取られる前にさっさとやっちゃいたかったことも理解できる」

「……」

「……でもねぇ！　その前にもう少し声のかけようがあったでしょう！　最低限ここまで高速で移動できるって分かってればまだ心の準備もできたのに！」

「それは、大変申し訳ございません」

もっともな指摘をするライラに、エルメスは慇懃な謝罪を返す。

……その『慇懃』の後に『無礼』をつけても違和感がない態度に見えるのは、気のせいではないだろう。

それを理解したライラが、半眼でエルメスを睨みつつ告げる。

「……あなた、まさかわざと？」

「はい？」

「私が、あなたの身内に厳しいからわざとそんな態度を取ってるんじゃないでしょうね」

「…………いやいや、まさかそんな」

突入前と寸分違わぬ台詞と、寸分違わぬイントネーションで返すエルメスを見てライラは確信した。――こいつ、わざとだ、と。

それを見たリリアーナは若干驚き、サラとニィナは納得した。……そう言えばしばらく見なくて忘れていたが、エルメスは身内以外には割とこんな感じだった。

「まぁまぁ」

そして、謎の緊張感に包まれる一同をまとめるように、もう一人の同行者――クロノが手を叩く。

「ともあれ、秘匿聖堂到着の第一目標は果たした。……割り振りも、問題ないだろう」

「クロノ様――はい、そうですね」

指摘に、エルメスは頷き、改めて一同を見回す。

エルメスに同行しているのは、サラ、ニィナ、リリアーナ、ライラ、クロノ。合計六人。

残る四人であるカティア、アルバート、ユルゲン、ルキウスは向こう側。

この二グループが、大司教二人を撃破する上での分割である。

恐らく、初見では色々な点で首を傾げる分割だろう。

まず、何故五人ずつではなく六対四なのか。戦力分け的にもどうなのか。

何より……何故、『リリアーナ』が同行しているのか。

彼女は魔法の特性上、どちらかといえば個人戦力よりも団体戦力――それこそ表を攻めている教皇派の軍隊を強化した方が能力を十全に発揮できるのに、何故かここにいる。その辺りも、違和感を覚える要因だろう。

順に説明する。

まず、このような分割になった最大の要因は……端的に言えば、『抑止力』である。

前提を述べると、エルメスたちとライラたちは、厳密には味方ではない。どころか、大司教派を倒したのちはほぼ完全な敵対関係に戻ると言って良い。

ならば、その前提に加えて。仮にリリアーナがいなかったとして。

この面子（メンツ）、つまり第三王女派七人に、ライラとクロノという面子で攻略作戦を主導し、もし成功、首尾よく大司教を全員打倒したとしたら。

その瞬間。迷宮内という、助けの来ない閉鎖空間で。

——敵七人の前にライラが単独で放り出されるのである。

教皇派は、それを恐れたそうだ。曲がりなりにも教皇派の重要人物であるライラにそこまでの危険は冒させられない。端的に言えば、『討伐が終わった瞬間エルメスたちがライラに危害を加える』ことを恐れたのだ。

無論、エルメスたちはそんな真似をするつもりはない。とはいえ、その危惧があること自体は理解できる。

かと言って、ライラを外すことはできない。ライラは教会の内情を深く知る者として、この秘匿聖堂を案内するという唯一無二の役割が存在する。

――だからこその、リリアーナだ。

紛れもなく、第三王女派の最重要人物も同行させることで。加えてクロノも見ている中で、自分たちの心臓を抱えている状態では下手な真似はできないだろうと踏んだため、彼女の同行も条件として突きつけてきたのだ。

その思惑がある以上、ライラとリリアーナが同じグループになることは確定。加えて現時点では中立のクロノも両陣営が下手な真似をしないように見張る役割があるのでここも確定。

そして、第三王女派閥としてもリリアーナのいる側に最大戦力を置くのは当然なのでエルメスが確定。あとはリリアーナの護衛に適した人材として、サラとニィナが選ばれたという経緯だ。

人数比が偏っているのも、こちら側にこういう思惑が働いた故のことである。

……当然、そういうしがらみなしであればもっと適した人員の割り振りはあっただろう。だが、実際はそうはならなかった。その辺り、陣営やパワーバランスといったものの難しさを改めて感じる。

――でも。

（……関係ない）

エルメスは、思考を打ち切るようにそう呟く。

全てが理想的な形でいかないことは、これまで何度も経験してきた。それに……

「大丈夫だよー、エル君。ちゃーんと王女様のナイト役は果たすからさ。まぁないとは思うけど、キミがピンチになったとしてもボクがなんとかしてあげる。

……だから、安心して前だけ向いててよ」

「は、はいっ！　その……背中は、お任せください……！」

「師匠……」

ニィナは彼女らしく、サラは必死に。

そしてリリアーナは申し訳なさの中にも、確かな信頼を滲ませて彼を見据えてくる。

その様子に。エルメスの中にあった微かな不安も吹っ切れて。

「……行きましょうか」

改めて。前を向いて、そう告げる。

眼前には、迷宮の入り口。通常の迷宮のような禍々しい魔力は感じないが……その代わりとばかりに、恐ろしく得体の知れない静寂が漂ってくる。

秘匿聖堂。

教会の、闇の闇。かつてユルゲンが言っていたように、途轍もないものが隠されている可能性も、それがエルメスたちの前に現れることもあるだろう。

鬼が出るか、蛇が出るか。

分からないが——それでも、その全てを打倒するだけだと確かな自負を持ち。

エルメスは、敵と味方と、謎の人物を伴って。

波乱の予兆を含んだ一団が、波乱必死の迷宮攻略作戦に向けて。今回の敵の本拠地へと、足を踏み入れたのだった。

◆

改造迷宮：秘匿聖堂の入り口は複数箇所ある。

元々の迷宮が持っていたものに加えて、新たに『造った』入り口が数箇所。

……本来、迷宮の壁や床は極めて硬度、魔力密度が高いので改造も難しい。そもそもそうでなければ『迷宮丸ごと破壊する』という攻略方法が一番手っ取り早くなるので当然だ。

ローズは以前彼女の三つ目の血統魔法を用いて迷宮を破壊した経験があるが、それがいかにとんでもないことかもこの情報から分かるだろう。

ともあれ。そんな高い恒常性を誇る迷宮をここまでいじるという時点で、並々ならぬ労力をこの秘匿聖堂とやらにかけてきただろうことは明らかで。

それ相応に、重要なものが迷宮には眠っているということだろう。

故に、現状固く閉ざされた秘匿聖堂の後付けの扉もちょっとやそっとの衝撃や魔法で壊れないようになっているのも、当然の話である。

なので。

「術式再演――『灰塵の世界樹(レーヴァティン)』」

初っ端から飛ばす。

この迷宮攻略作戦においては、少なくともそれが最適解であることは自明の理。

その考えのもと、エルメスは最初から彼の最大火力を生成し。

秘匿聖堂の扉に向けて――一閃。

轟音が響いた。

迷宮そのものが揺れているのではないかと思うほどの凄まじい衝撃。近づくものを軒並み焼き尽くす熱量が立ち上り……やがて、嘘のようにそれが消える。

本来拡散するものであるはずの『熱』というものを、エルメスの凄まじい魔力と操作能力によって一点に集中した一撃。それが直撃した先には、
半ばから溶け落ちた、秘匿聖堂の重く分厚い扉があった。

「…………」「わぁお」

ライラが顔を引き攣らせ、クロノですらも苦笑いと共に強引に開かれた入り口を見やる。

エルメスにとってはある意味で新鮮な――けれど彼の『魔法』を初見で目の当たりにしたものとしては当然の反応。けれど、それを気にしている余裕は今はない。

「では、突入します。外の兵士たちが集まってきても面倒ですし、早めに内部に潜り込みましょう」

手慣れた様子でそう宣言し、彼は周囲の五人を伴って迷宮に突入する。外の兵士を強引に掻い潜ってここに辿り着いた以上、もたもたしていると轟音を聞きつけた兵士たちが

やってくるため、当然の判断。早めに迷宮の中に入ってしまって、向こうの追撃の手から逃れるのが最善手だろう。

……まぁ、そううまくはいかないだろうけど——と思いつつ、エルメスは先導して秘匿聖堂に足を踏み入れた。

瞬間。

「っ、サラ様！」

「！　は、はい——『精霊の帳(テウル・ギア)』……！」

迷宮入り口に到達したその瞬間、周囲で無数の魔力が膨れ上がる。

それを類まれな魔力感知能力で即座に察知したエルメスは、控えるサラに指示を飛ばす。

彼女がそれに応えて結界の魔法で周囲を覆った直後。迷宮の壁四方八方が白く光り、そこから魔力の塊が一斉にエルメスたち目がけて殺到してきた。

恐らくは魔道具による、侵入者を素早く排除するためのトラップ。

一つ一つの威力はそこまで高くないが、何せ物量が桁外れだ。純然たる殺意を含んだそれが絶えることなく浴びせかけられ、加えて一向に尽きる気配がない。相当の魔力が予め(あらかじ)充填されていたのだろう。

……流石(さすが)は教会裏の本拠地、と言ったところか。ここまでの中でも随一に、初っ端(しょっぱな)から容赦がない攻撃の嵐だ。

このまま耐えているだけでは埒(らち)が明かない。そう考えたエルメスは、即座に自分以外の守りをサラに任せて、自身を守っていた結界を解除。当然、魔力弾が無防備なエルメスに向けて即座に殺到するが。

「――ふッ」

彼はそれを、全て避けた。

見える範囲の攻撃は全て完璧に見切り、見えない部分の攻撃は桁外れの魔力感知能力でどこから何発来るか正確に把握。その上で攻撃の空白を一瞬未満の時間で発見し、それを縫うよう正確無比に自らの体を動かし、全ての攻撃を紙一重で躱し切る。

そうして稼いだ数秒の時間の後、返す刀で――

「術式再演――『魔弾の射手』」

お返しとばかりに、同系統の魔法を展開。

同じ魔力の塊による攻撃、だが向こうはただの魔道具に対し、こちらは『エルメスの血統魔法』だ。威力は比べ物にならない。

彼はそれを、ここまでの攻防で全て把握していた向こうの魔道具の所在、七十三箇所全てに寸分の狂いもなく発射し。

どごん、と二回目の轟音。

彼の魔弾が壁の魔道具全てに同時に着弾し、それで終了。侵入者を抹殺するために設置された機構を永遠に沈黙させる。

――だが、それでもまだ終わらない。何故なら、

「侵入者、北西外壁より強襲！　敵は——例の銀髪の悪魔だ！　総員集結！」

丁度魔道具を破壊したのと入れ替わりに、迷宮の『奥』の方から次々と教会の兵士たちが現れてきたのだから。

これも、当然。

向こうだって、この戦いが始まった以上聖堂に誰かが侵入する可能性くらい見越していただろう。迷宮の『外』ではなく『中』にも人員を配置するのは当たり前だ。

そのため、迷宮の奥から次々と騒ぎを察知した教会兵たちが集結してくる。加えて、

「向こうに詠唱させる暇を与えるなッ！　全員で絶え間なく攻め続けろ、奴は外法によって複数の魔法を扱う、切り替えの暇を与えず攻め切るのだ!!」

エルメス対策も、こちらは万全。

いよいよ広く周知されてきた彼の特徴をしっかりと把握した上で、適切な数での押しつぶしを行わんと洗練された教会の兵士たちが武器を魔法を構えて襲い来る。

初手に不意打ちの魔法トラップ、突破してもそこから間髪入れず兵士たちの襲撃という二段構え。エルメスの魔法特性を把握した上で、予め仕込まれていた対策だろう。

事実。これをされればエルメスはなすすべはなく、加えて手こずればほどなくして迷宮外から集結してくる兵士たちと挟み撃ちにされ、自分たちは壊滅以外の未来を持ち得ない。

侵入と同時に絶体絶命の危機に瀕する形となる——

——わけが、ない。

エルメスはその瞬間、思考未満の反射的な言葉を心中で呟いた。すなわち、

(悠長ですね)

それは、今この瞬間の向こうの行動についてではない。もっと大きな視点での感想だ。

魔法の切り替えをさせる前に攻め潰す？　ああ、ひどく悠長だ。だって、それは。

——彼への対策としては、一ヶ月も遅れている。

「【灼け(アフラ・マズダ)】」

向こうの襲撃も、魔道具の攻撃だけで終わるわけがないことも、全て想定済み。

よってエルメスは、『魔弾の射手(ミストール・ティナ)』を撃ち切った今の瞬間なら隙だらけだと勘違いして、馬鹿正直に突撃する兵士たちに向け。

保持(ストック)しておいた手持ちの中で最上位クラスの魔法を解放し、浅慮の代償——としては、あまりにも絶望的な炎の一撃をお見舞いする。

『——ッッ!!』

近くにいたものは軒並み戦闘不能、それ以外も魔法の余波を受けて多くが浅くない火傷を負い、加えてあまりの炎圧に二の足を踏む。

——ぬるい話だ。

その一瞬の躊躇(ちゅうちょ)が、どれほどこちらに値千金の行動猶予を与えるか知らないと見える。

「ニィナ様」

「はいはい、突撃だね」

打てば響くような気持ちの良いタイミングで彼の隣に並ぶ少女。美しい容貌に不敵な笑みを浮かべ、静かに剣を取り出す。エルメスも拳を構え、二人同時に一歩を踏み出し。

そこからものの数秒で、残る兵士たちの半数近くを地に沈めた。

翡翠と黄金。二対の美しい眼光に残る兵士たちも射すくめられる。

「っ、こ、この、悪魔め……！」

「もう少し罵倒のレパートリーを増やしたら如何です？」

「わぁ辛辣ぅ。エル君、本気戦闘モードだとお口悪くなるタイプ？」

苦し紛れの罵倒に、軽口を叩きつつも二人の暴威は止まることなく。

やがて彼らの圧力に若干の後退を始めた兵士たちを他所に、一息ついたエルメスは振り向いて、背後に控える残りの四人に告げる。

「このまま、背後の兵士たちに追いつかれる前に突破します。サラ様——と、ライラ様は、こちらが倒し損ねた兵士を『精霊の帳』で捕獲しながらついてきてください」

「わ、分かりました！」

「ちょ、あなたなんで知って——」

サラは頷き、ライラは狼狽する。どうやら、リリアーナから既にライラの血統魔法について聞いていたことを知らないようだ……が、恐らくそれだけではないだろう。

何せ彼女は、初めて目にしたのだ。

伝聞として聞いてはいても、実際に目の当たりにするとあまりにも。全てが素早く、的確で、圧倒的な。迷宮攻略の膨大な経験と、魔法研究の深遠な知識に裏付けされた。

――『戦闘時のエルメス』の、凄まじさを。

「よろしいですか？」

「っ、わ、分かったわよ……！」

そんな彼の様子に、圧倒されてしまっていた己を恥じるように荒い口調でそう返すと。忌々しげに……けれど、何かを堪えるような表情で彼を睨み。言われた通り、二人を追って駆け出す。

その後、ほどなくして。

結局、エルメスとニィナは一人たりとも背後に通すことなく兵士たちを完璧に倒し切って。『突入直後』というある種最も危険な状況を乗り切るのであった。

◆

突入直後にやってきた襲撃を乗り切ったエルメスたち。

そこから数十分の後。彼らは散発的な襲撃を乗り切って……現在、ライラの先導によって迷宮内を進んでいた。

「……」

秘匿聖堂は、不思議な場所だった。

建造物の構造や、壁や天井の無骨で洞窟的な印象は彼のよく知る迷宮と変わらない。

けれど、それに混じって、点々と等間隔に配置された灯籠や案内用と思しき看板。加えて極め付けは、ところどころに散見される整然とした通路や幾つかの家具が並べられた『部屋』のようなものの入り口まで見える。

複雑怪奇な迷宮と、理路整然たる人工建造物の歪な融合。それが、エルメスがこの秘匿聖堂に抱いた第一印象だ。

そして、教会内部について詳しいライラは、当然この秘匿聖堂の構造についてもある程度の知識はあるとのこと。その知識を用いて迷宮の奥、恐らく残りの大司教たちが潜んでいるところまで案内してもらう手筈だ。

尚ライラがいないもう片方、カティアたちの方は予め秘匿聖堂に潜り込んでいたこちらのスパイが同様に案内するらしい。

そのような思惑のもと、エルメスは先頭を無言で歩くライラについていく。

現在、襲ってくる兵士は一人もいない。散発的な襲撃も非常に小規模で、迷宮入り口に待機していただろう兵士たちも、構造が複雑な迷宮内部に逃げ込んでしまえばそうそう追っては来られない。そうである以上、現状が打って変わって静かな行軍になることにも違和感はないのだが……

「――少し、妙ですね」

それでも。

『迷宮攻略』を幾度も行ってきたエルメスの直感は、それだけではないと囁いていた。

「妙、ですか？　どういうことでしょう、エルメスさん」

サラの質問に、一瞬思考を整理したのちエルメスは説明を始め。

「まず、『迷宮』の構造は軒並み複雑です。基本的には出ることより入ること、探索することの方が難しい。だからこそ侵入者を外から追うことは厳しく、迷宮の中に侵入される時点で既に、防衛の観点からは最優先で阻止すべき事柄です」

「え、ええ。だからわたしたちが入った瞬間に、絶対に侵入されないようにあれほどの襲撃——」

「にしては弱すぎるんです」

端的に、違和感の正体を述べた。

「もし本当に、『絶対に侵入を阻止する』気ならば、あの一団だけで終わりにはしないはずです。入り口は限られているのですから、本気で阻止しようとするなら第二弾、第三弾の戦力をその場所に集める——いやむしろ、最初から大司教が出てきてもよかった」

「……そう、ですね」

「無論、最初の襲撃が甘かったと言うつもりはありません。恐らく実際襲撃に参加した方々も僕たちを止める気ではあったでしょう、が……」

「一方で、内からの『追加戦力』は驚くほどなかったね……なるほど確かに」

「ええ。だから戦力をあれ以上出せない何かしらの理由があったか、或いは……」

ニィナの返答を受けて、より推理を深めようとするエルメスだったが、そこで。

「――別にどうでもいいでしょ」

前を歩く、これまで無言だったライラが声を上げて振り向いた。

彼女はそのまま、不機嫌そうな顔で続けてくる。

「大司教連中が、何を考えてるかなんて今推理しても分かんないわよ。それに……」

続けて、どこか皮肉げに口の端を歪(ゆが)ませてから。

「仮に、何を向こうが企(たくら)んでいたとしても。

……あなたなら、どうとでもできるでしょう？　そんなとんでもない魔法を持って、どんな障害だろうと好き勝手、力ずくで殴り飛ばせるあなたなら、ねぇ」

その口調は。批判のようであり、当てつけのようであり。

……同時に。どうしようもない憧憬と嫌悪の混じったひどく歪な何かを孕(はら)んでいるように見えた。

「ほんと、羨ましいわね」

「……」

「あなたがどこで何をして、そんな力を手に入れたかは知らないけど。

――運良く、そんな裏道を見つけられて。それをあたかもどう振るおうが自分の勝手みたいに傲慢に扱って。自分の思い通りに動く人間にだけ力を分け与えて、おまけに……」

「っ、お姉様っ！」

だがそこで、ライラの口上を遮って声を張り上げたのは――リリアーナ。

今度はリリアーナが、ある意味で初めて真っ向から話せる機会を手に入れた姉を真正面から見据え、話し始める。

「師匠は、師匠はそんな人じゃありませんわ」

「……へぇ？」

「っ、師匠は！　ご自身で頑張って、すごく頑張ってこの魔法を習得なさったのです！　血統魔法のように、生まれつき与えられただけのものとは違う、師匠自身のものとして誇って良い魔法ですわ！　だから……っ！」

「じゃあ、聞くけど」

しかし。ライラはリリアーナの言葉に僅かに顔を歪めつつも、それを消し去るようにいっそう冷え込んだ声で。

「その魔法……『創成魔法』だったかしら？

――それ、本当に一から十までその男だけが考えた魔法なの？」

「…………それ、は」

「そんなわけないわよね。私はあなたたちほど詳しくないけど、これでも王族よ。魔法に関する感覚は人より鋭いつもり。

それで見るに――その魔法は、あまりに完成されすぎている。たかが一個人が、たかが十年やそこら頑張った程度で一から生み出せる類の魔法じゃない」

ライラの推理は、正解だ。

ここまで磨き上げたのは、紛れもなくエルメスの不断の努力によるものでも。

その雛型となった『創成魔法』そのものは、ローズが生み出し、ローズから与えられたもの。それは否定しようのない事実だ。

「多分、あなたは人よりも魔法のために頑張りはしたんでしょうね。それは認めるわ。——でも、それでも。結局は運なのよ。運良く、偶然、たまたま。手に入れただけの力を振るっている時点で……」

最後にライラは、もう一度エルメスを鋭い目つきで見据え。

きっぱりと、言い切る。

「——あなたも、他の貴族も、アスターも。私にとっては、全員同じよ」

「……」

……きっと、初めて聞いたライラの奥底の言葉。

それの是非を問うことは、恐らくあまりにも難しい。今のエルメスに、判断がつくようなことでもないのだろう。

「……そうかも、しれませんね」

故に、エルメスは答える。

実際、否定はできない。手に入れた力のどこまでが天運で、どこまでが努力なのか。その境界を決めることはあまりに難しい。極論『努力できるのも才能』なんて言葉だって聞いたことがある。

　加えて。

「仰る通り、僕は『運良く』師匠に出会えて、運良く創成魔法を継承し。幸運にも、それを十全に扱える才能を持っていました」

　もし、エルメスがローズに出会っていなかったとしたら。

　恐らく彼は、高確率であの場で死んでいた――よしんば生き延びていたとしても、間違いなく『創成魔法』にまで辿り着くことはなかっただろう。

　そういう意味では、彼の力は血統魔法と同じ『運良く手に入れたもの』だと言えないこともない。その一点においては、疑いようもなくエルメスは幸運だっただろう。

　……けれど、と。

　一呼吸置いて、エルメスは告げる。

「――関係ないですよ、そんなこと」

　ライラが、静かに息を呑む。

「幸運に恵まれて手に入れた力だろうと、不断の努力で手に入れた力だろうと。羨まれようと、妬まれようと。

　関係ないんです。だって――それについていくら言及しても、誰かが持っている力が覆ることも移ることもないのだから」

　そう。

エルメスとて、無適性で虐げられていた時は血統魔法の持ち主を羨んだし、憧れた。

でも。その時も、魔法の真実を知った時も、王都に戻ってからも。

──その力自体を否定したことは、一度もないと彼は思っている。

「過程は無意味、とまで言うつもりはありませんが。少なくともそれに関してとやかく言うよりも、『今』その力を持っていることの方が余程重要で──」

彼は、魔法を美しいものだと肯定する。

その信念のもと、彼は返礼のように、彼の考えを述べた。

「『これから』、その力を使ってどうするか。

一番重要なのは、そのことだと思いますが。違いますか？」

静かに、淡々と。

けれど揺るぎない言葉と共に、ライラに透明な視線を向けるエルメス。

ライラはしばし、なんとも言えない表情と共にそれを受け止めていたが……

……やがて。ふっ、と力を抜いて。

「………………ま、その通りね」

「！」

少しだけ、意外なことに。

驚くほど素直に、エルメスの言葉を肯定してきた。

「どんな過程で手に入れた力だろうと関係ない。今力を持っている事実と、この先その力で何をするかが重要……ね。

ええ――本当に、その通りだと思うわ」

そこから、こちらも静かに。

けれど、赤い瞳にはその色にふさわしい激情を潜めてこちらを見るライラ。

……彼女に、何か思惑があることは朧げに理解している。

けれど、その正体が今ひとつ摑めず。探る意味でも、エルメスは続いてこう問いかけた。

「……先ほど、ライラ殿下は創成魔法のことを『たかが一個人が、たかが十年やそこら頑張った程度で一から生み出せる類の魔法じゃない』と評しましたが」

「それが何？」

「それ。『ただの血統魔法使い』に分かることではないですね。少なくとも、与えられた魔法を当然と思っていた魔法使いには」

「っ！」

ライラが目を見開く。

エルメス自身、過去の経験から察している。目の前にある魔法がどういうものかを把握するのは――少なくとも魔法をただ享受するだけの人間には絶対に不可能だ。

その魔法がどんなものか。どういう構想と構造で、どんな理念のもとでできているのか。

そのような魔法のルーツを探る動き……まさしく『エルメスやローズと同じこと』を行わなければ絶対に見えないはずのもので。

故に。

「――したことあるんですか？　魔法の探究」

「……何度も言うけど。あなた、本ッ当に可愛くないわ。女の秘密を暴いてそんなに楽しい？」

問いが、深いところを抉ったと。

そう確信できる反応を見せるライラとエルメスの間で、一気に剣呑な気配が高まる。

それが、何かしらの形で爆発する――寸前。

「はい、そこまで」

ぱん、と。柏手を一つ叩いて、涼やかな声。一同の意識が一斉にそちらに向く。

視線の先で声の主――中立派のクロノが、変わらぬ穏やかな表情で一同を見据えて再度口を開く。

「若人の議論、大いに結構。互いに主張があることも素晴らしいことで、ぶつけ合いから熱くなることも悪いことではございません。――ですが」

そのまま、穏やかながらも少しだけ、決定的に声の圧を変えて。

「ここは、敵地です」

否応なしの事実を突きつけ、意識を引き締めた。

「立場が違うもの同士で組むことになった以上、反発は避けられないでしょう。……けれど、それについて詳しく話すのは後。口論までは止めませんが、行動が食い違うのはいけません。――大司教を倒す。その第一目的は、くれぐれも見失わないように」

……ぐうの音も出ない正論である。

それに気を取り直した一同は、改めて前を向き。ライラもばつの悪そうな顔をしつつも、踵を返して案内を再開した。


そうして再度歩き出す一行だったが……

（……しかし）

新たに生まれた思考と共に、エルメスはちらりと後ろを見やる。

そこには、変わらない表情でゆっくりと後をついてくるクロノの姿が。

……改めて、その容姿に目を向ける。

この国では珍しい黒髪に、やや赤みがかった瞳。端正で若々しい顔立ち。

中立貴族の長――の息子、というだけあってその外見は非常に若い。恐らくは二十歳前後……丁度兄クリスと同年代ほどのように見える。

――にも、拘わらず。

（さっきの落ち着きようや口調。……到底年相応に見えなかったな）

先刻の、自分たちを諫めた論調や雰囲気は――それこそ、ユルゲンを彷彿とさせる立ち回りだったように思える。

再度認識するが、クロノ・フォン・フェイブラッド。謎の多い人物である。

加えて、ライラ。彼女も、何か思惑があって。現状はきっと利害が一致しているから討伐作戦に協力してくれているが……

この先も、そうであるとは限らない。

（……油断。するべきじゃないな）

もう一度、その認識を新たにし。エルメスも歩みを再開した。

◆

その後も、落ち着いた行軍は進んでいった。

……ただ。先ほどあんなやり取りをした後だったので、雰囲気は先ほどまでの比ではないほどに重々しく。

「……そう言えば、ライラ殿下」

その雰囲気を和らげるためか、はたまた別の目的か。

ここも中立であるクロノが、今度はライラに向けて問いを発した。

「我々は今、大司教討伐のために向かっているわけですが。

……差し支えなければ、我々が相手をするだろう大司教が『誰』になるのか。推測でよろしいので、教えていただいてよろしいですか？」

「…………そうね。そろそろ話しておこうかしら」

ライラ自身、この雰囲気に辟易していたのか。彼女にしては素直に口を開く。

「と言っても、有用な情報はないわよ。大司教連中はどいつもこいつも秘密主義が強いし、そもそも有用な情報があれば作戦前に話してる」

「でしょうな。ですが……どんな人間か、推測しておくだけでもいざという時の対応に差が出るかもしれません」

もっともな意見を受けて、ライラはしばし思考の間を置いたのち。

「先に言っておくと、絶対この大司教と当たる、という確証はないわ。フェイブラッドの言う通り推測になるけれど……少なくとも、今向かっている想定先は——」

その前置きののち、結論を述べる。

「『大司教グレゴリオ』ね」

「なるほど。……どのようなお方で？」

「戦い方に関しては知らないし、正直言うと会ったこともほとんどないから人柄もほぼ不明よ。ただ……大司教四人には、それぞれ通り名がついているわ。周りが勝手に呼び始めたものだけれど、それぞれ最も優れた分野に関連する畏怖と敬意を込めて」

通り名、とは。

随分だが、それだけ大司教は教会内だと周りから恐れられる存在なのだろう。

「例えば、リリィたちが戦った大司教ヨハン。彼は『最も苛烈な大司教』と呼ばれていたわね」

「……なるほど」

ものすごく納得した。

むしろ、あれ以上に容赦ない存在ではないことにある種安心する――いや、油断してはいけないのだが、少なくとも傾向は把握した。

「それを踏まえて。これから戦う可能性の高い大司教グレゴリオは……」

この上ない好例ののちに、ライラは一拍置いて。

相手の通り名を、こう告げる。

「曰く。――『最も慈悲深い大司教』とのことよ」

「…………ほう」

中々に、反応に困る形容がきたものだ。

「実際、グレゴリオは慈善活動をよく行っていたらしいわ。貧困層の人間に施しを与えたり、魔法に恵まれなかった人間でも自分の直属に取り立てたり」

「……話を聞くに、大変真っ当な聖職者のようですが」

「だからこそ、不気味だねぇ……」

ライラの解説に、サラ、ニィナが次々と感想を述べる。

エルメスも同感だ。真っ当なところしか見当たらないが故に……大司教ヨハンを見た後だと尚更に不気味さの方が際立つ。

「ま、実際どうなのかは会ってみれば分かることよ。

それより――ついたわ」

しかし、続けて述べられたライラの言葉に目を見開く。何故なら、

「ついた、ですか？　まだ迷宮の中腹であるように思えるのですが……」

「ええ、大司教のいるところまではまだよ。けれど――」

その違和感を口にするエルメスに、ライラは振り向いて。

「ここから先は、単純に進むだけじゃ無理なのよ。具体的には特定の魔道具を持った関係者しか通ることのできないシステムが存在してるの。

――だから、トラーキアのところにも派遣したスパイを使うわ。それとの合流地点が、そこにある部屋」

なるほど、と納得する。

ここから先は、秘匿聖堂の奥なだけあってセキュリティも厳重になる。

無論エルメスなら力ずくで壊せなくもないだろうが、それよりもスパイがいるのならばそれを使ってより確実に、向こうに悟られないように侵入しようという魂胆か。

「合流予定時刻まで、もう少しあるわ。だから決戦に備えてそこで一旦休憩することと……あなたたちには、もう一つのメリットがあの部屋にはあるわね」

「？」

意味深な言葉に、首を傾げるエルメスたち。

ライラはそれを見ると、どこか皮肉げに……加えて、自嘲げに笑って。

「あの部屋ね。――『資料室』なのよ」

「……それは」

彼女の言葉が意味することを、エルメスは正確に理解する。

エルメス以外の人間も同様の結論に辿り着いたことを察して、ライラは続ける。

「知りたかったんでしょう？　『教会』が何をしてきて、どういう経緯でこの国に君臨してきたのか。謎に包まれた教会――大司教派の全貌を」

「……」

「勿論、合流するまでになるけれど。少しだけでも知っておくといいわ。……行くわよ」

思わぬところから転がってきた、教会についてより詳しく知るチャンス。

それを前に、エルメスたちは先ほどとは別種の緊張に包まれながら……ライラの後についていくのだった。

◆

ライラに案内されて中に入った、秘匿聖堂の資料室。

そこは幾つもの本棚が並ぶ、まさしく小規模な図書室と表現するべき場所だった。

全体的にどこか不思議な感覚は漂っているものの、中に何者かが待ち伏せしている気配はない。それを魔力感知にて確認すると、エルメスたちはようやくそこで一息をついた。

ライラ曰く、既に落ち合う予定のこちらのスパイには合図を送っており、あと十数分でこの資料室までやってきて合流する手筈らしい。

そこまでの時間であれば、自由に資料を見て良いとのこと。時間としては短いが――元々教会についての情報が何よりも欲しかったエルメスたちにとっては願ってもないことだ。その時間を最大限生かすべく、第三王女派を集めて行動を開始した。

「まず、資料を詳細に分析する余裕はありません。できれば大司教を倒してからゆっくりと見たいところですが、ライラ様によると帰りもここに戻って来られる保証はないそうです。大司教たちが焼き払う可能性もなくはないと」

「……それだけ『見られたくないもの』がここにあるということですね」

「はい。なので――まずは可能な限り必要と思しき資料を持てる数だけ集めましょう。合流するまでの時間で、できる限りを」

「だね。もし帰りも見られるならじっくり、もしだめでも最低限教会の情報は持ち帰れる。それでいこっか」

繰り返すが、謎に包まれた教会の情報は、王都で起こった政権簒奪の経緯を知るためにも喉から手が出るほど欲しいもの、この大司教派討伐戦におけるエルメスたちの最大の目的と言っても良い。

ならば最低限確実に持ち帰れる情報を増やすのは当然。その考えのもと、大まかな場所の割り振りだけを決めてエルメスたちは行動を開始した。

かくして、本棚の一つの前にエルメスは立つ。

……自慢ではないが、エルメスはこの手の資料探しも得意だ。

理由は、師ローズがこんなところでもずぼらさを遺憾なく発揮してろくに研究資料の整理もしていなかったからである。師もエルメスも記憶力は凄まじく良いので研究に支障が出ることはなかったが、資料整理はエルメスの役割となっていた。

その副作用とでも言うべきか、並べられた資料を見れば――どれが重要なものかは大まかに理解できるようになったのである。

「……これかな」

その能力を使って、エルメスは資料の一つを手に取って開いた。

この手の資料にも種類はある。ただのメモ書きなのか、重要な研究資料なのか、或いは――遥か昔の秘密が記された禁書の類なのか。

そして、装丁の丁寧さや紙の質、文字の崩れ方等の情報から――エルメスは直感する。

今手に取ったものは……『遥か昔の秘密が記された』ものの類だと。

「……」

緊張と共に。大まかな内容を確認すべく、素早くかつ慎重に読み進めていく。

書かれていたのは――

「……血統魔法の、一覧？」

ただただ、ずらりと。

魔法の名前が、見開き一面に並んでいた。

血統魔法、と推測できたのは、『精霊の帳(テウル・ギア)』や『魔弾の射手(ミストール・テイナ)』と言った見覚えのある名前が並んでいたからだ。

「『霹の廻天(キイ・レイカーラ)』、『天魔の四風(アイオロス)』、『無貌の御使(ルナド・サラカ)』……」

その後も、ぽつぽつと見えるエルメスの知っている魔法が並ぶが……その共通点が見つけられない。

ただ、知られている血統魔法を並べただけなのか。いや——恐らくそうではないと直感し。更なる情報を得るべく、次のページを開くと。

「——え」

そこで、理由を知った。

次のページに書かれていたのは、これも魔法の一覧。

彼の知るものとしては、『救世の冥界(ソテイラ・トリウイア)』、『妖精の夢宮(イル・フェルリナ)』等が含まれていたが……重要なのはそこではない。

先ほどとは違い……魔法を記す文字が。何かの恨みが具現化したかのようなおどろおどろしい文字で、真っ赤なインクを用いて書かれていて。

加えて、何より。

その一覧を示す分類の名前が、ページの左上にこう記されていたのだ。

——『邪悪の魔法』と。

「……これは」

「『選別』ですね。血統魔法の」

「！」

声に後ろを振り向くと、そこには黒髪の青年。クロノが、エルメスの手元にある書物を見てそう神妙な顔で呟いた。

「選別、ですか」

「ええ。教会が『邪悪』と定めた魔法、持ってはならないと決めた魔法。或いは——教会にとって、不都合な魔法。その一覧でしょう」

「——」

「教会が今日までに、血統魔法を管理するために何をしてきたか。ご存じですか？」

「……はい。大まかには」

ここに来る前にも、ユルゲンから聞いた。

『悪』に属する血統魔法の存在を絶対に許さず、そのような魔法の持ち主は何がなんでも見つけ出し。管理し、幽閉し——ひどい時には、土地ごと滅ぼすことさえしてきたとか。

——どの、血統魔法を授かるかは。

本人には、決めることができないことであるにも拘わらず。

「……ひどい、ですね」

意見を求められている、とクロノの視線から察し、エルメスは答える。

クロノの目的は、この作戦に関する第三王女派の行動を見て、中立貴族派を傘下に入れるかどうか判断すること。それを知っているから、心持ち慎重に。

「授かる魔法は選べないものだ。当人の資質も、善悪も、何一つ関係なく。ただ、『魔法を持っていた』という理由だけで排除するのは——あまりにひどい」

「……ええ」

「人にも、魔法にも罪はない。たとえ善くない想いで生み出された魔法であっても——善い使い方は、できるはずです。魔法は、美しいものであるはずだから」

かつて、ここにもあった『妖精の夢宮』——教会の価値観で言うなら『邪悪な魔法』であり、ニィナの血統魔法に関して考えた上で、ニィナ自身に話した彼の結論。

それを、改めて話し。クロノが「……なるほど」と静かに頷いた。

「失礼、時間がないところ余計なことを聞いてしまったようですね」

「い、いえ」

「お詫びに、私も資料探しをお手伝いしましょう。そちらの本棚を探せばよろしいですか」

「……そうですね。お願いします」

それだけを告げると、クロノは変わらぬ笑顔のまま。エルメスの指示通りの場所を目指して、本棚の陰へと消えていった。

……クロノが、どのような人間であるかも気になるが。

現状考えるべきは、今手にしている資料の方だ。一旦それ以外のことを思考の外に追いやり、エルメスは引き続き探索を再開した。


その後も、幾つかの資料を手にした。

どうやらこの辺りの棚は、教会の血統魔法およびその持ち主の扱いについて記されていたもののようである。

「――『善い血統魔法は神から与えられし天稟(ギフト)であり、全てその恩恵を忘れず神の威光を示すために使われるべきである』」

この国に住んでいれば、誰もが聞くフレーズ。

エルメスが師匠に会って、真っ赤な間違いだと気付いたこのフレーズも教会から始まったのか、と改めて確認する。

続けて記されていたのは、『二重適性(ダブル)』の扱いについて。

「――『複数の血統魔法を身の裡(うち)に宿す者は、神より特別な寵愛(ちょうあい)を賜った聖人である。神の意志の代弁者として扱うべし』」

これも納得だ。

サラのこの国での扱いや、教会本部でのサラに関する噂(うわさ)と、翻ってライラに関する噂。

それらを聞けば、納得できる言説だろう。

そして。多重適性に関して語られたのならば――次に言及すべきは一つ。

「――『逆に、血統魔法を持たぬ者がいた場合』」

『無適性』について。

「――『特に王族、王家の人間であるにも拘わらず一切の血統魔法を持たぬ者が現れた場合――』」

その続きを読むべく、エルメスはページを捲(めく)って。

見る。


「――『その者は真に神に愛された神子であり巫女である。王よりも丁重に扱うべし』」

…………


「…………え」

思考が。

止まった。

だって、この記述を真に受けるならば。

無適性――『王族の無適性』は、多重適性よりも、王様よりも価値があると。

この国ではあり得ない、けれどここだけ事実ではある、訳の分からない価値観が教会にあるというのだから。

まず真っ先に、記述の間違いを疑った。

だが違う。何か書き換えられたり上書きされたりした形跡はない。

何かの悪戯(いたずら)――である可能性も薄い。書物の形式からしてこれは紛れもなく正式なものだ、そもそもこんな悪戯をする意味がない。

つまり。

『王族に無適性の人間がいた場合、その者は王様よりも価値が高い』――この価値観は、少なくともいつかの何処(どこ)かの教会には存在していたことになる。

「……そん、な」

間違いだ、と一蹴するのは簡単だ。

しかし、彼の性格がそうすることを許さず……何より。

それを聞いた瞬間、思い浮かんでしまったのだ。これまで些細(ささい)な違和感として無視していた、とある事柄が。

脳裏に浮かぶのは当然――まさしくこの記述通り、『血統魔法を持たない王族』である自分たちの旗印、リリアーナのこと。

彼女はエルメスと出会う前も、ほぼ軟禁に近い状態でこそあったが……それでも、ある程度の立場と行動の自由は保証されていた。

一方のエルメスは、血統魔法を持たないと判明して以降ほぼ囚人と同等の扱いで地下牢(ちかろう)に閉じ込められたにも拘わらず、だ。

……否、それだけならまだよかった。

それだけなら、まだリリアーナの『王族』としての価値があるからそうしているという考えもあり得なくはなかった。

だが。それならば――とエルメスは思い出す。リリアーナと出会った時、彼女が告げていたとある言葉を。

『ちなみに。わたくしはあなたのことを「新しい家庭教師」と言いましたね？』

『え――』

『つまり「古い家庭教師」もいたということですわ。ええ、それはもうたくさん』

リリアーナには、エルメスの前にも、魔法を教える家庭教師がいた。

しかし、リリアーナは無適性であることが分かり切っていて。どんなに魔法を鍛えても無駄と言われていた存在――真実は違えど、少なくともこの国ではそうだと国全てに信じられていた存在で。

なら。

何故、家庭教師なんてつける必要があったのだ？

魔法を鍛えても無駄なら、王族の人間であることしか存在価値がないと考えられていたのなら。

何かを……とりわけ魔法を、教える存在など必要ないではないか。

訳が分からず、そもそもこの情報をどこまで信じていいのかも読めず。

王家に何があるのか、リリアーナは一体何者なのか。教会は何を隠していて、何を知っていて、何が潜んでいるのか。

それら全ての一気に噴出した疑問を総括して。

エルメスは、思わず。こう呟く。

「……どういう、ことだ」

「――ああ。それ、教会(こっち)でも疑問なんだよねぇ」


総毛立った。

だって、何故(なぜ)なら。

その声は――エルメスの耳元すぐそばで。

全く知らない何者かの声として、聞こえてきたのだから。

即座に臨戦体勢を取り、そして。

「ッ――【弾けろ(ミストール・ティナ)】！」

謎の声の主に向けて、万が一を考えて保持(ストック)しておいた血統魔法を即時解放。一瞬の躊躇(ちゅうちょ)もなく、声の主を無力化するべく全力の血統魔法を叩(たた)き込むが――

「おお、咄嗟(とっさ)の判断力はなかなか。流石(さすが)ここまで来ただけはあるね」

声の主は、一切動揺した気配もなく。

淡々と、懐からとある魔道具を取り出して。そこから生み出される結界でエルメスの魔法をなんでもないことであるかのように防ぎ切る。

(──なんで)

その結果を認識しつつ、エルメスは考える。……ここにいる男の正体は、今の行動と言葉から大まかには察している。

疑問なのは──何故その接近を、自分が。この瞬間にまで気付かなかったのかだ。

それにも、すぐに気付いた。

(！……からくりは、『この部屋そのもの』か！)

改めて認識した上で注意を凝らして初めて察することのできた違和感。

この部屋全体に、何かしらの結界が張られている。推測するに効果は恐らく『結界内の人間の魔力感知能力を極端に低下させる』辺りだろう。

……通常なら、気付けたかもしれない。

だが、襲撃を乗り越えて一息つくというこのタイミング。加えて──『教会に関する情報』という自分たちが最も欲しいものを目の前にぶら下げられての休憩の提案に、さしものエルメスたちも僅かに気が緩んだ。

まず間違いなく、この辺り全て計算ずくで……向こうは、この瞬間に罠を張ったのだ。

そして、すなわち。

罠にかけることができたということは、自分たちの求めるものを知っていて、自分たちをここまで誘導する人間がいたということで。

その結論にエルメスが辿り着くのを待っていたかのように、声の主――緩やかな威厳を醸し出す男は。

「ライラ王女が、うまく誘導してくれた」

想定通りの真実を、告げて。

異変を嗅ぎつけてリリアーナたちが集まってくると同時に、結界が解除。瞬間自分たちを取り囲む無数の魔力を感知し、既に完璧に囲まれたことを理解して。

中央に集まるエルメスたちを、まさしく袋の鼠を見るかのような表情で見据えると。

男は優雅な所作で、自己紹介を行う。

「初めまして、不届きものの諸君。

――私は、大司教グレゴリオ。『最も慈悲深き大司教』にして、この国の矛盾を最も優しく正す神の代弁者。

『歓迎』するよ、愚かにも我々の本拠地に飛び込んでくれた第三王女派の皆さん？」

これも、予想通り。

混乱を抑え、情報を整理しつつ、神妙な顔で周囲を見据えるエルメスたち一行に向けて。

男――大司教グレゴリオは、その二つ名に違わず。穏やかに……けれど紛れもない敵意を宿した表情で、微笑むのだった。

「……エルたち、大丈夫かしら」

同刻。秘匿聖堂の別の通路にて。

別行動を取っていた第三王女派の残り四人、その一人であるカティアの不安そうな声が響く。

「心配かい？　エルメス君のことが」

「お父様……はい。あ、いえ、もちろんエルがたとえ大司教相手でもそう易々と不覚を取るとは思っていませんけど……」

「同感だ。だが……大司教という存在が油断して良い相手でないことは確か。おまけに向こうには、こちらと違って不安要素も多くあるからな」

ユルゲンの問いかけにカティアが答え、彼女の不安の内容をアルバートが引き継ぐ。

彼女たちの言う通り、エルメスの戦闘能力は第三王女派閥の中でも間違いなく桁外れ。ルキウスと揃って単体の駒としてはぶっちぎりで最強格だ。

……しかし。向こうにいるのはエルメスだけではなく、また味方だけでもない。

特に第二王女ライラ。彼女は恐らくこの大司教討伐作戦に関連した何かしらの思惑を持っているし、それにエルメスが……下手をしたら大司教と戦う『前』に巻き込まれないとも限らない。

その際、中立貴族であるクロノがどう動くかも不明だし――加えてまだ単体の能力にはまだ不安があるリリアーナを、言い方は悪いが荷物として抱えさせられている。サラとニィナもいるとはいえ、もし不測の事態が起こった場合対応しきれるか……

と、不安要素は尽きないが。

「――まぁ、気にしても仕方あるまい」

そこで。もう一人の同行者にしてこのグループの主力であるルキウスが口を開いた。

「すでに分かれてしまった以上、こちらにできることはないだろう。私とてニィナのことは心配だが、その心配に足を取られてこちらが心配される事態になっては本末転倒だ」

「それは……そう、ですね」

ごもっともな意見だ。この辺りの切り替えの速さは、やはり実戦経験が豊富な魔法使いならではなのだろうか――と思っていると、ルキウスは続けて。

「……とは言え。色々と考えてしまうことは分かる。

何せ――突入直後以降、ここまで全く敵と出会わん。危険な魔力も周囲にはないし、案内もそちらの彼に任せるほかないからな」

と告げつつ、案内役の人間……ライラの使いであるらしい青年を一瞥、青年がどこなく申し訳なさそうに頭を下げる。

それには気にしなくて良いと一言告げつつ、ルキウスが語りを再開して。

「大司教対策についても、そもそも情報が少なくて対策のしようがない以上話すことはないからな。加えて迷宮の暗所だ、気が滅入るのも分かる。となると……そうだな」

最後に、一つ指を立ててこう告げてきた。

「話題を変えてみると良い」

「話題、ですか？」

「うむ。このような場所で心配や不安などネガティブなことを話していては士気にも関わる。ならば同じ話すにしても、ポジティブな内容の方が良いだろう。

そうだな……それこそ、貴殿らには大望があるのだろう？　この大司教討伐作戦が終わった後も、やらねばならないことがたくさん」

「え、ええ」

「ならばそれについて話すと良い。大司教を討伐した後どうするか、場合が場合なら皮算用と言われても仕方ないが、こういう場であれば皮算用でもまだ建設的だろう」

「……なるほど。感謝します、ルキウス殿」

「うむ、気にするな！　索敵は私に任せると良い、それくらいしかできんからな！」

はっはっは、とからりとした笑い声を響かせるルキウス。

その様子からは、ニィナから聞いていたようにまさしく脳筋、という言葉が相応しいように思えるが。

しかし……今の一連の提案が、自分たちの士気を気遣ってくれたことは明らかで。そこからは紛れもなく、多くの兵士の上に立つ『将』としての器が垣間見える。

（……傑物、なのね）

そんなルキウスの評価を改めつつ。カティアはアドバイス通り、ネガティブな不安ではなく将来に目を向ける。ポジティブ……とまでは言わなくても、建設的な思考に。

（大司教を……倒した後、ね）

もし首尾良くいけば、教会で内部分裂をしていた大司教派閥はその瞬間崩壊。

同時に、ライラ王女たち第二王女派閥との関係も白紙に戻り、今までのような協力関係はなくなる――が。

一方で第二王女派閥、つまり教会派閥は文字通り半分が壊滅した状態だ。弱体化は免れず……大司教討伐により自動的に脅威度は低下すると見て良い。

一方こちらは、既にクロノを通して中立貴族との渡りもつけている。それがうまくいけば一気に最大派閥になれる可能性を秘めているのだ。

となると、そのために必要なこと、懸念事項は――ざっと思い浮かぶのは二つ。

まずは『組織』についてだろう。第一王子派閥のラプラスに加えて、第二王女派閥にも既に組織の人間がどこかに潜んでいるらしい。そしてユルゲン曰く、ならば中立貴族派閥に関してもいないと考えるのは厳しい。

その辺り、誰が組織の人間なのか、その人がどう動くのかも見極める必要がある。

あともう一つは――とそこまで考えて、カティアは父の方を見やる。

「そう言えばですけれど……他の貴族との折衝に関してはどうなっていますか？　北部連合が丸ごと傘下に入ったことに加えて、既に中立派閥との交渉も開始しているのでしょう？」

「うん？　なんだい」

「お父様」

もう一つの懸念事項は、それだ。

いくら一つの派閥が傘下に入るとは言え、その全ての家がでは今日からあなたに従います――とはならない。

むしろ派閥を急激に変えた以上、大小様々な軋轢が発生するのはどう足掻いても避けられないこと、今まではそれをユルゲンに一任していた……が。

「いくらお父様でも、ここまで多くの貴族家との交渉、折衝を行った経験はないはずです。何か問題が起こっていないとは思い難いのですが……」

「ああ、そのことかい。……大丈夫、今のところは問題ないよ」

「本当、ですか？　その、差し出がましい申し出かもしれませんが、ご無理をなされているようでしたら……私も公爵家の娘、微力ですが手伝いますので――」

「――大丈夫だよ」

思わず、びくりと肩が跳ねた。

何故なら、ユルゲンが告げた最後の言葉から――どことなく、今まで聞いたことのないような深い響きが感じられたから。

それをユルゲン自身自覚したか、「すまない」と少しだけ慌てるようにかぶりを振って。

「ええと、誤解はしないで欲しいんだが……カティアの申し出自体は素直に嬉しいよ。今までそういった貴族の暗い部分を遠ざけてきた君が、自発的にそういうことを言い出してくれたことも、父親としては素直に娘の成長を喜べる」

「え、は、はい」

「でもね」

思わぬ……悪い言い方をすればらしくない率直な称賛に若干照れつつ面食らうカティアだったが、ユルゲンは続けて。

また、先ほどと同じく……どこか底知れない響きで、こう、告げてきた。

「それでも……まだ。『あんなもの』を、君たちに見せるわけにはいかないよ」

「――――」

それは。どういう――と、カティアが思わず問いかけようとしたところで。

「……話の途中すまない、聞いていただけるだろうか」

何を思ったか、ルキウスがそう遮ってきた。

あろうことか話を促した張本人に言葉を飲み込まされたことに反射的に言い返そうとするカティアだったが……すぐに、ルキウスが何の意味もなくこんなことをするわけがないと思い直して視線を向ける。

すると予想通り、ルキウスは彼らしい飄々とした態度ながらも……若干ながら、焦りを帯びた表情で。

「――なぁ、案内の君。一ついいかな？」

「……なんでしょう？」

思わぬ人間に、問いを投げかけた。

「私は、これでも領地付きの魔法使いだ。領地の問題を解決するのが基本の仕事で、当然迷宮攻略にも相応の経験がある」

「……はい」

「その経験則で言うと、基本『迷宮』という存在は中心部に行くほど重要な部分が多くなるようにできている。この秘匿聖堂も改造こそされているが、迷宮をベースにしている以上その基本則は変わらないと見て良いだろう」

「……」

黙り込んだ案内役に向かって、ルキウスは……魔力を練り上げながら、淡々と。

「で、だ。一応先ほどから索敵と並行して方向感覚も絶やさずに感知してきたわけだが、それらを統合するに。かなり複雑でこんがらがった道を進んでいるようだが、総合的な方向としては……」

告げる。

「君の案内――先ほどからどんどん中心部から遠ざかっているのだが、どういうことかな？」

「――」「ッ！」「くっ！」

ただならぬものを感じて。

ユルゲン、カティア、アルバートが三人同時に驚きの反応と共に構えようとするが、その瞬間。

「――知っているぞ」

声が響く。

不気味で、悍ましく、否応なしの不安を煽るような、声が。

ますます警戒を強めた一同が視線を向けた先。そこからずるりと、闇が這い出るように現れたのは……見覚えのある特徴的な布衣を身に纏った、初老の男。

「……なんだ、たった四人か。見覚えのある顔が一つに、知らない餓鬼が三人。歯ごたえはなさそうだが、誰も彼も罪深そうな容貌をしておる。

ああ、一応だが名乗っておこうか……儂はニコラ・フォン・レンベルグ。巷では……『最も厳格な大司教』とも呼ばれているかな」

案の定、名乗りと共に現れたその男に。

案内役の青年が、どこか怯えを孕んだ様相で頭を下げると――素早く、逃げるように全力でその場を立ち去った。

「ふむ、ご苦労……と労いの言葉をかけてもよかったが、望みではないようだな。

「まあ良い。それよりやるべきことは、目の前に広がっておるのだから」

ぎろり、と炯々とした視線を向ける大司教ニコラ。

妖怪じみたその視線と、発せられる桁外れの魔力。加えて——周囲に凄まじい勢いで増え続ける教会兵の魔力に、迂闊に動けない四人に向かって。

「儂はな、大司教の中で一番『断罪』に優れているという自負がある。今まで多くの罪深き人間を裁き、捻じ斬り、切り刻んできた。

そのせいかな、分かるようになったのだよ——『罪の匂い』というやつがな」

大司教ニコラは、語りと共に……びしり、と指を向ける。

「……匂うなぁ。鼻がねじ曲がりそうなほどに匂う。他の連中も大概だが、貴様から感じるそれは格別だ。だがそれもそうだろう、何故なら儂は知っ、て、い、る」

そうして最初の言葉に回帰した、ニコラがその不気味な指を向ける先は——

「——貴様の罪を知っているぞ、ユルゲン・フォン・トラーキアァ！」

単純な話だ。

第二王女ライラが、エルメスたちを嵌めて大司教グレゴリオの前に差し出した以上。

その命を受けた配下も、安全ではあり得ない。その当然の通りに——カティアたちの方も同様に、大司教ニコラの前に差し出された。

カティアたちも、そこまでは把握できずとも……嵌められた、ということだけは理解し。

即座に周りの人間と共に襲いかかってくる大司教ニコラに対して戦闘態勢を取りつつ。

しかし、最後に告げられたニコラのあまりにおどろおどろしい宣言に——特にカティアが。何かが変わってしまうような、何かを知ってしまうような、何処ない不安感も掻き立てられて。

ともあれ。狙ってか偶然かは知らないが、全く同時に。

この上なく不利な状況で……第三王女派閥は、二人の大司教を相手取ることになったのであった。

◆

「……さて。今、君たちのもう片方はニコラ殿が片付けている頃合いかな」

秘匿聖堂の資料室にて。

ライラの案内——の皮を被った誘導にて、エルメスたちを自分たちの領域に誘い込んだ大司教グレゴリオが、カティアサイドも案の定窮地に立たされていることを告げる。

そのまま彼は続けて。

「——おや、ライラ君はどこに行ったのかな？　彼女であれば騙された君たちの顔を拝みにでも来ると思ったのだが……ひょっとすると、人並みに罪悪感もあったのかな」

「……」

……言われてみれば、ライラの魔力を少なくともこの資料室の中では感じ取ることができない。いつの間にかいなくなっている。

　単純に巻き込まれるのを恐れたか、大司教たちを誘導してまだ戻ってきてないだけか
――或いは、まだ何か企んでいるのか。

　気にはなるが……現状はそちらに意識を割いている余裕がない。それよりも明確で、絶対的で、遥かに優先すべき脅威が目の前にいるからだ。

「……まぁ良いか。彼らをここまで連れてきてくれた時点で彼女の役割は終わっている、後は好きにしてもらって構わないさ――さて」

　同様の結論に向こうも至ったらしく。こちらを向き、再度口を開き。

「改めて、第三王女派閥の諸君。私は大司教グレゴリオ。

……余計な前問答は好まないから、単刀直入に言おうか」

　こう、告げてきた。

「降伏してくれないかい？」

……至極真っ当。

　けれど『教会』に対して抱いていたイメージとはどこか反する、その申し出を。

「…………どういうおつもりで？」

「え？　いやいや、こう言っては何だがそんなに変なことを言っているかい？　私はこれでも『最も慈悲深い大司教』と呼ばれている身だ。その光栄な呼び名に恥じぬ己で在ろうと思っているし、そのために避けられる争いは避けようとするとも。

「……至極当然のことを言うよ？　だって——」

エルメスの探るような問いに対しても、グレゴリオは優しげな風貌のまま。

告げる。

「——命は、大切に扱われるべきだろう？」

これも、当然だ、と揺るぎない信念を宿した口調で。

「……」

「たとえ、邪悪な血統魔法を継承していようとも。魔法を持たずとも、生まれが貧しくとも。——無論、敵対する君たちであっても。この世に生を受けた以上、その生を正しく全うする権利は誰にでもある。それが私の信念だ。

……故に、私は命が粗末に扱われることを誰よりも厭う。ただ魔法が悪かったから、ただ生まれが悪かったから。そんな理由で命が、何の意味も意義もなく粗雑に打ち棄てられることが許せないのだよ」

ライラが、グレゴリオについて語っていた言葉を思い出す。

『実際、グレゴリオは慈善活動をよく行っていたらしいわ。貧困層の人間に施しを与えたり、魔法に恵まれなかった人間でも自分の直属に取り立てたり』

その信念と、言葉と行動は一致する部分も多い。声色的にも、嘘を言っているようには思えない。

そして——言葉の内容自体も、共感できる部分が多々ある。まさしく『大司教』……聖職者に相応しい考えのように思える。

だが、だからこそ、尚更に……

（――落ち着け）

そこで、エルメスは思考を書き換えた。

そうだ。あまりにヨハンのイメージが強すぎたせいで、『大司教』という存在に対して
マイナスの多い固定観念を持ってしまっていたかもしれない。

だが、そうではない可能性。きちんとした『大司教』が存在する可能性。

――ちゃんと話が通じる相手がいる可能性も、あるではないか。

であれば、言うことは一つ――と、エルメスはリリアーナの方を見る。会話の主導をこちらに任せてくれる意思を確認してから、グレゴリオの方に向き直って口を開いた。

「……御高説、拝聴いたしました。素晴らしいお考えですし、共感できる部分も多々あります。特に、『余計な争いを避けたい』という一点では完全にこちらも同じ考えだ」

「おお、そうか。分かってくれて嬉しいよ」

「であれば」

向こうがきちんと話の通じる相手ならば、相応の対応をするべきだろう。

その考えのもと、エルメスはこう提案した。

「――お互い、ここで引きませんか？」

「……ほう？」

「僕たちの目的は……流石に全てをここでは話せませんが、少なくとも貴方がたを打倒することが絶対ではない。ここにいるのは——あえて言うならただ、大司教ヨハンの目論見とこちらの目的がかち合った結果の……流れでこうなっているに過ぎません」

そうだ。

大司教ヨハンは、どう足掻いても打倒しなければならない相手だった。

……だが、大司教グレゴリオが完全に大司教ヨハンと同目的ではないのなら。こちらと争うことを、望んでいないのなら。

もっと言うなら……最低限『こちらの邪魔をしない』と約束してくれるなら、その時点でエルメスたちが手出しをする理由はなくなる。

無論、ライラの依頼もある以上すり合わせは必要だろう。意図せず関わってしまった以上はいそうですかと無関係に戻るわけにもいかない。後々にまた改めて対峙する必要はある。

だが……少なくとも、話し合いの余地があるならばそうするべきだろう。そう思っての、『最低限この場は争わず互いに引く形で終わらせませんか？』との提案だ。

それを聞いたグレゴリオは——しかし。

「ふむ……残念ながら、難しいだろうねぇ」

言葉通り残念そうに、そう返答した。

「君も争いを避けたいのは分かった。でも……君の思惑がどうであれ、現状大司教派閥と教皇派閥は争ってしまっている。その一部分だけ、話が通じるから話し合いで済ませよう――とはいかないのだよ。それが組織対組織の争いというものだ」

「……」

「それに、君たちの立場も問題だ。そちらの第三王女殿下に君たちがついている以上、我々の最終目的にはどうあっても邪魔になる可能性が高い。そうである以上……この圧倒的有利な状況で君たちを見逃すという選択肢は、どうあってもできないよ」

「……なるほど」

納得した。

確かに、今も秘匿聖堂の外で兵士たちが争っている以上、ここでだけ止めるというわけにはいかないだろう。その辺りの理解は浅かったと素直に認める。

……同時に、少なくとも今この場では。戦う以外の選択肢はないということも。

「――一つだけ、訂正をお願いしましょうか」

それを理解したエルメスは、意識を戦闘に切り替え、魔力を高め。

「圧倒的有利――この程度でこちらを追い詰めたと思ってもらっては、困ります」

「ふむ、ならば示してみなさい、『悪魔』たる君の力を。――降伏は、いつでも受け付けよう」

その言葉を最後に、グレゴリオ――の周囲にいる人間たちが、一斉に魔法を起動して。

大司教グレゴリオ一団との戦いが、始まった。

まずは、周囲から一斉に発射される……魔力の感覚的に血統魔法も含まれた総攻撃を耐える必要がある。故に、

「サラ様！」
「はいっ！」

この迷宮内で何度も行ったやり取り。阿吽の呼吸で、周囲から放たれる魔法を防ぐべくサラの『精霊の帳』が発動。

問題は効果範囲だ。当然、範囲を狭めるほど耐久力は高くなる以上できる限り守る人間は少ない方が望ましい。

リリアーナと、その護衛のニィナは確定として——残る人間、クロノの方に目を向けると。

「私は守らなくて構いません、自衛能力くらいはありますから」

淡々とした答え。それを信じて、エルメスはリリアーナ、ニィナと共にサラのところに寄り、その瞬間結界が完成し……一瞬後。

「グレゴリオ様に逆らう不届きものめ！」
「猊下の慈悲を突っぱねる愚か者を、排除するのは我々の役目だ!!」

◆

周りの魔法使いの、確かなグレゴリオへの忠誠が感じられる言葉と同時に——魔法の嵐が降り注いだ。

色も大小様々な魔法の襲撃。一見それらは無造作で法則がないように見えるが……

「……これは」

だが。エルメスは、その魔法群——特に血統魔法に、とある法則性を見て取った。何故なら、つい先ほど『それ』を目撃していたことである。それは……

（この、血統魔法。全部——あの『邪悪な魔法』に分類されていたもの……？）

全ての血統魔法が。グレゴリオの襲撃直前に、教会の血統魔法の『選別』に関する資料で——『邪悪な魔法』にカテゴライズされていたものだったのだ。

教会が、特にその頂点である大司教にとっては反吐が出るほど嫌いなはずの……それこそヨハンであればこんなに忠誠を受けるような扱いはしないだろう魔法の持ち主。

それを、聞く限りではしっかりと配下の信頼を受けた上で使用しているという、事実。

加えて、先ほどのグレゴリオの、命を尊重するとの言葉。

（……ひょっと、すると）

それらを考慮に入れて、改めて。

もしかしたら——とエルメスの中で、先刻も感じていたとある思考が浮かび上がる。

（大司教グレゴリオは……やっぱりちゃんと、真っ当に。話し合うことができる大司教なんじゃないか……？）

そうだ……そうであって欲しい、と思う。

だって、いくらこの国の歪(ゆが)んだ価値観を醸成した元凶の組織である教会でも。

それでも、一つの組織の頂点に上り詰めるほどの人材が。誰一人、それに真っ当な疑問を抱かないなど——そんなのは、あまりにひどすぎるではないか。

（……もう一度、話す必要があるな）

そう思考しつつ……けれどそのためには、少なくとも話し合いの場に向こうを引き摺(ず)り出す必要がある。

この場合は、向こうが『圧倒的有利』と思っているこの状況をひっくり返すことが最低条件、つまり、まとめると。

——自身の力を、示さなければならないということだ。

「……」

ならば、手加減をするべきではない。その思考に従い、エルメスは——サラに稼いでもらった時間を利用し、掛け値なしの最大火力の用意を完了する。

「術式再演——『灰塵の世界樹(レーヴァテイン)』」

まずは火力最強の魔法を生み出してから、サラとニィナに指示を出す。

サラは頷(うなず)き、その指示通りに魔法を変化させる用意を完了し。ニィナは、

「クロノさん！　今から——全力で防御して！」

唯一守られていない、けれど宣言通り汎用魔法で自衛は行えているクロノに指示を出す。

幸い向こうも魔力の感覚から大凡（おおよそ）理解したのだろう、全力防御態勢に入ったのを確認し。

「術式複合――『火天審判（アフラ・マズダ）』」

――かつて、北部反乱最初の先頭で、ルキウスたちから逃げる際に使った複合魔法。

『灰塵の世界樹（レーヴァティン）』と『火天審判（アフラ・マズダ）』を組み合わせた……自爆の魔法を完成させる。

しかし、エルメスとてあの時のままではない。

術式保持（スペルストック）を習得し、操作能力も上昇した今の彼ならば――ある程度、爆発の方向性を操作することも可能。

それを用いて、炸裂（さくれつ）の方向性を内側ではなく外側に強く調整。加えて安全のためサラに自分たちの周りだけを結界で覆ってもらえば、保険としては問題ない。

かくして。

――自身を中心とした超広範囲高威力指向性爆撃が、解放され。

直後。資料室内を、紅蓮（ぐれん）が染め上げた。

……めぼしい資料を回収しておいて正解だった、と思う。

一応本棚が密集している場所への爆撃はできる限り避けたが、流石にこの状況では資料を気にして戦うことなどこの通り不可能だったろうから。

ともあれ、反撃の威力としては十分。

周囲を見渡すと、魔法の攻撃は止（や）んでいた。

敵の魔法使いに、直撃はさせていない。グレゴリオとの話し合いを見据えている以上、向こうのポリシーを考慮に入れても下手に負傷をさせるのはまずいだろうと考えてのことである。

しかし――これほどの反撃があるとわかった以上、向こうも迂闊に攻め込むわけにはいかない。幾人かは、防御に手を割かざるを得ないはずだ。

それを理解してか、一様に魔法の手を止める周囲の魔法使いたち。それを見渡すと、エルメスは再度グレゴリオを見据えて。

「……これでも」

告げる。

「これでも――まだそちらが『圧倒的有利』と、お思いですか？」

「……」

あわよくば、こちらの脅威を再認識した向こうがこちらを強引に捕らえる行動の方針を変更してくれれば、と思っての提案。

それを受けたグレゴリオは、しばしの沈黙ののち。

「……勿体ないなぁ」

しかし、そう告げた。

「うん、なるほど。確かに君は『悪魔』とこちらに呼ばれるだけのことがある、優れた魔法使いなんだね。……だからこそ、勿体ない。

──そんな君を殺さなければならないだなんて」

「っ！」

「よく分かったよ、君がこちらに降伏する意思がないということは。

では──私も正式に、君を『神の敵』として扱おう」

それは。

これから本気を出すという、宣言。

「……私にだって、理想はあるんだよ。

だからこそ──それを阻む『神の敵』には、容赦をしないと決めている」

その宣言のもと、これからが本番と言わんばかりに。

これまで配下に任せていた大司教グレゴリオが、大司教の立場にまで上り詰めた魔法の本領を解禁すべく、魔力を高め。

息を吸い、唄う。

「【四つの錫杖　大樹の御影　慈悲の柱は蒼玉に染まり　記憶の天使を迎え給う】

血統魔法──『無垢の天啓』」

◆

……エルメスは、王都に戻ってきてからこれまで、多くの『敵』と相対してきた。

傲慢の王子様、自己欺瞞の貴族、性悪説の怪物、等々。

それら、多くの倒すべき存在と相対し打倒する内に。エルメスの中で、とある一つの思考が芽生えていったのだ。

すなわち――本当に全員倒す必要があったのか？　と。

契機となったのは、恐らくラプラスとの対峙。

それまでは、彼にとっての敵は『どうしようもない』存在だった。自らの意識すら歪め、他者の思考さえ都合の良いように曲解する、外面だけ優れていた空っぽの存在だった。

……でも、それ以降は。

彼にとって曲がっていても、歪んでいても。それでも確かな考えと理想のもと行動を為している、所謂確固たる『信念』を持った存在と相対することが増えた。

ルキウスは間違いなくそうだったし、ラプラスも恐らくそうだろう。なんなら大司教ヨハンだってそういう信念ならば保持していたように思う。

ならば。そういう人たちがいて、そういう人たちと仮に敵対することになっても。まずは話を聞いてみたいと、思うようになった。

だって、そういう確固たる信念があるならば。それを形成するに至った過去が、それを信じるに至った何かしらの出来事が。

そして――根底には、そこまで力を磨き、魔法を練り上げるに足る。

美しい『想い』が、きっとあるはずだから。

そういう観点において、現在敵対している大司教グレゴリオを見ると。

確信する。彼は恐らく、信念がある側の人間だ。そういった確かな芯のある人間特有の雰囲気が滲み出ているし、周りの人間も彼に心から忠誠を誓っている。それは、あやふやで曖昧な人間には決して生み出すことができないもののはずで。

……ならば。サラから学んだ、他者との関わりを活かし。

話を、その行動を支える信念を、根底にある想いを、聞いてみるべきなのではと思ったのだ。

そうすれば――何処かに、何かに。共感することだって、分かり合うことだって、できるのかもしれないのだから。

その考えのもと、エルメスは大司教グレゴリオと対峙する。

◆

「血統魔法――『無垢の天啓』」

ついに解放された、大司教グレゴリオの血統魔法。

警戒を一段高めるエルメスたちの前で、グレゴリオが手を掲げ――

――そこから、あたかも木が根を張るが如く。

光の網のようなものが、資料室の天井付近に展開した。

それを見て、真っ先に思い浮かんだのは。

(捕獲？　サラ様のような結界系の魔法……いや、違う。これは別系統のものだ)

瞬時にそう判断した。

多くの魔法を目にしてきたエルメスの目からしても、その光の網に結界のような雰囲気も、されど攻撃的な気配も感じない。

むしろこれは、どちらかと言えば……とそこまで推測した瞬間。

「……抜魂結実(ツアドキア)」

グレゴリオの言葉に合わせ、光の網からあたかも果実が生(な)るかのように光の球が——

——グレゴリオの兵士たちの方に、降り注いだ。

光球はそのまま、兵士たちの胸元に吸い込まれるように消えていって。

直後から、兵士たちの体が淡く光り輝き。

そんな魔法の様子に……まず、リリアーナが声を上げた。

「！　これ……」

そうだ。エルメスが視認した、この魔法。その特徴として最も近しいのは。

——リリアーナの、強化領域魔法である。

そのエルメスの直感を、裏付けるかのように。

兵士たちが、一斉に手を構え——そこから、先ほどまでよりも遥(はる)かに威力の跳ね上がった魔法の数々が降り注いだ。

「――!!」

サラの魔法だけでは間に合わない。

そう即座に判断したエルメスが、サラと同時に『精霊の帳（テウル・ギア）』を起動。それで一先（ひとま）ずは凌（しの）ぎつつ、瞬時にグレゴリオの魔法について推理を巡らせる。

（……向こうの魔法は、予想通りリリィ様と同じ領域強化系統の魔法。でもそれだけじゃない、多分もう一つ別の要素が存在する。類似している系統の魔法で思い当たるのは――カティア様――！）

そこで、何かが繋（つな）がる感覚。

同時に魔法を打ち切ったのか、向こうの弾幕の圧力が弱まる。その隙をついて魔法を切り替え、保持（ストック）しておいた『魔弾の射手（ミストール・ティナ）』を起動。その打ち返しによって辛うじて射撃戦を再開しつつ。

エルメスは大司教グレゴリオを見据え、確信を持って告げた。

「――憑依、ですね」

「！」

「まずはカティア様の『救世の冥界（ソテイラ・トリウィア）』と同じく、何かしらの……今回の場合は魔法的な要素に優れた霊魂を召喚する。それを味方に『憑依（ひょうい）』させて、擬似的に味方の魔法能力を跳ね上げる――その辺りでしょう」

「……驚いたな、もう見抜くとは」

グレゴリオの反応によって、正解であることを確信する。

……しかし自分で口にしておいてなんだが、相当に高度な魔法だ。まずリリアーナの領域強化型の血統魔法が既に存在していたことは驚きだし、そこから更にカティアの……エルメスがこれまで見た血統魔法の中でも段違いに高度である『救世の冥界(ソテイラ・トリウィア)』、その高度たる所以(ゆえん)である『霊魂』に関する効果が加わっていることも驚愕(きょうがく)に値する。

「うん、良いね。君の言う通りだよ」

そして、見抜かれたこと自体は全く気にすることなく。大司教グレゴリオはむしろ誇るかのように両手を広げて解説を続けてきた。

「素晴らしい魔法だろう？　これがあれば、どんな人間であろうと、どんな魔法を持っていようとも必ず一定の力が出せる。誰だって、優れた存在になれる。

そうだよ——魔法に恵まれないから、持った魔法が悪いから。そんな理由だけで誰かをただ切り捨てるなんて、あまりにも愚かだ。人は誰でも、素晴らしい役割を果たす権利を持っているはずなんだよ」

「——」

それは。

奇(く)しくもリリアーナが掲げた理論と、ほとんど同じもの。

加えて魔法の効果も、誰もを優れた魔法使いにするというリリアーナの抱いた想いの結果できたものと、ほとんど同じ。

――同じ考えを持つ人間が、まさか教会にいるとは驚きだが。

改めて思う。……この大司教とは、きっと分かり合う余地がある。ちゃんと話せば、その根源にある理想に触れられる。

とはいえ、今は互いの立場が立場だ。容易に戦いを止めるわけにはいかないということは先ほどグレゴリオが述べた通り。

ならば、まずはしっかりと彼を打倒しよう。その上で、改めて話を聞こう。

その決意のもと、エルメスは気合いを入れ直す。

「っ、エルメスさん、このままでは――！」

そこで、サラの苦しげな声が響いた。

グレゴリオの魔法によって強化された兵士たちの弾幕が、予想以上に強力なのだろう。エルメスの魔法によって撃ち合いの形になってこそいるが、それでもこちらが徐々に押されている。こちらの防御の崩壊も時間の問題だろう。

だが。

「……大丈夫です、もう少しだけ耐えてください」

エルメスはあくまで冷静に分析し、そう述べる。

言葉通り、焦る必要はない。向こうの魔法のからくりが分かった以上、その弱点も対策もすでに見抜いているのだ。それは――

「――この攻勢は、そう長くは保ちません」

「……え」

静かに告げられた声に、サラが瞠目した。

「そもそも『憑依』……誰かの霊魂を他者に付与するというのは、個性の強い人間では相当に難しいことなんです。相応の負担がかかる上、どれほど経験を積んでも大なり小なり拒絶反応は確実にある。

ましてや、なんの経験もない人間が憑依を行うなど、どうあっても強烈な拒絶は避けられない。そう遠くないうちに、向こうの憑依は解けるはずです。そこを狙って――」

「――おお、そこまで分かるのか」

しかし。エルメスの分析の言葉を遮り――否、肯定した上で尚。

大司教グレゴリオは一切の焦りなく、むしろ称賛するように手を叩く。

「うん、それも君の言う通り。でもね……私だって大司教の座まで上り詰めた身だ。自分の魔法の弱点くらい把握しているとも」

「！」

「加えて、その対処法もね。……マルク、出番だよ」

そう告げてグレゴリオは、向こうの兵士の一人を指名する。

呼ばれた兵士は、名前を呼んでもらえたことを心から喜ぶ様子でグレゴリオのもとに駆け寄り。

「君が適任だ。魔法に恵まれなかった君でも、素晴らしい役割は果たせるということを。

――この魔法の真価を、証明してきてくれるかい？」

「ッ、はいっ！」

そう言葉を受けると、使命感を帯びた表情で頷き――

――エルメスの元へと、突進してきた。

（！　何を――）

予想外の行動にエルメスは一瞬面食らう。攻撃の起点となる魔法使いを狙うのは常識のようだが、むしろこれは都合が良い。

……相手はエルメス、近接でも高い能力を発揮する魔法使いだ。向こうの動きを見るに、マルクと呼ばれた兵士もそこまで近接能力に特化した存在ではない。ならば対処は簡単だ、魔法を撃ちながらでも対応できる。むしろ向こうの火力役が一人減ってこちらが有利になるだけ――

（……いや）

そんな甘い相手ではない、とエルメスは考え直す。

ここまでのやり取りで既に分かっている、大司教グレゴリオは麾下の兵士をこの上なく大切に扱う存在だ。

ならば、何かしらの隠し球がある。それこそグレゴリオの魔法のデメリットをメリットに変えて、この兵士を極めて強く有用な近接対応の魔法使いに仕立て上げる何かしらのからくり。グレゴリオの言う『魔法の真価』を証明する何かがあるはずだ。

凄（すさ）まじい強化だろうか。常識外の挙動だろうか。予想外の魔法だろうか。あらゆる可能性を視野に入れて、それでも受け切ってみせると自負をもって迎え撃つエルメス。

それに合わせてマルクと呼ばれた兵士も、揺るぎない信頼と自信に満ちた笑みで。

エルメスにその刃を突き立てるべく、最後の間合いを潰す一歩を踏み込み。その瞬間、更なる力を与えるようにマルクに宿った霊魂の光がより一層眩（まばゆ）く輝いて——

——爆発した。

「私の魔法の弱点は、霊魂の拒絶反応」

エルメスの眼前で、目が眩（くら）むほどの白光が輝き。同時に凄まじい魔力の奔流と爆風がエルメスを飲み込む。

「それによって、味方への十全な強化が十分に続かない。それが致命的な欠点だった」

辛うじて、反射的に体が動いた。咄嗟（とっさ）に強化汎用魔法の結界を生み出し、爆風から身を守ろうとする。

しかし、血統魔法ではないものでは十分な防御力は得られず。防ぎ切れなかった爆風がエルメスを襲う。

「……でも、それを把握して確認した時。私は思ったのだよ」

どうにか負傷箇所を限定し、戦闘続行不可能なレベルの傷を負うことは抑え。爆風の効果範囲から逃れて、体勢を立て直し。
そして、最後に。――ぱたたっ、と。
「――じゃあ、逆にもっと拒絶させてしまえばいいじゃないか。
それこそ、拒絶反応を利用した魔力爆弾ができるくらいに――と」
エルメスの頬に、大きな血の塊が。
――かつてマルクだったものの最後の一欠片が、飛び散ってきた。
「…………………………え？」
染み付いた反射行動で、爆風には的確な対処をしつつも。
エルメスの心は最早、困惑の彼方にあった。
……今、起こった出来事を。
端的に、説明するならば。
目の前で、人間が一人爆発した。
大司教グレゴリオが、麾下の兵士を一人爆弾にした。
その出来事を、空想の出来事のようにしか捉えることができず。呆然とするエルメスの前で。

「どうかね、エルメス君。……とてもとても素晴らしい、魔法の使い方だろう？」

グレゴリオが、変わらず優しげな微笑みのままで。

――なんの含みも飾りもない、本心そのままの表情で、告げてきた。

『教会は、恐ろしいところだ』

脳内で、言葉がリフレインする。

『だから、君はひょっとすると教会に深く関わった結果――想像もつかない、途轍もないものを「見てしまう」ことになるかもしれない』

教会本部へと向かう前、ユルゲンに言われた言葉が。

空白になった思考に、ひどく強く、響いてくるのだった。

◆

何が、起こっているのか。

まるで、理解ができなかった。

「…………」

呆然と。今眼前で繰り広げられた光景を見て、エルメスは過去にないほどに放心する。

……エルメスという少年は。

これまで、人の死というものをそこまで身近に感じたことがなかった。自分が死にかけたことは幾度かあったが、自分以外の人間が死ぬことには――とりわけ、自ら『人間』の命を奪うことには抵抗があった。

感情が欠落していた彼だったが……それでも。生来の善良さとローズの教育によって、その程度の倫理観は人並みに持ち合わせていたのだ。

だから、こそ。

『目の前で人がいきなり死ぬ』という光景は、彼にとっては到底受け入れ難いもので。

加えて、何より――

「……ふむ？　何をそこまで放心しているのかね？　君は魔法の美しさをとりわけ大事にしていると聞いた、ならば感動こそすれそこまで絶望的な顔はしなくてもいいじゃないか」

それを、躊躇いなく実行しておきながら。

平然と、それこそ不思議なものを見る目で問いかけるこの大司教のことが、何より理解できなかった。

「……あな、たは」

それでも、散り散りになりそうな思考を懸命にかき集めて、エルメスは問いを発する。

この男に聞くべきこと、聞かなければならないこと、問い詰めなければならないことがあまりにも多すぎるから。

「貴方は、命を大事にする、主義を持っているのではなかったのですか」

「ああ」

「『最も慈悲深い大司教』の名に相応しく、命を大切にしているのではなかったのですか」

「その通りだとも、話のきちんと通じる子で嬉しいよ」

「ッ、ならばこれは何だ！　こんな、人を使い捨ての爆弾にするような真似が！　とても意義あるものとは——！」

「？　何をそこまで激昂しているのかは分からないが……」

さしもの彼も混乱しているのか若干言葉がまとまらない、けれど問うべきことをぶつけた詰問に対して……大司教は、答える。

「意義は、あるだろう？——今の彼、マルクはちゃんと。君のような神の敵を倒す一助となったのだから」

「——」

あまりにも、かけ離れた言葉に。薄々勘づいてしまったことをそれでも認めたくなくて、エルメスは続けて言葉を発する。

「っ、百歩譲って、それが貴方たちにとっての意義だとしても！　こんなものが貴方の言う『大事にしている』とは、とても思えない！」

「ふむ、何故そう思うんだね？」

「だって、彼の命は今潰えたではないですか……！　本来あったはずの可能性が、僕たちと、貴方たちと同じように、平等に与えられていたはずの未来が、彼だけ一方的に、一方の都合で潰されるなど……」

「――ああ、そういうことか」

大司教グレゴリオは。

正しく大司教らしく、誰かの告解を聞くように。教えを説くものの威厳を持って、エルメスの疑問を受け止める。

「話を聞くに、君は。彼にはこんな爆弾の役割を与えるのではなく……もっと、それこそ我々と同じようにもっと長く自由に生を与えられるべきだと言いたいのかな？」

「そう、です。それが理解できているならなんで――」

「あはは、面白いことを言うね。そんなこと許されるわけないじゃないか」

それを、正確に言語化して――グレゴリオは、笑う。

その笑みは、変わらず朗らかで。出会った時から変わらない、慈悲と威厳に満ち溢れていた。

そうだ。グレゴリオには、それほどの能力がある。明晰な頭脳があって、ちゃんと話を聞く理解力もあって、こちらの感情を言語化する意思疎通の手段を持っていて、話を説く度量と技術があって。

正しく、聖職者の最高位に相応しいだけの、尊敬に値する能力と人格を、全くの不足なく持ち合わせているのに。

「――だって」

なのに。

「邪悪な魔法を持った彼らは、生まれた時点で我々よりはるかに罪深いだろう?」


その、一点だけが。

どうしようもないくらいに、噛み合わない。

「そんな存在に、我々と同じ権利を与えるなんて――ああ、考えるまでもなくあり得ないことだと分かる。それは慈悲ではなく堕落の誘いだよ」

「ただ違う魔法を持って生まれたことだけで罪深いと、何故分かるのですか」

「? 星神がそうお定めになったし、御使もそう仰ったと確かな文献に記されている。それ以外に何の根拠が要ると言うのかね? 私にはまるで理解できないのだが……」

ちゃんと、思慮深いのに。柔軟な思考を持っているのに。

そこだけは、疑わない――疑うという発想がそもそもない、そういう環境で育ってきたのだ。

「むぅ、これは君たちの間違った思い込みの根が思ったよりも深そうだ。仕方ないが……より深く、思い知ってもらうしかなさそうだね」

最早、今説くことは不可能と判断したか。

グレゴリオは対話を切り上げ、手をかざして魔法を起動する。

――それが意味するところは、つまり。

「ッ、待っ――」

エルメスが静止する間もなく。

また、新たな兵士たちがエルメスに突撃してきて。

そして、また。あっけなくエルメスの眼前で爆発した。

「――!!」

また、咄嗟に結界の魔法で防ぐ――否、それしかできない。

相手の自爆を止める、なんて魔法はいくらエルメスでも今は持ち合わせていないのだ。

それはエルメス以外も同じで。ちらりと向こうを見るが、サラもニィナもリリアーナも。

眼前の光景にショックを受けつつ、対処するのが精一杯で。

この暴虐を、誰一人として止められない。

(そう、そうだ――!)

だがそこで、エルメスは思い至る。

……こんな所業、配下の兵士たちが納得しているわけがないではないか。

使い捨ての爆弾にされるような真似、到底受け入れられるわけがない。そうだ、そうであればあのグレゴリオの戯言(たわごと)を一蹴できる、そう思って前を向いた――

――のに。

「グレゴリオ様、万歳――！」

「教会と星神様に栄光あれ!!」

「――」

笑っていた。

何の屈託もなく、何の悲哀もなく。

ただただ、喜ばしげに。彼らは笑っていた。

洗脳されているわけではない。思考を誘導されているわけでもない。

疑いを持ちながら従っているわけでもない、ただただ、全面的な無垢の信頼がそこにあって。

――だからこそ、訳が分からない。

「何で。何で貴方たちも、そんな」

「うるさい、神に逆らう不届きものめが！」

「お前のような存在を倒すために、今日今まで私たちは生きてきたんだ！」

疑問を口にしようとしたエルメスの声は、今まさに爆発しようとしている兵士たちの声で遮られ。

「お前は、グレゴリオ様の慈悲深さが分からないからそんなことが言えるんだ！」

「そうよ、私たちはグレゴリオ様に救われたの！」

「それだけじゃない、こんな我々もきちんと扱ってくださった！」

「だってグレゴリオ様は――」

そして。

彼らは、告げる。


「――ちゃんと一日二時間も寝かせてくださるんだ！」

「――一日に、パンを二個も支給してくれるんだよ!!」

「――きちんとした牢屋で生活させていただけるのだぞ!?」


…………………


……理解、した。

――自分たちの方が、異端なのだ。

この場所では……いや、ひょっとするとこの国では。

自分たちが思っているよりも徹底的に、自分たちが排除されるべき存在で。

『邪悪な血統魔法』を持った人間の扱いは、本当に、そういうものなのだ。

カティアが陰口を叩かれた――陰口で済んでいたのは、彼女が名門公爵家の人間であるからで。

自分たちが変えられたと思っていた範囲は、本当にこの国の上澄みも上澄み、表面的な部分だけだった。

「そう、その通りだ！　素晴らしく誇らしい私の配下たちよ！」

グレゴリオの、珍しく興奮した声が響く。

「私は常々心を痛めていた。あまりにも、悪の血統魔法を持った人間の扱いが悪すぎる。彼らだって命を持った存在だ、そんな粗雑に扱われて良いわけがない。もっと優しく、慈悲深く。もっとまともな生活と、素晴らしい命の使い方を与えても良いのではないかと！」

それに合わせて、配下たちが。

「仰る通りですわ、グレゴリオ様！」

「僕たちは、今とても幸せです！　こんな我々でも、星神様のお役に立てるのですから」

「ええ、ええ！　これこそ僕らの天命！　果たすべき責務です！」

「それを理解せず、『もっと良い暮らしをしたい』などとぼやく愚かしく恥知らずな連中は、ちゃんと――」

屈託なく笑って、声を揃えて、告げる。

「「――皆殺しにしておきましたので！」」

……これが。

王国の汚濁。

血統魔法が生んだ、歪みの極致。

この国の、底の底の底だ。

『――想像もつかない、途轍もないものを「見てしまう」ことになるかもしれない』

……ユルゲンの、言う通りだった。

それを思い返しつつ、エルメスは次々と襲い来る人間爆弾に対処する。対処することしかできず、眼前で命と血飛沫が飛び散るのを見続ける。

それを見る、大司教グレゴリオは。

「……素晴らしい」

泣いていた。

歓喜に極まった、感涙の表情を浮かべていた。

「そうだよ、これこそが私の夢見ていた景色だ。

たとえ、邪悪な魔法を持って生まれた人間でも。慈悲をもって接すれば分かってくれる、素晴らしい存在になってくれる、素晴らしい目的のために生きることができる！　神敵を討ち滅ぼす尖兵として、その命を使えるんだ！　ああ――」

そして、最も慈悲深い大司教は。

幾人もの兵士を爆弾にし、配下の人間の血肉が飛び散る光景を見て。

涙を流し、告げる。

「――なんて、美しい、世界だぁ!!」

…………ああ。

見たくない。

もう一秒だって、眼前に存在して欲しくない。

改心も懺悔も必要ない。ただただ、すぐに目の前から消えて欲しい。

――要らない。


僕の見ている世界に、こんなものは要らない。


そう、思った瞬間。

かちり、と頭の中で何かが嵌まる感覚がして。同時に、脳内に今まで分からなかった魔法の領域、莫大な言葉の羅列が流れ込んできた。

その知識の奔流に導かれるように。

脳裏に最も強く浮かんだ、生起の語句を思い浮かべて。

息を吸い、唄う。

「――【天の光は彼方に堕ち　大地の花は藻屑に潰ゆ
　慈愛は非ず　冠は絶える　築き壊れる無灯の世界】」

エルメスは知る。

今まで、抱いたことのなかった想いを。知らずにいられた想いを。

そして――そう在ることでしか使えない魔法を。

「術式再演――」

その、代表格である魔法。今まで幾度か目の当たりにし、それでも使えなかった――けれどたった今、全て理解してしまった魔法を。

満を持して、静かに澱(よど)んだ瞳で。

銘を、告げた。

「――『悪神の篝幕(ゴエティア)』」

◆

それは、学園騒動の最後。学園を巨大な結界で覆ったあの男と対峙(たいじ)した時に初めて受け。

その後もいくつかの因縁を経て、王都を脱出する時にも戦ったあの男の血統魔法。

初めて受けた時は、魔法の一切が解析できなかった。ローズの三番目の血統魔法とはまた違う、自分の知らない何かしらの要素が介在しているせいで解析が不可能、よって当然再現もできないはずだった。

でも、今は違う。今ならば使える――否、使えてしまう。

その確信のもと、彼は魔法の銘を告げる。

「術式再演――『悪神の篝幕(ゴエティア)』」

応えて現るは、彼の周りを漂う黒い靄(もや)のようなもの。

「！……まさか、その魔法は」

それを視認した大司教グレゴリオは、心当たりがあるのか目を見開いてエルメスの元を見据えた後——

「……そうか」

——つぅ、と。

涙を、流した。

「君にはもう、何を言っても通じない。どうしようもない存在なんだね」

心の底から、憐（あわ）れむように。目の前の存在を悲しむように。まさしく、『神に見捨てられたもの』を見る目で、憐憫（れんびん）の涙を流す。

思い返せば、『悪神の篝幕（この魔法）』も教会の言う『邪悪な魔法』のカテゴリに入っていたか。

その辺りを加味すれば大司教のこの感想も分からなくはない——

……いや、訂正しよう。

やっぱり分からない。だって眼前の存在の考えなど、分かりたくもないから。

ともあれ、向こうは完全にこちらを排除対象と定めたようだ。

配下の魔法使いに指示を出し、また何人かがこちらに突撃してくる。

あの、人間爆弾の魔法の用意だ。魂の拒絶反応による意図的な魔力暴走を起こして、その爆撃を直接的に浴びせるというさせる側もやる側も正気とは思えない攻撃手段。

事実、配下の魔法使いたちは思考停止と信仰に満ちた瞳でこちらとの距離を詰めてくる。

これまでは、防ぐ手段がなかった。半端な結界は貫通する威力だし、魔力暴走を停止する手などこちらの手持ちの魔法には存在しなかったから。

……でも、もう問題ない。

だって、もう分かっている。今、彼の手の中にある魔法、『悪神の篝幕(ゴエティア)』の真価が。

彼がこれを扱う上で足りなかったのは、魔法の根源。どういう考えで、どういう理念でこの魔法が作られ、使われたたか。

――つまり、魔法の基本の基本。その魔法に込められた想いだ。

襲いかかる兵士たちの前で、エルメスは手をかざして思考する。

単純な話だった。小難しく考える必要などどこにもなかった。

この魔法を使う上で抱くべき想いは、純粋で、絶対的で、なんの衒(てら)いもない――

「――僕の、目の前から、消えろ」

――拒絶だ。

瞬間、黒い靄が即座に凝固し、黒い結界を生成。

そのまま抵抗する間も与えず、兵士たちをすっぽりと飲み込み。まずは物理的、視界的に彼らと外の世界を遮断する。

……そも、『結界』の原義は遮断。『外』と『内』を遮ることでその中で、文字通り世界を結実させること。

加えて、この魔法の根源である拒絶。それを組み合わせた、この魔法の真価は――

（結界魔法の効果に加えて、もう一つ。結界の内側における、何かを拒絶すること）

エルメスは、そう正確に理解した。

……とは言っても。

いきなり、結界に閉じ込めた人間を消し去ることはできない。流石にそこまで万能ではなく、拒絶できる対象にも条件があるようだ。

でも、その辺りも今回は問題ない。

だって今、結界内にいる存在の中には、まさしく言葉通り。

何よりも誰よりも、『拒絶』したがっているものが雄弁に存在するではないか。

後は、この魔法でその背を押すだけだ。

その確信のもと、エルメスは更に手をかざし、告げる。

「──『招かれざる魂』を拒絶しろ」

それで、おしまい。

結界内で異物と判定された、本来の持ち主以外の魂。

すなわち大司教の魔法によって憑依させられた魂が、その時点で魔法に拒絶され跡形もなく消滅。

……当然、魂同士の反発もなくなり。中の人間はこの時点で、なんの脅威もなくなった。

結界を解除する。

途端、中にいる人間が崩れ落ちた。唐突な強化の消失で体が追いつかなかったのだろう。

当たり前のように、人間爆弾も不発に終わる。あまりにもあっさりと、大司教の切り札の一つを封じ切った。

「な——なんて罪深いことをしてくれるんだ！　せっかく、救われたがっている魂の最後の輝きを——！」

グレゴリオが何事かを喚いているが、どうでも良い。

次なる脅威は、周囲で構える兵士たちにより放たれる血統魔法。これまでの彼らを防戦一方にさせていたそれだが……

……最早それにも、一片の脅威を感じない。どころかそれを見て、エルメスが考えたのは。

（……丁度良いな）

この魔法の基本的な使い方は、今の一連で理解した。

ならば、次は応用。エルメスが一回目の対峙でやられ、二回目の対峙で看破した事項。

——『カウンタータイプの魔法』と評したこの魔法の使い方を、次は試してみよう。

まずは、放たれる手頃な血統魔法に狙いを定めてこちらの魔法を放つ。

黒い結界が、魔法を封じ込め。次は選択の時間だ。

すなわち、何を拒絶するか。これも魔法そのものを消し去ることは……多分相当頑張らないと厳しいし、何より非効率。

故に。魔法の、威力や性質と言った部分はそのままに。イメージとしては魔法の『外側』、制御や推進を司っている部分だけを拒絶し、破壊する。

　そして、結界を解除。

　結果、何が起こるかは言うまでもなく分かるだろう。

　威力はそのままに、制御部分だけ破壊されたその魔法は、当然の帰結として――

　――暴発する。

「が――ッ!?」「何をやっている!?」「ッ、何が、起こっ」

　魔法が、放たれた手元でいきなり暴走。加えて制御を失っている分無差別、かつ威力は元の魔法より遥かに強力だ。その被害は計り知れない。

　混乱する敵陣営を尻目に、エルメスはまた別の魔法に狙いを定めて結界を起動。より効率的に、より効果的に。最大効率でダメージを与えられる魔法を、ポイントを狙い打って、次々と魔法を暴走させていった結果。

「ばか……な……！」

　――一発たりとも。

　放たれたはずの無数の血統魔法は、あるものは暴走させられ、あるものはその暴走の余波に巻き込まれ。

　結局、一つもエルメスの元に届くことなく……向こうの陣営にだけ、壊滅的な被害を与える結果となったのだった。

　誰もが、呆然とする中。

「っ、まだだ、このような邪悪な存在に――――！」

流石と言うべきか。真っ先に動いたのは大司教グレゴリオ。

阻まれたのならば更に強化を与えるだけと言わんばかりに、魔法を起動。天井に網のようなものが張り巡らされ、そこから光の球体が落ちてくるが。

「させるわけ、ないよ」

エルメスのその言葉が全てだった。

黒い結界を、今度は天井一面に張る。

……それだけ。

ただのそれだけで、グレゴリオの魔法は封じられる。光の球……憑依させるべき魂が、黒い結界を微塵も突破できず立ち往生する。

この魔法の本質は拒絶、すなわち『通さない』ということに関しては血統魔法でもトップクラス。

――そう、シンプルに本来の結界としての機能もこの魔法は桁違い、間違いなく頂点を誇る存在なのだ。

「……」

無言で。

完璧に、打つ手を封じられた大司教グレゴリオに向かって。ゆらりとエルメスが駆ける。

「くっ、この――――！」

けれど、相手も大司教。血統魔法を封じた程度では終わらない。

それを証明するかのように、懐から取り出したのは魔道具。大司教ヨハンも持っていた結界を瞬時に起動する古代魔道具(アーティファクト)だ。それを用いれば、どんな魔法が来ようととりあえずは防げるとの魂胆だろう。

……だが残念、それは大悪手。何故(なぜ)なら。

よりにもよって、今のエルメスが操る魔法に——結界で立ち向かおうとしたのだから。

エルメスも、魔法を起動。大司教が纏(まと)った結界ごと、更に大きな黒い結界で覆い。

「『己以外の世界』を拒絶しろ」

これも、それでおしまい。

黒い結界で内に入れた魔法そのものを消し去ることは、相当頑張らないと厳しい。——つまり、頑張ればできないことはない。

加えて、この魔法は結界系魔法の頂点。

……同じ結界に、負ける道理はないのだ。

結界を解除。

見えるのは自身の結界も消え、全ての手札を剥がされ間抜け面を晒(さら)した大司教一人。

……さて。ここまでは、あの男も使えるだろう魔法の使い方で攻略してきた。

ならば止(とど)めは——エルメスにしかできない魔法の使い方で締めようか。

そう考え、まずは結界を構築。再度大司教を黒い結界が覆い……覆い切る直前。

「——【灼け(アフラ・マズダ)】」

グレゴリオが動く前に詠唱、保持(ストツク)しておいた最大火力の魔法を発動。その更に最大出力で一つの大きな炎を生み出し。

——黒い結界の中に、放り込んだ。

この魔法の主要な攻撃手段はカウンター。唯一の弱点として直接的な攻撃性能を持たない分、相手の魔法を利用し、威力を倍加させた上で暴走させることを主な攻撃として行う。

……でも、エルメスなら。複数の血統魔法を持ち、間接的にだが複数の血統魔法を同時に扱えるエルメスであれば。更に有効な使い方ができるではないか。

そう——自分の魔法を暴走させてしまえば良い。

かくして。

エルメスが、己の単独最大火力の魔法を最大威力で、しかも結界の中という一切爆風の逃げ場がない場所で意図的に暴走させた結果。

——秘匿聖堂が、揺れた。

轟音(ごうおん)と衝撃と、黒い結界から一部赤い光が漏れるほどの熱量。

あの結界の内側に太陽が入っていたと言われても信じられるほどの凄(すさ)まじいエネルギーの奔流が収まり、結界が解かれたその後には。

「……」

どさりと。

真っ黒になった——むしろ原形を留めているのがおかしいと思える大司教グレゴリオが、倒れ伏す音が響いたのだった。

……誰も、声を上げられなかった。

誰もが呆然と、ことの推移を見守っていた。

だって、誰が想像できる。

あの一人の、とても強そうに見えない少年が。

あたかも指揮棒を振るうように指を動かすと、彼に向かっていた兵士たちは訳も分からず崩れ落ち。その指先を向けた先では何故か魔法が暴発し。

最後には、それこそ神の力としか思えないような魔法を発動し、大司教グレゴリオを一撃のもとに沈めてみせた。

そんな。人知を超えた、不条理で不可解で理不尽な魔法を振るったその少年は、そんな視線には目もくれず。

「…………、ああ。すごいなぁ」

様々な感情を含んだ……けれどそのどれも一切読み取れない、透明で冷徹な声で。

こう、呟いた。

「——この魔法、こんなに便利なんだ」

……今したことへの認識でも、感情の発露でもなく。

真っ先に出てきたのは――ただの、魔法の感想。

それを聞いた瞬間、兵士たちは確信した。

あれは、違う。自分たちとは相容れない何か。絶対的な力を振るう、決して認めるわけにはいかない敵対者。

それを、なんと呼ぶのか。呼ぶべきなのか。

彼らの所属する教会という組織は、この上なく相応しい名称を用意していた。

「……悪魔、め……」

絶望と、畏怖をもって呟かれたその呼び名を。

誰も……エルメスの味方ですら、否定することはできなかったのだった。

◆

同刻、秘匿聖堂の外にて。

ずん、と迷宮が揺れる音が響いた。

迷宮の外にまで届くほどの衝撃。それがよもや、エルメス単独の魔法によるものだと看破できたものはいなかったが……

それでも。その衝撃から、外の人間にも一つだけ確信できることがあった。それは――

「戦っていますね。エルメス殿たちと、大司教たちが」

「……ああ。相当の激戦になっているのだろうな、あの様子からすると」

そう話すのは、ハーヴィスト領の団長トアと、その配下の兵士たち。彼らは現在要請を受けて北部からここに招集、秘匿聖堂を守る教会の兵士たちを『外に留めておく』ための交戦の真っ最中である。

その役割は、今のところ成功していた。外からの圧力によって教会の兵士たちは内部の加勢に行けず、そして内部でもとりあえず大司教と交戦を開始するところまでは漕(こ)ぎ着けていると今の衝撃から判断できた。

よって、外の彼らの残る懸念は——この一点に絞られる。

「……勝てる、でしょうか」

「そう信じるしかあるまいよ」

不安そうに絞り出した兵士の一人に、トアはそう答え。

「どの道、現在の国の情勢を考えれば短期決戦以外に我々第三王女派の活路はない。彼らを内部に送り込む作戦を取った時点で、全ての命運は彼らに託されている。ならば信じるべきだろう。それに——よもや貴殿は、あのエルメス殿たちが負けるとでもお思いか？」

続けて逆に問われたその質問に、兵士は一瞬呆然としたのち——苦笑と共に首を横に振った。なるほど、それを言われてはどうしようもないと。

「トア殿の仰(おっしゃ)る通りです」

そんな彼らに続いて声をかけたのは、北部連合騎士の一人。かつて真正面から戦い合った彼らだが、ヨハンの一件が片付いてからは同じ第三王女陣営。比較的友好な関係を築いており、今回も休憩中の彼らに親しげに話しかけてきていた。

「一応は北部連合の騎士として付け加えさせていただきますと、内部に突入した人員の中にはルキウス様もいらっしゃる。あの方も、我々にとっては負けるなど考えもつかないお方だ。

まぁ、その幻想を打ち破ったのがそちらのエルメス殿のわけですが……今回はそんなお二人が仲間として協力して攻めてくるのです。あの戦いを見たものとしては――むしろ敵に同情しますよ」

「……まぁ、確かにな」「違いない」

北部反乱最終盤、ルキウスとエルメスの戦い。あのまさしく頂上決戦と呼ぶに相応しい戦いを目撃した人間としては、それを出されれば最早何も反論は浮かばない。

自信を取り戻すハーヴィスト領の面々に気を良くしたか、北部連合の兵士は続ける。

「それに、彼らだけではありません。第三王女派の他の魔法使いの皆さんも素晴らしい実力者揃いですし、あとは第二王女殿下――は流石に分かりませんが……加えて、かの中立貴族筆頭、フェイブラッド家のご子息も今回は協力してくださるとのこと。彼も素晴らしい魔法使いと聞きます、必ずや……」

「――待て」

だが。そこで待ったをかけたのは、トア。

今の一連の話の中で、決して聞き逃せない言葉が出てきたからだ。それは、

「フェイブラッド家の、ご子息、だと？」

「？　ええ、ルキウス様から聞き及んでおります、なんでも非常に優れた魔力をもっておられるとか――」

「――誰だそれは？」

北部連合騎士の言葉を遮って、トアは。

長年貴族社会に関わってきた人間だからこそ分かる一つの真実を、告げる。

「フェイブラッドに息子はいないぞ？……何者だ、それは」

「「――」」

一瞬、呆然とする兵士たち。だがすぐに、

「……か、勘違いでは？　フェイブラッド家は謎の多い家です、ご子息が表に出なかっただけの可能性も……」

「いや、その可能性は低い。……私とて血統魔法持ちの貴族の端くれ、加えて北部を預かる身だ。当然、自衛のため他の貴族の動向も表裏拘わらず調査はしている。フェイブラッド家など、私とて当主と直接会ったのは二十年近く前に一回だけ。そこまで謎だらけの家

なら尚更入念に調査を重ねるとも。

その上での結論だ。……フェイブラッドに、息子はいない。少なくとも表立って『後継者』と明言できる存在をここまで輩出はしていない」

「秘匿していた、ということは」

「だとすれば王家への叛逆だぞ？……詳しくは伏せるが今の情報は、王家に関わる筋から得たものだ。王宮に報告しない後継者をここに来て出すのは、それはそれであまりに大きな問題だろう」

「……」

一気に。不穏な気配が漂い、何も言えなくなる兵士たち。同様に面持ちを硬くするトアが、更に問いを重ねる。

「……その、フェイブラッドの息子を名乗る男の容貌は？」

「は、はい。ルキウス様からの伝聞になりますが……二十歳ほどの男性。珍しい黒髪に、赤みがかった瞳。あとは非常に柔和な顔立ちで、何処か底知れない雰囲気を纏っているとか」

「！」

……同じだ。

二十年近く前、面会したフェイブラッドの当主と全く同じ特徴。

一気に信憑性を帯びるその情報に慄きつつも、トアは更に問いかける。

「……その男の、名は？」

「クロノ。クロノ・フォン・フェイブラッドと」

「ッ！」

今度こそ、トアの背筋を電流が貫いた。

いやまさか、あり得ない。だって二十年近く前だぞ。あり得るわけが——と疑念と焦燥が一気に脳内を駆け巡る中。

「……それは」

それでも辛うじて……これだけは、言っておくべき情報を告げる。

「——当主本人の、名だ」

「——！」「そ……んな、なにが」

無論ただの特殊なしきたりの可能性もある。風貌についてもただの他人の空似ということだってあり得なくはない。自分の調査能力にだって、ここまで断言できる自信があるわけではない。

でも……何故か。

得体の知れない、決して放置してはいけない予感が。

その場にいた全員の間を駆け巡る。今までは純粋に順調な様子を信じられていた秘匿聖堂の中が、急にとんでもないことが起きている魔窟のように思えてくる。

……思えば、あの衝撃だって変だった。そもそも迷宮の奥深くでの衝撃が、こんなところにまで届くなど一体何が起こっているのだ？

何か。途轍もない、何かが。

固く閉ざされた改造迷宮の中で――『起こってしまっている』のではないかと。

急激に、疑心暗鬼に陥る一同。されど戦況はそんな彼らを待ってはくれず、すぐに教会兵たちとの戦闘に全員が駆り出され。

その場にいた全員の意識が、不気味な秘匿聖堂の中に向けられつつ……外の戦闘は、続いていくのだった。

◆

……ひどい気分だった。

確かな信念を持って、話が通じそうだと希望を抱いた大司教グレゴリオの本性を目の当たりにして。

今までにない、黒い拒絶の意志を抱いて。その衝動に従うまま、今まではどうしても使えなかった魔法をあっさりを使えるようになって、その魔法を自在に操って全てを圧倒して。

……ひどい、気分だった。

自分の中に、こんな感情が存在していたことが。こんな感情で、魔法を『使えてしまった』という事実が。

何より――この感情で、この想いで。魔法を使うことに……どうしようもなく甘美で、仄暗く芳醇な歓喜と共にあったということ自体が。

どうしようもなく気持ち悪く……けれど、どうしようもなく気持ちが良い。

歓喜と倦厭。相反する二つの感情がぐるぐると体の中を巡って吐きそうだ。自分が何を考えているのか分からず、何を思っていいのかも分からず。

自己矛盾による酩酊感に近い感情の嵐の中にいたエルメスに、届いた声は。

「――ああ、大司教様！　なんてことをしてくれたんだ、この悪魔めぇ!!」

……更に、気持ち悪さを加速させるものだった。

そのまま彼の気分など一切考慮することなく、グレゴリオの配下の兵士は喚き立てる。

「せっかく、我々の使命に殉ずることができる最高の機会だったのに！」

「なんで抵抗するんだ、どうして大人しく我々と一緒に死んでくれないんだ!?　心の底から理解ができない!!」

「やっぱり私たちと同じ人間じゃないのよ！　相容れない存在なんだわ、汚らわしい！」

人の、声を。

こんなにも耳障りに感じたのは、初めてだ。

「くそ……みんな、この悪魔は規格外だ。大司教様を退けたこの存在に我々だけでは太刀打ちできないだろう――だが！」

「ああ、そうだな！　このまま罪深い我々がのうのうと生き恥を晒すことなど誰一人として望むまい！　だから！」

「ええ——みんなであいつに特攻して死にましょう！」

「そうだ！　少しでもあいつが地上に出ることを遅らせるんだ！」

「さぁいくぞ！……あぁ星神よ、ご照覧あれ！　呪われた我々でも、あなた様の役に立てると証明します！　誉れ高き我らの死に様をあの悪魔に——」

「煩い」

左手を、一振り。

喚き立てる兵士たちを一挙に黒い結界で囲むと、内部の精神のようなものをイメージして拒絶。

……それで、予想通り内部全員の意識を刈り取った手応えを確認した。なるほど、抵抗力の弱いものはこうして気絶させるのが一番便利なようだ。何よりこんな奴らを望み通り殺すなんて親切なことはできそうにない。

また、この魔法の使い方を一つ深める。気持ち悪い感覚に、溺れていく。

一旦は静かになった資料室、だが。

多分、まだ終わらないとエルメスは眼前——大司教グレゴリオが倒れ伏した場所を見る。

……奴が生きていることを、確信する眼差しで。

何故なら見たからだ。あの、黒い結界に閉じ込めて意図的な暴走を行う直前。

辛うじてぎりぎり魔道具の再起動に成功したグレゴリオが、自身を最大出力の結界で覆うのを。完璧に防御不可能なタイミングを狙ったのだが、流石に使いたてではどうしても多少の荒さは出て、間一髪の防御を許してしまったようだ。

よって、エルメスの圧縮暴走させた炎の一撃はその守りを貫通こそしたものの威力は大幅に削られた。

だから、大司教グレゴリオは未だ原形を留めている。どころか、読みが確かなら――

「――は。はは、ははははははは！」

今にも意識を取り戻す、と思ったところで。

予想通り、グレゴリオが瞳を開け――予想外の哄笑を高らかに上げた。

咄嗟に身構えるが……立ち上がってくる気配はない。意識こそ残したものの、戦闘不能な状態には変わりないようだ。

それでも大司教の意地か、はたまた単純な信仰か。大司教は倒れ伏したまま一通り笑ったのち、天に向かって叫ぶ。

「ああ星神よ、申し訳ございません！　大司教という誉れある立場を与えられておきながら、私が非力非才であるばかりにこのような悪魔に後れを取ってしまいました！……ですが、ですがぁ！」

そこで、ぐりんとこちらに限界まで見開いた目を向けて。

「……私を倒した程度で、調子に乗らないでいただこう悪魔たちよ！

私は所詮慈悲深き大司教、他の大司教と比べれば異端狩りの能力においては一歩劣る！　むしろそんな私にここまでの戦力を割いてしまったことを後悔するが良い！」

意外にも理性的な言葉の数々。判断力を失って叫んでいるわけではないと考え、気になる情報もあったのでエルメスは一旦叫ばせるままにする。

「他の大司教はこうはいかないぞ！　特に――」

するとグレゴリオは、今度はぐるりと……静かに状況を見守る、クロノの方に目を向けて。

「クロノ・フォン・フェイブラッド！　貴様の配下を向かわせたところは今頃悲惨な状況だろうなぁ！」

「……」

すっ、と目を細めるクロノに構わず、グレゴリオは続ける。

「知っているぞ、貴様が指揮を執る中立貴族は数こそ多いものの……突出した魔法使いには欠ける、単独戦力が圧倒的に不足しているということをなぁ！」

「……」

「どうせ貴様はその分を数で補う心積もりだったようだが、あまりにも相手が悪すぎたようだね。そいつらの相手をするのは大司教ヴァレン殿――『最も強き大司教』だ！」

「！」

エルメスが軽く目を見開く。

残る大司教のうち一人の、グレゴリオと同じ二つ名が明かされ……それが如何にも不穏な響きを帯びていたから。

「彼の異端狩り、戦闘の能力は我々大司教の中でも随一、加えて貴様のやったような一対多の状況など彼の最も慣れている手合いだ。

数だけが頼みの貴様の配下など一捻りだろう！　そうして次は貴様らだ、すぐにこちらに向かってきて君たちも丸ごと叩き潰して――」

ずちゃり、と。

言葉を遮るように。

資料室の入り口から、水っぽい音が響いた。そう、それこそ――血まみれの人間を投げ捨てたかのような。

「！」

それを聞いて、大司教グレゴリオが歓喜に目を輝かせる。

まさしく噂をすればとばかりに、大司教ヴァレンが駆けつけてくれたのだと確信し、音のした方にぐるりと目を向けて――

――固まった。

「……あーあー、うるさいうるさい。大司教グレゴリオさんよ、あんたそんな叫ぶキャラじゃなかっただろおい。まさかやられるとは思わなくて壊れてハイになっちまったのかぁ？」

その声を聞き。

大司教グレゴリオは限界を超えて瞠目し――

――それ以上に、エルメスの方が驚いた。

だって。その声は、あまりにも聞き覚えがありすぎて。

そして……この場にいることは、絶対にあり得ない男の声だったから。

「ちょっと前から見てた。ご高説拝聴したぜグレゴリオさん。随分と他の大司教を信頼しているようだなぁ。組織の絆、いやはや大変美しい」

そんな一同の驚愕に構わず、その男はにやにやと皮肉げに笑って。

「んで、そんなお仲間大好きなお前さんに聞きたいんだがよ。あんたが今声高に叫んでた、『最も強き大司教』ヴァレン様ってのは――」

足元を指差し、告げる。

「――そこに転がってる肉塊のことか？」

「…………ばか、な」

その男がつい先ほど足元に投げ捨てた、法衣を纏った男を見ての。

大司教グレゴリオの反応が、何よりも雄弁な肯定だった。

「まぁうん、大司教にしちゃあ確かに強かったよ。血統魔法もなかなかのもんだ。……でも戦い方がてんでダメ、ありゃ自分より弱い奴をいたぶることしかしてこなかった類だな。

言動からもそーゆー気配が滲み出まくってた。

……ていうかさぁ、テンション上がんねぇよこんなやつぶっ壊したところで。だってそうだろ？　どうせ壊すなら、綺麗なものを壊したい。例えば……」

そして、その男は。ようやく、こちらに目を向けて。

邂逅の数こそ少なかったが、それでもひどく印象に残る容貌を。野生的な、不敵な笑みに歪めて。

どこか親しげに、再会の挨拶を告げてきた。

「あんたみたいな奴とかな。よう、久しぶりだなぁ、エルメス」

「……ラプラス、卿」

学園騒動の最後から因縁が始まった、未だ謎に包まれた王国に敵対する『組織』の幹部にして――たった今、エルメスが使った血統魔法の本来の持ち主。

ラプラスが、彼の桁外れの実力をもって叩き潰した『最も強き大司教』を手土産に。三度、エルメスたちの前に現れたのだった。

「さっきも言ったが、ちょっと前から見てた」

そのままラプラスが、警戒するエルメスに対してある種無造作とも言える振る舞いで話しかける。

「俺の魔法、うまく使ってたなぁエルメス。

「……ていうか、マジで助かったぜ。俺たちにとっちゃ大司教共（こいつら）が最大の障害、いっちばん邪魔になる存在だったからな。単体は大したことないが、『大司教派』っつー組織単位で見たら舐（な）めてもいられねぇ相手だったしよ。そいつはヨハンと相対したお前が一番よく分かってんだろ？」

「何を……」

「そんな厄介な大司教を、お前は二人も倒してくれた。んで、俺がボコったこいつで三人目。残りは一人だが……まぁ面子（メンツ）的、っていうか奴がいる限り負けはないだろ」

「何を、言って……いえ、そもそも貴方（あなた）が何故（なぜ）ここに――」

「で、だ。そんなお前さんにも聞きたいんだがよ」

エルメスの疑問を、一旦は遮って。

ラプラスは――ここまでで初めて見る。毒のない、どこか透明な印象を与える薄笑みを浮かべて。

「この国をさぁ……滅ぼさない理由って、何だ？」

今のエルメスにとっては、あまりにも。

刺さりすぎる疑問を、述べてきた。

「ッ、それは……」

「ま、流石に今のお前にすぐ答えろってのは酷かね。んじゃあ代わりに、俺がお前に言われた疑問に答えよう。つっても──何でここにいるのか、だっけ？　そりゃもう、頭良いお前さんならもう薄々察しはついてんだろ？」

「！」

またも、図星を突かれ息を呑むエルメス。

そうだ。ラプラスは大司教ヴァレンの相手……『中立貴族の先兵』が担当するはずのところから現れた。

加えて、『彼』の得体の知れなさ。ユルゲンに忠告されたこと。

それらを組み合わせれば、自ずと答えは一つに絞られる。

「……大司教派は半壊した。目的のブツはすぐ目の前。俺がいない王都も今頃は大混乱。そして都合の良いことに……丁度幹部も、全員ここに揃ってる」

呆然と、見守るしかできないエルメスとその他第三王女派閥の前で。

ラプラスは、この場に残る最後の一人──クロノ・フォン・フェイブラッドに向かって。

ひどく親しげに、芝居がかった口調で。開幕の一言を、放つのだった。

「──頃合いだ。

あんたの望んだ愉快な破滅、ここから始めよう。なぁ、ボス？」

第五章 何も知らない子供たちへ

……私は、力が欲しかった。

「はっ、はっ、はっ――」

秘匿聖堂、中心部のほど近く。

そこを、目的地に向けて全力で走りながら……第二王女ライラは考える。ここまでに、こうなるまでに至った道のりを。


…………きっと。

自分たち――今代の王家は、最初から何処かが破綻していたのだと思う。

自分たちの父親は、分不相応な『王様』なんて役割を押し付けられたせいでそればかりに精一杯になってしまい、家族の時間を一切作ることができなかった。今でも、父親の顔なんて朧げにしか思い出せない。

上の兄姉も、似たようなものだ。姉は年端も行かぬうちから半ば強制的に、半ば自ら逃げるように他国へと嫁いで行って。兄は第一王子、つまり王太子最有力候補である重圧から幼少期よりそれ以外のことが全くできず、いつも疲れた顔をしていた。

そして、ライラは。第二候補としての努力をすること――すら許されなかった。

何故なら彼女が物心ついた頃には、既に。

とてもとても優秀で、生まれたその瞬間から特別だった弟（アスター）に、全てを持って行かれてしまっていたから。

父には、一切触れ合う時間を与えられず。兄弟姉妹とは、それぞれの理由で顔を合わせる機会すらほとんどなく。

周りの人間も、全ての興味は未来の王様であるアスターにだけ向けられていて。彼女を本当に見てくれる人間は、ほとんど誰もいなかった。

ただ一人――母親を除いて。

そんな彼女にとっては、母親が世界の全てだった。

母オルテシアは、彼女が幼い頃は相応の愛情を向けてくれていたように思う。今となってはそれが正しい愛情だったかどうかは分からないが……それでも。幼い目にもたまに無理そうな歪んだ表情をしていても、それがライラが成長するほどに増えていったとしても、それでも。

確かに、愛情を。期待を持って、育ててくれていた時期はあった。そう、信じたかった。信じるしかなかった。

………でも。

それが壊れたのは、五歳の時。ライラが血統魔法に目覚めた瞬間。

彼女が授かった魔法は、『精霊の帳（テウル・ギア）』。確かに非常に強い、とまではいかないが、王家の人間が授かる魔法としては十分合格圏にある血統魔法。

これなら、お母様もきっと褒めてくれる。そう意気込んで、王宮を必死にかけて母の元に辿り着いて、誇らしげに血統魔法を報告したライラを見て。

母は、こう告げた。

「へぇ。——たった一つだけなの」

冷たい。

ひどく、冷たい瞳だった。

今まで自分が見ていたもの、感じていた愛情が全て幻に思えるような。一片の暖かい光も宿っていないような、見ているだけで体全ての熱を奪われるような瞳だった。

それ以降、母が自分に昔のような目線を向けることはなくなった。

今まで通り、食事は共にするしある程度のやり取りは交わすけれど。その全ては事務的なもので、何一つ血の通った会話もしなくなった。

まさしく、今までの態度は全て気まぐれ。幻だったと確信するには十分で——

——それでも、諦められなかった。

だって、それしかなかったから。彼女が縋れるものは、彼女が求められるものは、それだけだったから。

……いつか、昔のように戻って欲しい。

そんな一心で、彼女は母のために努力を続けた。

その辺りから、母が『お飾りの教皇』を脱し精力的に教会での権力争いに腐心するようになって。自分にも教会の後継者としての振る舞いを求めるようになったから、それに応えた。母の言うことを聞き、期待に応え続けた。

極論彼女にとっては……教会での立場も、国の未来も、王位継承争いも、どうでも良い。ライラは、ただ――もう一度だけ。かつてあった筈(はず)の母の笑顔を、あんな表情を最後にもう一度、自分に向けて欲しい。

それだけが、彼女の望みだった。

どんなに教会内で蔑まれようとも、必死に勉強した。

何度聞いても教えてくれない母の望みを、辛抱強く聞き出して断片的な情報から理解しようとした。

唯一懐いていた妹のことも――どうやら母はその妹のことが大嫌いらしいから、自然と距離を取るようになった。

そうして暮らしているうちに、見えてきた。

どうやら……理由は分からないが、母は、自分が『血統魔法を複数持つこと』を望んでいるらしい。一つだけ、『精霊の帳(テウル・ギア)』だけでは満足できないと。

母が自分を見る瞳には……自分以外の。きっと血統魔法を複数持つ誰かを重ねるような色すら、垣間(かいま)見(み)えた。

その理由についても、推測はついた。

——サラ・フォン・ハルトマン。数世代に一人と言われる規格外の二重適性。加えて、その片方がよりにもよって自分と同じ『精霊の帳（テウル・ギア）』。

母は、この子の存在を知っていたに違いない。だから、この子の下位互換にしかならない自分のことをああまで冷遇するようになったのだろうか。

そう思った瞬間から、サラのことは大嫌いになった。

いや、サラだけではない。その辺りから、自分より力を持った人間、恵まれた人間は残らず彼女の嫉妬の対象だった。唯一明確に自分より劣っている身内であるはずのリリアーナも、最近の活躍を見て嫌うべき、嫌わなければならないと一線を引いた。

……力が欲しかった。

とは言え、『二重適性』は先天的なもの。血統魔法を一つしか持って生まれなかった時点で、彼女はその高みに上れないことは生まれた瞬間から決定されている。

けれど、それで諦めることはできなかった。

だからライラは、それに代わる力を求めた。どんな方法でも良いと、王女としての権力、教会の最有力者の娘である立場を生かしてあらゆる情報を漁（あさ）り尽くした。

——そして、見つけた。

きっと教会だけが知る反則。後天的に規格外の魔法の力を得るたった一つの手段を。

それに辿り着いたのと同時だった。大司教グレゴリオから、要請があったのは。

『取引をしませんか？　ライラ殿下』

どこからか、ライラが『それ』を探っていたことを嗅ぎつけたのだろうか。

『我々はね、こちらの言うことをきちんと聞いてくださるのなら残しても良いと考えているんです。教皇も――そして、国王という立場も』

相も変わらず、にこにこと友好的に。けれど何かがずれた笑顔で。

『あなたが求めているものを差し上げます。どころか……次期国王の立場も全力でサポートさせていただいても良い。だから我々に協力してください。差し当たっては――近いうちにやってくるだろう、第三王女派を嵌める手伝いを』

その要請を、断る理由はなかった。

……けれど。

当然、ライラだって馬鹿ではない。あの大司教どもが約束を素直に守るような存在であるとはとても思えない。十中八九反故にするか、力を与えた瞬間に始末するかのどちらかだろうことは簡単に想像がついた。

故にライラが考えたのは、どちらも騙すこと。

第三王女派を所定の場所まで誘導し、大司教グレゴリオに極めて有利な戦場を整える。

裏を返せば、その瞬間だけはグレゴリオの目が自分から逸れる。グレゴリオだけでない、残る大司教全員が侵入者の迎撃に精一杯になる。

裏切るのは、行動するのはその瞬間。大司教派と第三王女派に潰し合ってもらって、その瞬間に自分は目的のものを手に入れる。

大司教どもは知らない。ライラが知らないと思い込んでいるのだろう。

ライラの求める『力』の正体。それが……秘匿聖堂最深部にあるということに。

ライラは、その情報を。彼女だけが探れる書類や伝手から手に入れていた。

その情報の差を、侵入者に迎撃する意識の空隙を突く。向こうが知るはずのない場所を知り、かつ行動できないタイミングを突いて目的を達成する。

それが、ライラが話を持ちかけられた瞬間から計画した行動の全貌だ。


――そして。

それが、うまくいく瞬間が。すぐそこまで来ていた。

「……ついた」

情報通りの経路を通って、密かに手に入れていた教会関係者御用達の魔道具を使って侵入を繰り返し、ライラが辿り着いた秘匿聖堂最深部。

その中央、あたかも祀られるかのように。彼女が求めているものが鎮座していた。

「……」

形状としては、天球儀に近い。宙に浮いている深い青の球体、その周囲を衛星の如く幾つもの光輪が忙しなく回っている。

そして、何より特徴的なのは――その天球儀から発せられる、神々しい桁外れの魔力。

「これが……」

荒い息と共に、ライラは呟く。

これこそが、彼女の求めていた『力』の正体。後天的に、かつ生半可な血統魔法では及ばないほどの、まさしく『神の力』を行使することを可能にするもの。

その、名は。

「――古代魔道具：『エスティアマグナ』。

大司教ヨハンが行使していた『スカルドロギア』と同じ……規格外の、魔道具……」

そう。

これが、教会が秘蔵していた『得体の知れない力』の一つ。血統魔法すら上回る力を持った、教会にとっての秘中の秘。教会が現在所持している、二つの規格外魔道具の片割れ。

もう片方の古代魔道具：スカルドロギアは大司教の中で最も権力を持っていたヨハンが行使し、『未来予知』という反則じみた業を可能にしていた。

――なら、ライラにも同じことができるはず。

それがライラの考えた、『二重適性』に匹敵する力を手に入れる算段だ。

「これで……これで……！」

もう、誰にも馬鹿にされない。蔑まれない。

襲いかかる苦難を、困難を。どうにかできるだけの、力が手に入る。

そして……母も。いつか、昔のように。

「また、お母様も……」

念願が叶う瞬間を目前にしてか、或いはエスティアマグナの魔力に当てられてか。

ふらりと、夢遊病者のような足取りで。けれど確かな意志を持って、ライラは天球儀に手を伸ばし——


「——やめなさい」

けれど。その瞬間、声がそれを遮った。

弾かれるように、ライラが声の主へと振り返る。

ひょっとすると、今の彼女ならば多少の静止であれば構わず手を伸ばしていたかもしれない。

……しかし、その声は。その声だけは。ライラにとっては絶対に、何があっても無視するわけにはいかないものだった。

だって。

「……なん、で……」

その人間は、ここにいることがあり得ない人間のはずで。

同時に……彼女が唯一、ここまで焦がれる張本人だったから。

故にライラは、震える声でその名を呼ぶ。

「なんで……いるんですか、お母様……!?」

困惑と、恐怖がない交ぜになった娘の声を受けて。

ライラの母親——教皇オルテシアは、変わらず昏(くら)い瞳をライラに向けるのだった。

◆

「もう一度言うわ、やめなさい。今すぐその魔道具から離れるの。……それは、あなたなんかが触っていいものじゃない」

その場で呆然(ぼうぜん)と震えるライラに、再度の忠告。聴いた限りでは娘を案じる言葉のように聞こえなくもないが、オルテシアの声色には一切そのような響きはない。

それを感じ取ってか、もしくは単純に困惑が極まってしまってか。

「どう、して……」

壊れたように、疑問を繰り返すことしかできないライラに。オルテシアははぁ、とため息を一つついてから、淡々と回答を紡ぐ。

「『その魔道具(エスティアマグナ)』の回収が、私に与えられた任務だからよ。『極力誰にも触れさせず、綺麗(きれい)な状態でうちのボスに引き渡せ』——って、腹立たしい口調でラプラスは言っていたかしらね」

「ボス……ラプラス……!?　お母様、何を、まさか、でも、そんな」

続けて告げられた言葉と、そこに含まれる言葉。加えて彼女の中にある、王国を脅かす

『組織』に関する知識。

それらが結びつき、最悪の想像をライラの中で結実させ。

……でも、到底そんなことは認めるわけにはいかず。けれどもしそうなら余計に何を言っていいのかも分からず。混乱が極まり、けれど口を開かなければいけないとの強迫観念に突き動かされた結果——

「——お、お母様っ！」

彼女がしたのは、現実逃避にも似た懇願。そうするしか、今の彼女には道はなかった。

「お母様、この、この魔道具はとてつもないものなんです！」

「ええ、知ってるわ」

「この魔道具があれば、誰でも——私でも！　あの大司教ヨハンと同じように、素晴らしい力を振るえるはずなんです！」

「……？　だから？」

何を言っているのだろう、と首を傾げるオルテシア。この時点で察するべきだったのかもしれないが——到底そんなことに気付ける精神状態にない彼女は。

言ってしまう。母親の推測は。

「お母様は……私が、サラ・フォン・ハルトマンの下位互換であることが気に食わないのですよね……？　私と同じ魔法を持って、二重適性である彼女のことが！

だから、だから——この魔道具さえあれば！　私も、実質二つの血統魔法を扱える——

いえ、それ以上のことができるようになります！　もう、誰にだって欠陥だと蔑まれなくて済む！　継承戦だって有利に進められるはず、だから……！」

だから、もう一度。あの日の笑顔を。

それだけは、どうしても言葉に詰まってしまい、それ以降は懇願するように項垂れるライラに。

「……ああ、そう。あなた、そんなことを考えてたの」

それを聞いた、教皇オルテシアは。

「…………あはは」

――嘲笑った。

「はは、あはははははは……ふふ、何それ、おっかしい。ああ、こんなに笑わせてもらったのはいつぶりかしら」

……もう一度、笑顔を向けて欲しかった。

でも――これは、こんなものは、こんな笑いは。

断じて、彼女の欲しかったものではない。それを、母親のことであるが故に確信させられて。愕然とするライラに――

「……全ッ然、違うわ」

オルテシアは、嘲るような薄笑みのまま、そう吐き捨てた。

「……そん、な」

「ええ、まぁ確かに。小さい頃は少しだけ期待していたわ。すごく薄い可能性かもしれないけど、一応血は引いているわけだし、なってくれるんじゃないかって。

——でも、無理だった。あなたが成長するたびにそう強く感じたし、極め付けはあなたの血統魔法を知った瞬間に確信したわ」

そのまま、オルテシアは。

最後は薄笑みの気配すらなくして、淡々と。

「無理。無理なのよ。だってどんなに奇跡的な成長をしても、努力しても、たとえ顔を変えても性格を変えても、魔道具の力を借りても——」

告げる。

「あなたは——ローゼリアにはなれないでしょう？」

「——え」

…………訳が。

分からなかった。

『別人になれない』という、至極当然のことを語る母親の存在が。加えてそんな、無理難題と呼んでも尚足りないほどのことを、自分に求めていたことが。どう足掻いても、理解できそうになかった。

そして、告げられた人名。

一瞬、誰のことを言っているのかと思ったけれど。彼女の王族としての知識が、辛うじてそれに合致する人間のことを導き出し。

「なんで……」

震え声で、問いただす。

「なんで……そこで、『空の魔女』の名前が、出て――ッ!?」

「あの子を、その名で、呼ぶな」

だが、その瞬間。

オルテシアが見たことのない形相で自分に歩み寄ってくると、ライラの首を摑み上げ、片手で宙吊りにし。恐ろしいほどのどすの利いた声で、ぶつ切りに告げる。

「ローゼリア。ローゼリア・キルシュ・フォン・ユースティア。

王家の最高傑作。教会の馬鹿どもが言っているのとは比べ物にならない、本当の意味で神に愛された子――いいえ、神様そのもの。私の星、私の空！」

……勘違いしていた。

『へぇ。――たった一つだけなの』

あの言葉が、それ以降の視線が。自分以外の多重適性の誰かを指しているとは分かった。

そしてそれは、自分と同じ魔法を持った二重適性であるサラのことだと信じ切っていた。

……でも。

それは、完璧な勘違いだった。オルテシアが見ていたのは、もっと遠く。もっと致命的で、どうしようもない幻影。

「決して余人に堕とされてはならない存在だったのに！　なのに無能の兄弟と俗物の教会どもに引き摺り堕とされてどこかに行ってしまった！」

ぎりぎりと。

内に秘めた激情を表すように、娘の首を片手で絞め上げる。

「お、かぁ、さま……くる、し……」

「だから、取り戻すのよ。私がこの手で、あの日のあの子を！　そのためなら、何もかもどうでも良い。あいつらが国を滅ぼそうが、誰をどれだけ殺そうが知ったこっちゃないわ！　あの子に育ってくれないなら、あなただって何の価値もないのよ！」

『……最初から、私の目的はただ一つ。だって、それ以外は──』

『──どうでも、いいもの』

リリアーナたちがオルテシアに謁見した際、告げられた言葉が思い返される。

……あの真の意味が、今更分かってしまうなんて。

「幸い、エスティアマグナを引き渡した時点で私のお仕事は完了。これであいつらに言われたまま、教皇なんて反吐が出る役職を続ける必要はない。──だって、どうせ何もかも滅ぶもの。

だから私は、そうしてまっさらになった王国と、対価としてあいつらから貰う情報で！

今度こそ、ローゼリアを迎えに行くのよ！　ええ、あの子がいれば、それ以外は何もいらないの！　あはははははははは……‼」

……その、瞬間。

薄れゆく意識の中で、ライラは。あの日自分に向けられていた愛情の意味と、それがもう二度と戻らないことを確信してしまい。

同時に、教皇オルテシア。

『組織』幹部の一人にして、かつて王都で輝いていた魔女の幻影を追い求める怪物が、産声にも似た狂笑を上げるのだった。

◆

「教皇サマから連絡だ。『エスティアマグナは押さえた、破損も機能不全もない』だとよ。よかったなぁボス、最大目的はこれで達成だ」

大司教グレゴリオを打倒したエルメスたちの前に、突如として現れたラプラス。彼はそんな状況にも拘わらず飄々（ひょうひょう）とした態度のまま、『ボス』と呼んだ人間と話を続ける。

……決して聞き捨てならない、情報と共に。

「教、皇……⁉」

「ん？　ああ、そう言ったぞ。教皇兼俺たちの仲間、三人いる幹部の一人オルテシア。魔くれたさ」

女の幻影に囚われたイカレ女だが、その実力と執念は折り紙付きだ。今回もうまくやって
「え——」

「聞いてるぞ、お前たちだって、教会に組織の内通者がいるのは予想してたんだろ？　そんなに驚くことか？」

にやにやと。明らかに分かっている顔つきで、ラプラスがそう告げた。

……ああ、そうだ。

教会サイドに組織の人間がいること自体は予想していた。継承争いが始まる最初の最初、そう忠告されて以降気をつけてはいた。

でも、まさか、トップのトップがそうだとは思わないではないか。それは最早内通者ではない、乗っ取りと変わらない。

加えて——乗っ取りが済んでいるのは、そこだけではない。

「クロノ、様……」

「……以前。私の底を、理念を見せるのは、君のことをもう少しだけ知ってからの楽しみにしようと言いましたね。——どうやら、今がその時のようで」

エルメスの呟きに、クロノ——中立貴族のトップに位置する貴族の一員であり、たった今ラプラスに『ボス』と呼ばれた青年は。

「この国の、多くの現実を見てきた。多くの絶望を、停滞を、汚濁を見てきた。

その結果。極めて理性的に、論理的に考えて――」

いつも通りの、穏やかな表情で。

一切の気負いなく、告げる。

「――この国はゴミだから滅ぼすべき。

それが私の理念。この上なく、合理的な判断だと思いますが？」


「はっ」

クロノの物言いに、ラプラスが笑う。

「よく言うねぇ。理屈を重視しておきながら、一番感情で動いてるのはあんただろうに」

「ふふ、それを教えたのは君だろう？」

「それは違いねぇな」

笑い合う、クロノとラプラス。そんな二人の様子からは、育んできた揺るぎない信頼が感じられて。それが尚更、眼前の光景の真実味を増している。

……加えて。今のエルメスには、あの大司教グレゴリオとその配下たちを、この国の汚濁の底を見せられたエルメスには。

その、クロノの端的な言葉を。否定する材料も、見当たらない。

……思えば、最初からそうだった。

クロノは言っていた。『見極めの結果次第では、『中立』をやめることも視野に入れる』と。

その後の言葉も、口調も、言動も。全て思い返してみても。

──『リリアーナの味方につく』とは、一言も言っていない。エルメスたちが、そう早とちりしただけだ。

じわじわ、じわじわと。絶望が染み込んでいく。秘匿聖堂突入時点に立てていたプラン、『教皇派と一時協力し、その後中立貴族を味方につける』──それが、この瞬間完膚なきまでに崩壊した。

誰がどうみても、窮地極まった状況。

いや、でも、まだだ。まだ味方は──と思ったその時。

「ま、まだ──まだだッ！」

奇しくも……エルメスにとっては嬉しくない偶然だが、叫び声が響く。

声を上げたのは、大司教グレゴリオ。エルメスに戦闘不能にされた状態のまま、大司教ヴァレンの惨状に対する放心から復活して、尚も吠える。

「まだ、まだ大司教は……教会は終わっていないッ！　そうだ、大司教ニコラ殿が残っている！　あの方も対人戦闘のスペシャリスト！　ラプラス、貴様のようなイレギュラーでもない限り、たとえフロダイトの長男相手でも後れを取るはずが──！」

更に、同時に。

「──エルッ！」

またも、予想外のところから予想外の声。困惑しながらも振り返ると、資料室の入り口から駆けてくるのは……カティア。後ろにアルバートとルキウスも伴った彼女は、常にないほど焦りを顕にした表情でこちらを見て、目を見開く。

「!?　あれは──ラプラス！　それにクロノさんも、なんで……い、いえ、それより──！」

さしもの彼女も狼狽しつつ、それどころではないばかりと共に。

「──お父様を、見ていないかしら!?」

そんなことを、告げてきた。

「え？」

「お父様が、お父様が！　大司教ニコラとの交戦が始まった直後、罠でこの迷宮の壁が崩れて……！　分断されたの、大司教ニコラと二人だけになるように！」

続けて、困惑と恐怖のままに。聞くだけで只事ではないと分かる状況を告げてきて──

「お父様の血統魔法は、直接攻撃系統ではないらしいの！　まずいわ、いくらお父様でもそんな血統魔法を持って、あの戦闘に長けた大司教と二人だけなんて、勝ち目が──！」

──そこで。

「…………はっはっはっはっ」

ラプラスの笑い声が、響いた。

その声は、あまりにもこの場にはそぐわない。純粋で、無邪気とも言えるような。

そんな、まさしく邪気のない。『ただおかしいから笑った』以外の何も含まれていない笑い声に、困惑を顕にするエルメスとカティアの前で。

「えぇ、マジ？　おいそこの、アレの娘なんだよな？　本気で言ってんのか？

……いやいや、よっぽど知られたくなかったんだなぁ。実の娘にも隠すかね普通、しかもあの魔法で？　流石に呆れるぜおい」

「何……を、言って」

──ずん、と。

カティアの疑問を遮るように、轟音が響いた。

それは徐々に大きく、強く。音の発生源が、近づいてくる。

「……なぁ」

その音には、まるで頓着せず。

気にならないと確信している。その音の発生源を完璧に理解しているかのように。

心地良いサウンドであるかのように、ラプラスは続けて言葉を紡ぐ。

「最初に言ったよな？　お前たちが間者の可能性に思い至ったことを『聞いてる』って。

──誰から『聞いた』と思ってんだ？」

ぞわり。

そう、得体の知れない悪寒。

知ってはいけないものを知ってしまう、世界が崩れる予感を抱く。

けれど、そんな子供たちの拒否感など意にも介さず。

音の発生源は、カウントダウンを示すように近づいてきて。比例してラプラスの口上も、更にトーンを増して。

「なぁ、お前ら。俺たち『組織』の手が、第一王子派閥以外のところにも伸びてる可能性はきちんと把握してたんだよな？　第二王女派閥にも、中立派閥にも。本当に至る所に仲間が潜んでいる可能性は、しっかり認識してたんだよな？

ならよ。何で、それが――」

一息に。


「――第三王女派閥（おまえたち）にも伸びてないと思えるんだ？」


どがん、と。

大きな音が、響いた。

それは秘匿聖堂の、迷宮の壁が破壊される音。

――滅多なことでは傷もつかないはずの、迷宮そのものが破壊されるあり得ない音。

瞬間、――ぞわり、と。

見るだけで身の毛がよだつような、ここ一体の空気が地獄のそれに塗り替えられるかのような。

そんな、恐ろしく、悍ましく、おどろおどろしい……そして、それでいて。何故か覚えのある魔力が、破壊された壁から一面に染み出る。

「……もう分かってると思うが。俺たちの目的は、純粋に『この国の破壊』だ。ただただこの国を見限り、恨み、呪い……そういう負の感情を抱いた連中の集合体。負の遺産の集積地、王国の自殺機構――とでも格好つけておこうかね。

……その上で、だ」

――それ以上は、聞きたくない。

そんな、訳のない悪寒にさらされるエルメスたち。されどそれを分かった上で構わず、ラプラスは呪うように言葉を紡ぐ。

「『奴』のプロフィールをおさらいしてみよう。……唯一無二の親友は王国に拒絶され？最愛の妻は貴族の怠慢で殺され？　残された娘も『邪悪な魔法』のレッテルを貼られくだらねぇ勢力争いで塵と婚約させられ、挙句の果てに捨てられ殺されかけたんだって？

……ははっ、文句なしじゃねぇか。さぁ、もう一度聞こうか――」

そして、遂に。

唇を歪ませ、ラプラスは。致命的な言葉を、告げる。

「お前が、この国を、滅ぼしたくないわけがねぇだろ」

――なぁ、トラーキア？」

返答は。

よく知る声で。

「血統魔法――」

誰もが聞いた声で。

誰もが、今だけは聞きたくなかった声で。

ユルゲン・フォン・トラーキアの声で。

これまで誰も知らなかった、娘にさえ『直接攻撃系ではない』と騙し、完璧に秘匿していた。

――彼の、血統魔法と共に、紡がれた。

「――『救世の冥界』」

同時に、あの悍ましい魔力が絶望的なまでに膨れ上がって。

轟音。

一拍遅れて――どちゃり、と。

先ほども聞いたひどく水っぽい音と共に、エルメスたちの前に赤黒い何かの肉塊が叩き

つけられる。

……その正体は、聞かれるまでもなく分かった。

「…………ニコラ、殿……？」

答え合わせを、遂に全ての同僚がやられ信じられない声色で呟くグレゴリオが行い。

されどそれに構わず、構っていられず。

あり得ない、あり得て欲しくない。そんな現実逃避じみた思考を抱いて、エルメスも、カティアも、一縷の望みをかけて破壊された壁の方を見遣って――

理解して、しまった。

そこにいたのは、紛れもない。

紫の髪に、青の瞳。眼鏡も相まった理知的な表情が特徴的な、カティアの父親の姿。

更には……その背後。彼が血統魔法によって、召喚したもの。

――悪霊がいた。

――怨霊がいた。

――呪霊がいた。

恨みと、憎しみと、呪いと。ありとあらゆる負の想いを煮詰めて凝縮して濾して更に煮詰めたような、この世に存在する全ての悪感情の権化が、所狭しとひしめき合っていた。

『救世の冥界』。

霊魂と対話し、召喚し、それを使い魔として使役する魔法。

そして、この魔法は、特性として。

――召喚される霊魂の性質は、本人の気質に依存する。

故にカティアが召喚した霊魂は、彼女の気質を反映して素直で無邪気な子供らしいものになった。

故に、ユルゲンが召喚した霊魂は。

つまり。

「どう……して……」

同じ魔法を、使うが故に。

全てを理解してしまった、カティアの虚(うつ)ろな声が響く。

……いつからかは、分からない。

けれど、この状況と。この結果と。何よりこの魔法が、雄弁に物語っていた。

「――三人の幹部が、最後の一人。

ユルゲン・フォン・トラーキアだ。覚えて帰りな、ガキども。まぁ帰さんけど」

ラプラスの言葉が放たれると同時。彼のこれまでの言動が、全て繋(つな)がる。

『――マジで助かったぜ。俺たちにとっちゃ大司教共(こいつら)が最大の障害、いっちばん邪魔になる存在だったからな』

あれは、エルメスたちを敵として認識していなかったからではない。

……最初から、第三王女派の唯一の大人、こちらの裏の要が組織側であると知っていたからだった。

『――そんな厄介な大司教を、お前は二人も倒してくれた。んで、俺がボコったこいつで三人目。残りは一人だが……まぁ面子（メンツ）的、っていうか奴がいる限り負けはないだろ』

最初から、彼らにとっては大司教派だけが。自分たちの手が伸びていない、唯一の完全に真っ向から叩き潰さなければならない相手だった。

そもそもが、この大司教討伐作戦から『組織』に誘導されていた。

彼の語る『奴』は、ルキウスのことではなかった。

「俺たちのための涙ぐましい努力、ありがとうなぁエルメス。

悪いな。そもそもこの王位継承争い、最初っから――」

中立貴族派（クロノ）も。

第一王子派（ラプラス）も。

第二王女派（オルテシア）も。

第三王女派（ユルゲン）も。

それを、理解すると同時に。

ラプラスは、にこやかに。これまで彼が幾度か言った言葉。けれど、エルメスの前では初めて言う台詞（せりふ）を、告げる。

「――どう転ぼうが、最終的には俺たちが勝つようにできてるんだ」

かくして。

唯一の敵対組織だった大司教派を完全壊滅させた今、満を持して。

――破滅が、幕を開けた。

◆

……認めたくは、なかった。

自分の中に、こんな恥ずべき、悍ましい感情が存在することを。

確かに、側から見れば自分は破滅を望んでも仕方ないように見えるだろう。そうするに足る境遇であることは、客観的にも理解していた。

でも、そういう衝動的な感情を抱くこと自体、これまで自分を信じてくれた人間――数少ないけれど、大切な人たちへの裏切りになると分かっていたから。

だから、誤魔化した。

そんなものはないと封じ込め、固く蓋をして。自分の死ぬその瞬間まで決して外に出ることがないように、思考と理性と態度の殻で何重にも覆い尽くした。

そうして、自分自身の言動を騙して。

思想を騙して。

心の中さえも、騙し切って。

でも。

――魔法だけは、騙せなかった。

◆

認めたくは、なかった。

「お……とう、さま……？」

呆然と、カティアは眼前の光景を見据える。

訳の分からないことだらけだった。

何故、父が単独で大司教を撃破できているのか。

何故、その父がラプラスと、クロノの隣に並んでいるのか。

そして、何より。何故――

「その魔法は……なん、なんですか……？」

『直接戦うような魔法ではない』。

いつか聞いた時にそう答えられ。それ以降話されることのなかった、父の血統魔法。

それなのに――自己申告とは、あまりにも違う。見るからに恐ろしく、凶暴で、攻撃的な気配を漂わせ父の後ろに侍っている使い魔たち。

しかも、しかも。その、魔法の名前が――！

「……『救世の冥界』」

思考がそこまで到達したのを読んだように。ユルゲンが、魔法の銘を口にする。

「君と同じ魔法だよ、カティア。見れば分かるだろう？　これと君の魔法は同じものだと」

「それは……そう、ですけどっ、でも！」

父の指摘は当たっている。同じ魔法の使い手であるが故に、あの使い魔たちが同種のもの──霊魂によるものだと確信できてしまう。

でも。

──『それ以外』が、あまりにも違いすぎる。

「ああ、これかい？」

その視線を感じ取ってか、ユルゲンが後ろを振り向いて。そこに控える霊魂たちを、感情の読めない瞳で一瞥してから続ける。

「『救世の冥界』は、霊魂を召喚する魔法。……君はそれに加えて、召喚された霊魂の防御性能の高さも特徴だと思っていたね。

……でも、違う。この魔法の効果は本当に『霊魂を召喚する』、それだけなんだ。その呼び出す霊魂の気質も、戦闘における性質も。全てその当人に左右される」

「……」

「その上で、君はあの綺麗な幽霊たちを召喚した。そして私は──」

再度、こちらを向き。

笑って、告げた。

「――怨霊悪霊しか、召喚できないんだ」

「…………………え」

「どれほど工夫しても、何を頑張っても。恨みを、憎しみを持つ霊魂しか喚び出せない。そういうふうに、いつの間にかなってしまった。

そして、この魔法で召喚する霊魂は本人の気質次第。霊魂の正体が本人の鏡。つまり」

光景を受け入れられない、カティアに向けて。

手を広げ、立場を示す。……もう、戻る気はないと言うように。

その上で、言葉を紡ぐ。

「気付いたよ。何を繕おうと、仮面を被ろうと、自分を騙そうと。

――私の本質は、どうしようもなく憎悪なんだと」

何も、言うことができない。

今まで、自分たちを表で裏で支えてくれた。終わっている貴族しかいないこの国では、ほぼ唯一と言って良い十全に頼れる『大人』だったユルゲンが。

その内に、こんなものを隠し持っていたという事実。それを受け入れられずに、受け入れたくなくて。カティアだけでない、その場の全員が硬直していた。

そんな彼らを、状況は待ってくれない。

「……さて、くだらない話はここまでにしようか。君たち、私の立場が分かったのならやることがあるんじゃないのかい？」

「っ、立場……って、お父様、本当に……！」

「ああ、先ほどラプラス卿が紹介した通り。『組織』最後の幹部にして第三王女派閥に送り込まれた間者。それが私、ユルゲン・フォン・トラーキアだ」

そして組織の彼らが、唯一間者を送り込めなかったのが大司教派閥。となると、下手に正体を明かして大司教派閥とそれ以外に手を組ませてはまずいと判断した。

「これ以上のことは、語る気もないよ。――わざわざ懇切丁寧に、ここから敵対する人間に教えてやる義理もない」

故にまずは――大司教派閥以外の全勢力に手を組ませ、大司教派閥を打倒させたのだ。

それが、この大司教討伐作戦の全貌で。

それが終わった以上……最早正体を隠す理由は、何処にもない。

つまり、今。自分たちは。

――逃げ場のない場所で、敵の最高戦力四人に囲まれている。

「っ、ぁ――！」

「おや。なるほど、君よりも君の霊魂の方が賢いみたいだね、カティア」

見ると、カティアの扱う霊魂が。主人の許可を経ずに召喚され、カティアを守るように彼女の目の前に立つ。

それを感心したようにユルゲンは見た後。

「……あぁ、何度見ても綺麗な魂だ。澄んで、眩しくて、温かな想いに満ちていて――」

冷たい声と、零下の視線を。実の娘に、向ける。

「――吐き気がする。そんな君が、私には最後まで理解できなかったよ、カティア」

「ッ、あ、ぁあああああ――――ッ!!」

その言葉で、何かが吹っ切れるように。或いは纏わりつく全てを、強引に振り払うように。

カティアが絶叫と共に、魔法を本格的に発動して幽霊兵をけしかける。

「……せっかくだ。親子で同じ魔法を持ったわけだし、最後に一つ授業をしようか」

されど、幽霊兵を……世代最強クラスの魔法を一挙に向けられているのに、ユルゲンは一切動じることなく。

「『救世の冥界』は、本人の気質に適応した霊魂を呼び出す魔法。その性質は魔法を扱う人間によって様々だ、君の場合は『護る』ことに重きをおいたからそうなったんだろうね」

静かに語って、手をかざし。

「……ならば、同じ魔法が真正面からぶつかったらどうなるか？　エルメス君風に言うなら魔力量や操作能力等、魔法以外の基礎能力で優劣が決定するが――この魔法だけは例外だ。無論その影響もなくはないが、それ以上に圧倒的に、魔法の強さをダイレクトに決定する要素が存在する。つまり――」

その手を、上に掲げてから振り下ろし。合図に合わせて、ユルゲンの背後に控える怨霊も突撃を開始し。

「想いの強い方が勝つ」

お互いの幽霊兵が、真っ向からぶつかり合って。

そして。

「――ほら。憎悪（わたし）の方が強い」

瞬殺。

そう呼ぶに相応（ふさわ）しい勢いで、カティアの霊魂が一挙に食い荒らされた。

耐久力に優れているはずのカティアのそれを僅かに耐えることすら許さず葬り去る、圧倒的で絶対的な破壊力。ユルゲンの『救世の冥界（ソテイラ・トリウィア）』の、本質。

「そん、な――うっ！」

瞬く間に、怨霊の群れはカティアの手元まで迫る。カティアも至近距離で次々と幽霊兵たちを再顕現させて拮抗（きっこう）を図るが、あまりにも向こうの破壊力が高すぎる。僅かな時間押しとどめることが精一杯で、到底押し返すことなどできず。

――そのまま、怨霊が。助太刀に向かおうとしたエルメスたちの方まで流れてきた。

「く――！」

必然、エルメスたちも怨霊に対処する羽目になるが。……即座に分かった、この怨霊、カティアとは真逆のベクトルで極めて厄介な代物だと。

（……防御が。ほとんど、できない――！）

カティアの惨状を見て大凡予測はしていたが、実際食らってみると更にその予測を一段階超えていた。

まず、結界系の魔法が何の役にも立たない。あっという間に怨霊に侵食され、僅かな足止めすら不可能なレベルで突破される。

結論、迎撃で排除するしかないのだが……これすら、半端な攻撃では魔法ごと喰らい尽くされる。必然、最大火力で叩き潰し続けるしか選択肢がなく、加えてカティアと同じく魔力がある限り無尽蔵に湧いてくる点はしっかり同じ。

苛烈で、爆発的な侵略と破壊の魔法。

これが、彼の『救世の冥界』。カティアと同じ、けれどカティアとは全く違い――そして、カティアよりも遥かに強い彼の血統魔法。

「おぉ、いいなトラーキア。そのまましばらく足止めしとけ」

……更に。対処で手一杯になるエルメスたちの前に、ラプラスの言葉が。

「……さて、そんじゃあ俺ももう一働きしますか」

「！」

「流石になぁ。最大敵対勢力はぶっ倒して、後はそれぞれトップか最重要人物が抜けた烏合の衆だけ。ほっといても勝手に内輪揉めで自滅するから、手を下すまでもない――

……なぁんて言うには、お前らだけは強すぎる。きっちり、ここで潰し切っておこうか」

見逃す選択肢など、端からない。

その宣言と共に、ラプラスの魔力が桁外れに高まる。

「エルメス、俺の魔法を使ってくれた礼だ。……あんたがそこまでしてくれたんなら、俺もここで手を抜くわけにはいかんよなぁ」

そのまま、ユルゲンに合わせるようにラプラスも更に魔力を練り上げ。

息を吸い、唄う。

「――【騙れ　偽れ　八九の虚無　始まりの海に王は無し　終わりの穽にも詩は無し】」

「――――！」

エルメスの……先ほどラプラスの魔法を再現したエルメスでも、知らない詠唱。

それが示す可能性は二つ。かなりまずい方と、絶望的な方。

そんな疑念を理解したかのように、ラプラスは嘲るような表情を見せ――

「【異郷の帳は狂いの扉　黒塗りの虹に泥の楼閣】」

二節目の、詠唱。この時点で確定した……絶望的な方だと。

かなりまずい方――別の血統魔法であればまだ望みはあった。

でも、それはダメだ。ユルゲンの魔法だけで手一杯なのに、それを発動させてしまえば限りなくこの場の望みがゼロに近づく。

それが分かっているのに……何も、対処ができない。

「【砕け　穿(うが)て　妖夢の玉座　星と深月と願いを均(なら)し　恵の指輪は隠世(かくりよ)に】」

ユルゲンの怨霊は際限なく湧いてきて、立て直す隙を許さない。血統魔法の保持(ストック)もとうに尽きている。時間をかければまだ対処法があるだろうがその時間が足りず、更には向こうでクロノが目を光らせている以上奇襲奇策も通じない。

エルメスだけでない、他の人間も。己の身を守ることで精一杯だ。

「【斯(か)くて全ての偶像は亡(ほろ)び　真鍮(しんちゅう)の器は開かれた　欺瞞(ぎまん)の王国(くに)を創(はじ)めよう】」

何もできないまま、タイムリミットだけが近づいて。

ユルゲンとは別の、触れるだけで息が詰まるような濃密な魔力が、一挙に渦巻いて。

「【天(ソラ)の光は彼方(かなた)に堕(お)ち　大地の花は藻屑(もくず)に潰(つい)ゆ
　慈愛は非(あら)ず　冠(かむり)は絶える　築き壊れる無灯(むとう)の世界】」

そして、きっちり。

最大数である五節の詠唱を唱え切ったラプラスは、最後にもう一度、エルメスに笑いかけ。

「よーく見とけ、エルメス。この魔法はな、こうやって使うんだよ」

……意図してか、知らずか。意趣返しの如(ごと)く、彼にとって印象的な言葉を返し。

更なる絶望の象徴を、宣誓するのだった。

「『悪神の篝幕(ゴエティア)』——魔銘解放(リベラシオン)」

◆

魔銘解放（リベラシオン）。

血統魔法の、血統に埋め込む際に封印した魔法本来の能力を解放し、それが『血統魔法になる前』のオリジナルの魔法の力を十全に振るう秘技。血統魔法使いとしての秘奥の秘奥。

当然、使える人間は極めて限られる。現在の王国で公的に魔銘解放（リベラシオン）を使用できる人間は存在せず、エルメスでさえも王都に戻ってからは、ちゃんと正しい形で魔銘解放（リベラシオン）を使用できた人間は観測できていない。

それほどの……魔法使いとしての一つの極致に到達した人間だけが扱える奥義を。

「『悪神の篝幕（ゴエティア）』──魔銘解放（リベラシオン）」

この男は、容易（たやす）く行ってきた。

……正直言うと、予想はしていた。

元々、初対峙（たいじ）の時からラプラスが桁外れの力を持っていることは承知していたのだ。これほど強大な魔法を自在に操る男が、血統魔法の秘奥を習得している可能性については十分に考慮していた。

だからこそ──今考えるべきことは。驚くことではなく、この魔銘解放（リベラシオン）に対処することだ。

そう思考を定め、まずは効果を見定めるべくラプラスの行動に注目する。

かくして、ラプラスは魔法の発動を完了し、その瞬間。

——世界が、変わった。そう直感した。

明確にこれと分かる出来事があったわけではない。けれど、どこか。

今までと比べて、遥かに空気が重くなって。空間そのものに鈍い色がついたかのような違和感が体中に纏わりつく。

……一方で、それ以外には明確な影響があったわけではなく。ラプラス本体も魔法を発動したまま、静かに佇んでいる。

——まるで、『そっちから来な』とでも宣言するように、凪いだ瞳でエルメスを見据えている。

……乗るべきか、と一瞬考えた。

だが、すぐに気付く。そもそも現状の自分たちは膠着を望める立場ではない。何せ今もユルゲンの『救世の冥界』がカティアを圧倒的に押している、早急に現状を打破しなければどちらにせよ押し切られてしまうのだ。

故に、こちらから行くしかない。瞬時に判断し、エルメスは対処の暇を与えず突撃するべく、隙をついて保持した『魔弾の射手』を解放、加速度をつけて一気にラプラスに迫ろうとした——瞬間。

「——拒絶しろ」

暴走した。

エルメスの足元に付与されようとしていた魔弾が、突如制御を失ってエルメスに牙を剥(む)いた。

「っ!? これ、は——!」

即座に察知して足への致命的なダメージは免れたものの、体勢が崩れることは避けられない。どうにかラプラスへの警戒を保ちつつ体勢を立て直し、今の現象について分析する。

……出来事自体は、覚えのあること——というか、つい先ほどエルメスもやったこと。

『悪神の篝幕(ゴエティア)』の基本機能、『拒絶』の能力を応用することによる魔法の暴走だ。

——だが、今の現象には、致命的に違う点が一つ。

その『拒絶』の機能を発揮するには、『悪神の篝幕(ゴエティア)』の黒い結界で対象を閉じ込めることが必要だったはずで。

なのに。

今——結界で囲まず、ラプラスが命令しただけで魔法が暴走した。

「……まさ、か」

そこから考えられる帰結、それを保証する今しがたの違和感。諸々(もろもろ)の情報を繋ぎ合わせ、優れた魔法への造詣によってエルメスは瞬時に辿(たど)り着く。

——信じたくない、回答へと。

「お、その顔。もう気付いたか? そうだよ」

その絶望を、楽しむようにラプラスがエルメスの顔を見ながら、笑って告げる。

「ここはもう結界の中だ」

「――」

「つっても学園の時みたいに、明確に黒い結界で覆ってるわけじゃないけどな。イメージとしちゃあ『侵食』って言った方がしっくりくるか？

ここら一帯の空間が、『悪神の篝幕』の結界の中と同じになるように。限定的に、世界の方に『悪神の篝幕』のルールを捻じ込んで適応させたんだよ」

……理解、できてしまった。

そも、結界の原義は読んで字の如く世界を結実させること。

ならば、結界系の魔法を作った人間は、例外なくその魔法に『何か世界を変えてみたい』とのニュアンスを含んだ願いを大なり小なり込めているわけで。

ならば、その願いの極致。本来の魔法の効果が。

『現実世界の捻じ曲げ』であることは、むしろ当然の帰結と言える。

そして、つまり。

この場が、『悪神の篝幕』の結界の中と同等になったということは、つまり。

今、ラプラスは――この場のいつでもどこでも、ノータイムノーモーションで。望むままにあの『拒絶』の力を好き放題振るえるということ。

これが、『悪神の篝幕』の魔銘解放。

『結界の生成』という一手間、最大の弱点を克服し。手の届く範囲全てを自在に拒絶する、まさしく悪魔のような能力。

確信する。この解放――『血統魔法』という枠の外、領域外に半歩踏み込んでいる。

「……そん、なの」

実質、無敵ではないか。

勝ち筋が見当たらない。現状の最有効手段は、その『捻じ曲げ』が届かない範囲まで逃げることだが――この秘匿聖堂の中ではまず不可能。となれば、どうやって対抗すればいいのか、皆目見当も――

(――いや)

しかしそれでも、ここまでの知識と経験が、安易な結論を撥ね除ける。

「どうした、来れないのか？　そんじゃあトラーキアの娘を――っと！」

ラプラスがカティアの方に手を伸ばす……その直前に、エルメスが地面を蹴る。拒絶されないよう、認識すらできないほどの一瞬だけ強化汎用魔法を発動。それで急加速を行って再度ラプラスに突進。

「――正解」

ラプラスが、突撃を容易く受け止めつつ告げる。

「好き放題拒絶できると言っても、流石に規模には限度がある。具体的にはお前の相手をしている間はトラーキアの娘に手を回す余裕はない。他の連中もトラーキアの対処に手一杯。……だからほら、ご主人様に手ぇ出されたくなかったらお前が頑張らないとな？」

「……？……随分と、親切ですね」

流石に、そこでエルメスも違和感を覚える。

まさしく、随分と親切だ。自分の魔銘解放の効果から弱点まで、懇切丁寧に説明してくれる。それでエルメスに、自分と一対一を行うのが最善であると教え込んで――

「そりゃあ、一対一が目的だからなぁ」

それが狙いだと、ラプラスは端的に語った。

「……ボスから、ちょいちょい聞いた。お前が何を考えてこの国の改革に力を貸してるのかも、何を目的としてるのかも、ボスに語ったことを介して色々とな。

随分と遠大で素晴らしいもんを掲げてたなぁ。いやぁ、ほんっと――」

そこで、言葉を区切り。

「――心底、ムカついたわ」

ラプラスは、この場で……更に言うなら、出会ってから初めて。

一切の表情を消した表情で、エルメスを見据え。

「なーるほどなぁ、と思ったよ。そんな考えを抱いてるんなら、あの時勧誘に頷かなかったのも理解できるしその後の行動にも辻褄が合う。

……んでな、そういう考えのやつ、俺的にはちょっと生理的に受け付けないんだわ。おまけに無自覚だってんだからタチ悪い。流石に温厚なラプラスさんでもブチ切れ一歩手前ですよっと。……ま、つーわけで」

知性を宿した獣の如き眼光で、静かに射抜いて告げる。

「説教タイムだ。テメェがどんだけくだらねぇ欺瞞と勘違いの上に立ってるか、教えてやる」

「ッ！」

ラプラスから感じる魔力と、加えて殺気とも呼べるような圧力が、エルメスの総身を襲う。

それで察する。今、この眼前の男は……言葉通り、怒っているのだと。

「まずは心、折ってやるよ。——かかってこい、クソガキ」

逃げられない、と悟った。

今この瞬間、自分に向けられた全てからは。どれほど逃げたくても、この場においては不可避なのだと。訳もなく、直感してしまった。

故に、エルメスはその場に腰を落とし。戦闘態勢で、ラプラスだけに意識を集中して地面を蹴って。

因縁の男との、三回目の激突が——始まったのだった。

◆

ラプラスの『悪神の篝幕（ゴエティア）』、その魔銘解放（リベラシオン）。

周囲の空間全てを『結界の中』として一時的に書き換えることにより、本来ならば結界で囲む一手間が必要だった『拒絶』の能力をタイムラグなしでいつでもどこでも使えるという、唯一の弱点を完璧に克服した反則の力。

それが既に発動してしまっている以上、大きな魔法は軒並み封じられると言って良い。

故に、この場で取れる戦術は必然的に一つに絞られる。

「ふッ」

突撃、その一点だ。

ラプラスに拒絶されない一瞬だけの強化汎用魔法で身体能力を強化、その加速度でもって一拳に距離を詰め、瞬時に懐に潜り込んで鳩尾（みぞおち）に向け拳を放つ——が。

「ぐ——！」

硬い感触。

見ると、突き出した拳はラプラスに届く前。

——一瞬で生み出された黒い壁によって、遮られていた。

あり得るかもと予想していたが、やはり——

「身の回りだけだがな。本来の結界としての黒壁（こいつ）も、ここじゃ無条件で出し放題だ、よっと！」

つまり、ヨハンやグレゴリオの持っていた結界魔道具と同じく。

今のラプラスは、突如の不意打ちから身を守る術まで完璧に身につけているということ。

それを理解すると同時に、反撃のラプラスの上段蹴り。咄嗟に狙われた頭を腕を交差させて防御するが、体格差によって強引にガードの上から弾き飛ばされる。

「ッ――！」

「ほら、今度はこっちからだ」

着地時の体勢の崩れを逃さず、ラプラスの追撃。彼としても『悪神の篝幕』自体に直接的な火力がない以上、こちらが魔法を使わない限りは格闘で倒すのが常道なのだろう。

つまり、必然近接での戦いになる。そうなれば、徒手空拳を高いレベルで修めているエルメスの方が有利――の、はずだったが。

「っ」

「遅ぇよ」

実際は、真逆。ラプラスの圧倒的優勢、エルメスは防戦一方になっていた。

理由は複数ある。まずはラプラスも格闘能力が極めて高いということ。更には長身かつ鍛えられているラプラスと、未だ十五歳の華奢な少年並みの身体能力しか持たないエルメスとの体格差。

加えてラプラスだけはあの黒壁――極めて強力な魔法による防御手段を持つという圧倒的有利。そして極め付けは……

（体が……重い……っ！）

エルメス自身の、圧倒的な不調。

原因は分かっている、この空間そのものだ。

そも、ここが実質結界の中というのならエルメス自身にも『拒絶』の力は絶えずかかり続けているのだ。流石に彼の魔法抵抗力なら一挙に意識を奪われるとまではいかないが、それでも相当量の気力体力を持っていかれていることは間違いなく。

有り体に言えば——この空間にいるラプラスの敵は、例外なく甚大な行動阻害をかけられているに等しい。

無制限の拒絶。術者だけに許された結界によるノータイムの防御。敵の行動制限に、術者自身の魔法能力、身体能力。

……先刻抱いた印象は、微塵も間違っていなかった。

この空間にいる限り——この男は、ほとんど無敵に近い。

……それでも、と。

僅かな突破口を探して必死に足搔き続ける。不利状況ながらも隙を見つけようと、ひたすらに捌いて耐え忍ぶ。

そして、そんな彼を見て。未だ余裕のあるラプラスが、攻勢を続けつつも口を開く。

「『……想いは、綺麗で。願いは、美しいものです』」

「！」

かつての彼の言葉を、なぞるような口調で告げ。

「『人にも、魔法にも罪はない。たとえ善くない想いで生み出された魔法であっても――善い使い方は、できるはずです。魔法は、美しいものであるはずだから』だったな。ボスから聞いたよ。それがあんたの魔法についての考え方だってな。

――じゃあよ」

その上で、この男は。一挙に声のトーンを下げて。

一息。

「――悪い想いの魔法を、悪い想いのままに使っちゃ駄目なのか？」

「――――」

確実に。

エルメスの、心の深いところを抉(えぐ)る、質問を。

「その魔法が生み出された理念も、想いも、願いも無視して。

嫉妬を、憎悪を、絶望を、怨恨を。そういう負の想い、恐ろしく悍(おぞ)ましく醜い想いを抱いた魔法を、その一切合切を捻じ伏せ封じ込め誤魔化して。お綺麗にヘラヘラ笑いながら貼り付けた善意で汚泥の上のお花畑を作り上げるのが正しいことか？

――それで本当に、『想いを肯定してる』ことになんのかよ、おい。それこそテメェが大嫌いな、想いの捻じ曲げそのものなんじゃねぇのか？」

「…………ぁ」

エルメスが、これまで目を逸らしてきたもの。

意図的に言及を避けて、向き合ってこなかった矛盾を。ラプラスは克明に暴き出す。

「あるんだよ。この世には、どうしようもない悪意から生まれて、どうしようもない悪意のままに使うしかない魔法ってやつがなぁ。そういう想いでも魔法になる、そういう想いでも魔法は創れちまうんだ。

……その辺りをさっきまで分かってなかったからこそ、『悪神の篝幕』をお前はこれまで使えなかったんだろ？」

誇示するように、ラプラスは己の魔法を開帳する。

……それが間違っていないことは、エルメス自身の先ほどの行動が証明してしまっていて。

「そう思う根拠も、過去の経験から推測はつく」

「っ――」

「その上で言ってやるよ。……お前は、本質的には大司教ヨハンと同じだ」

続けて。

衝撃的な情報と共に、ラプラスが一気呵成に攻め立て、更に。

「大司教ヨハンは、『悪意にしか共感できない』っつー致命的な欠陥を抱えてた。先天か後天かは知らんがな。だからああまで歪んだ国を、世界を作ろうと目論んだ。

「……対してお前は。そんな歪んだ大司教と、真逆でありおんなじなんだ。つまり」

エルメスの、ここまで醸成されてきた、彼の心に巣食っていた歪みを突きつける。

「――お前は、善意にしか共感できないんだろ？」

「っ、ぁ」

「何があったかまでは知らねぇ。だが推測するに、一回心が壊れてまっさらになって――そこからよっぽど『善い人』ばかりに育てられてきたんだなぁ。悪人にも会ったことはあったが、どいつもこいつも取るに足りねぇ人間か容易く踏みつけられる存在でしかなかった」

暴いていく。

ラプラスが、桁外れの頭脳でもって。知らないはずのエルメスの境遇すら、凄まじい精度で言い当てていく。

「結果、お前はこう思ったわけだ。善い思いが『正しく』て、悪い想いが『間違ってる』ってな。いやぁ素晴らしい、道徳教育のお手本にしたいような聖人君子の極みだ。だから魔法は綺麗なものだと思い込んだ。そりゃそうだろ、『綺麗な魔法』しか見てないしお前は認めないんだから。

善意によって生まれた魔法だけを称賛し、悪意によって生まれた魔法はそのあり方を歪めて善意によって使用することだけを強制する」

「……」

「──なぁ、それ。お前がこれまで倒してきた王子様や貴族どもと、何が違うよ？」

周りの人間の思いを、自分の都合の良いように捻じ曲げてきた。

そういう、彼がこれまで否定してきた連中とお前は同じだと、ラプラスは語る。

「善意は素晴らしくて美しくて正しくて、悪意は劣って醜くて間違ってる。

だから最後は善い想いが勝つし、悪い想いは淘汰されるのが当たり前。

行き着く先は、『みんなえがおでへいわなせかい』。綺麗で綺麗で、綺麗なだけの綺麗事。

それがお前の本質で、全てがそうだと信じ込んでいたものだ。いやぁ──」

そして。

「──ふざけんなよ？」

ラプラスは、再度一息に距離を詰め。

反応を許さず、エルメスの懐に潜り込んだ上で──胸ぐらを掴み上げ。

「俺を見ろよ、エルメス」

至近距離で、昏い眼光を叩きつける。

「汚濁から目ェ逸らすな、心を騙すな綺麗事で誤魔化すな。

俺は、お前の言うところの淘汰されるべき存在。『本当は～』だなんて特別な目的も持たない、ただただ破滅を願う存在、正真正銘の悪党だ。

──でもなぁ！」

エルメスがそれを振り払うと同時、ラプラスも勢いよく殴りつけ。

そのまま、攻勢を再開しつつ言葉でも打ち据えるように。

「俺は、俺の意志が、願望が、理想が！　『間違ってる』だなんて思ったことは一度もねぇ！　恥じるところも隠すべきものもねぇ、なんなら誇りすら抱いて叫んでやるよ――」

その上で、大きく両手を広げ。

誇示するように、世界に示すように。大声で言い放つ。

「――俺は！　この国の全てが！　大ッ嫌いだッ!!」

「――」

「気持ち悪い。腹立たしい。あり得ない。くだらない。吐き気がする。

――だから滅ぼす。その想いには、一片の曇りも翳(かげ)りもねぇ」

最早(もはや)ここまで攻撃を受け続けたエルメスは、既に身を守ることすらおぼつかず。

「でも。きっとそうやって滅ぼしたとしても、この国の連中は反省すらしねぇんだろう。今までと同じように、自分以外の全てに責任を転嫁して。滅びゆく自分たちを悲劇の主人公に仕立て上げて自己陶酔しながら、『俺たちが滅ぼした』ことすら認めずにくたばるんだろう」

「っ――」

「そいつは、少しやりきれねぇ。あいつらに何の爪痕も残せねぇってのは堪える。……でも、あんたなら。ここまでしっかり魔法を鍛え上げ、この国を見てきたあんたなら、ちゃんと真正面から、俺たちの悪意にきちんとぶつかってくれる。きちんと『敵』になってくれるもんだと思ったが」

そして、遂に。

「期待外れだったみたいだな。今のお前も同じ、見たくないものから目を逸らすことしか知らん生き物だ。……悪意を理解しない人間が、どうして俺に勝てるってんだ」

ラプラスの拳の一撃が、エルメスを撃ち抜いて。

「一応謝っとく。……悪ぃな、勝手な期待、押し付けちまってたみたいだ」

酷薄な、言葉と共に。力の抜けたエルメスが、その場に倒れるのだった。

◆

「エルメスさんっ！」

「今行く――！」

そこで、ようやくユルゲンの怨霊の攻勢を抜けてきたのか。サラとルキウスが、魔法を構えてラプラスの元に向かってくる。

半端な物量ではなかったはずだが、突破できたこと自体は称賛に値するだろう。

……だがもう遅い。エルメスは既に沈んだ後だし、そもそもまだ戦闘中だったとしても意味はない。何故なら——

「——もう一人いること、忘れてねぇか？」

薄笑みと共に、ラプラスが呟き。サラとルキウスが瞠目したその瞬間。

「血統魔法——『白夜の天命（アイン・ソフ・オウル）』」

これまで黙っていた、組織のトップ。クロノ・フォン・フェイブラッドが、詠唱を終えてその血統魔法を初めて開帳し——

その、数秒後。

「……っ、ぅ」「が——」

サラとルキウスが、床に倒れ伏していた。

……もう一度言う。

あの、サラとルキウスが、が。僅か数秒で、一方的にやられて倒れた。

恐らく、一番訳が分からなかったのは当人たちだっただろう。

けれど、それでも諦めるわけにはいかず。もう一度、今度はせめて見切るくらいはするべく二人とも力を込め。

「……あぁ、せっかくだし言っておくか」

それを、嘲笑（あざわら）うかのように。ラプラスは実際に笑いながら口を開いて。

「ボスは二重適性だぞ」

掛け値なしの、絶望の上塗りを、告げた。

「――」「そん、な」

二重適性。

つまり、今受けた魔法の他にもう一つ。

何故か確信できる――まず間違いなく、今受けた魔法よりも弱いことは絶対にあり得ないと分かってしまう魔法が、もう一つ。

その事実は、衝撃は。さしもの二人であっても、かろうじて保っていた膝の力を再び崩れさせるには十分だった。

カティアを封じ込めかつ余力を大幅に残した、ユルゲン。

魔銘解放（リベラシオン）を扱ってエルメスを単独で打倒した、ラプラス。

サラとルキウス二人に圧勝し尚（なお）底が知れない、クロノ。

――勝ち目が、ない。

その感想を、この場の全員が抱かないには。あまりにも、力の差が雄弁すぎた。

「……さて」

第三王女派閥が事実を確認したことを待っていたかのように、ラプラスが歩み出る。

――やりたいことは、ここからだと。

そう。ただ倒すだけならどうとでもできた、それくらいには現状の戦力差は圧倒的だった。

それなのに、わざわざ面倒な構図を作ってまで……特に一人に対して力の差を知らしめたのには当然理由がある。『彼』に初めて会った時から想定していて、『彼』の本質を理解した瞬間にそうすると決めた、エスティアマグナ確保に次いで重要と位置付けた第二目的。

それは。

「……よぉ。どうせ寝ちゃいねぇしもう起き上がれんだろ？　ちょいと話があるからよ、まぁ頑張って起きてくれや」

そう言ってラプラスは、たった今打倒した少年の元に屈(かが)み込み。

予想通り、立ち上がれはしないまでも起き上がった彼に目線を合わせ、優しげでありながら獰猛(どうもう)な笑みを向けると。

「期待は外れたが、あんたが強いのは間違いないし、それならそれでやりようはある。……そんじゃ改めて。初めて会った時に聞いたアレの、答えを聞かせてもらおうか」

第三王女派閥を完璧に瓦解させる止(とど)めの一言を、告げるのだった。

「――勧誘だ。俺たちのとこに来い、エルメス」

◆

……なんとなく、こうなる予感はしていた。

多分、早いうちに勘づいてはいたんだと思う。彼の思想と、それに付随する歪み。彼が無意識のうちに目を逸らしてしまっていたものに。

何故なら。『悪い想いから生まれた魔法でも、善い使い方はできる』——この考えを、真っ先に聞いたのは自分だったから。

昔から、勘は良い方だった。彼がその矛盾を……最悪の形で突かれたら、あの強固な雰囲気を持っているようでありながら、不自然に脆いところもある少年は。下手をすると危うい方向に転びかねないとも、なんとなく察していた。

……まぁ。流石にここまでだとは、予想できなかったけれど。

でも、だから。

もしそうなった場合は、自分がなんとかしなければならないと思ったのだ。

だって。どんなに理想論でも、矛盾だらけでも、たとえ間違っていたとしても。

——それに一番救われたのは、自分だって確信していたから。

「勧誘だ。俺たちのとこに来い、エルメス」

呆然としたエルメスの前に、ラプラスの声が響く。

「勧、誘……？」

「ああ。言っとくが拒否権はないと思っときな。断ったら殺すだけだし、それに」

さらりと決定事項を告げたのち、ラプラスはかがみ込むと。

「お前には素質がある。だって――」

笑って、告げる。

「――使えただろ？　俺の魔法。

悪意によって生まれ、悪意を以て使うしかない魔法を、この上なく正確に、強力に」

「！」

「なぁ、どう思ったよ。この国の底の底を見て、その上でその魔法を発動して。目に映る不快なもの全てを拒絶して否定して、徹底的に排除した瞬間の気分は。

――最高に、気持ち良かったよなぁ？」

暴いていく。

彼の矛盾を、彼がこれまで目を逸らし続けていたものを。

執拗に暴き立て、目の前に突きつけて。価値観の全てを、破壊しにかかる。

「察するに、お前はただ『知らない』だけなんだ。

……でも、目を逸らしてきただけで見てはきたはずなんだよ。この国に関わっているなら、大なり小なり王国のどうしようもない部分は、何度も目の当たりにしてきたはずだ」

思い出す。

傲慢で、あらゆる考えが破綻していた王子様を。その魔法と立場だけを盲信して馬鹿みたいに持ち上げていた連中のことを。

弱い立場の人間を、弱い魔法の人間を。人間として扱わないことになんの違和感も抱かなかった学園の大人たちを。

弱いままに慣れ切った人たちを。強いことで全てを許され傲慢が極まった人たちを。地を這うことを強制された弱者を。虚栄ばかりを追い求める強者を。

……この国の、全ての構造を。

「認めろよ。悪感情でも魔法は作れるし、そういう魔法はそういう感情のままに振るうのが正しいんだ。

そして──『全部壊したい』って感情も、俺ら側の想いも、お前は確かに持ってる。どころか……お前の本音はむしろそっち側だろ。だって──」

そして、一息。

「──お前、さっきの魔法を使ってる時が一番強かった。

つまりそういうことだ。……本当に魔法を神聖視するつもりなら、その一点は無視できねぇよなぁ」

「っ……」

ぐるぐると。

脳が回る。ぐちゃぐちゃになった思考のピースをかき集めて、反論を組み上げようとするが全くうまくいかない。

だって……正しいと。目の前の男が言っていることはどうしようもなく正しいと、ここまでの経験を経た今ならば理解できてしまっているから。

「だから、来い。理解できないなら、共感できないなら、きっちりできるようになるまで悪意を教えてやる。

　多分、お前は悪党の素質があるよ。必要なもの以外をどうでもいいって切り捨てることに割と躊躇しないたちだろ？　なら、お前はこっち向きだ」

　自分の性質を、的確に言い当てられて。いよいよ息が詰まるエルメスに向かって……ラプラスは、止めを刺すように。

「その上で、お仲間のことを今案じているなら。……とびきりの言い訳をやろう」

　これまでで最大に、笑みを深めて言い放った。

「──お前が来るなら、お前以外は殺さず見逃してやる」

「──！」

「嘘じゃないぞ？　俺は認めた人間には嘘はつかん主義だってなんとなく分かってるだろ。それに……ぶっちゃけるとお前をこっちに引き入れた時点でもう第三王女派はおしまいだ、わざわざここで殺すまでもない程度に成り下がる。だから、ほら。お仲間が大事なら、受けろよ」

　……まさしく、とびきりの言い訳だ。

　カティアたちが大事ならば、ここで殺されたくはないのならば。

　エルメスがここで頷いて、ラプラスたちの元に行くより他に道はない。

表面上だけ頷いて見逃してもらい――なんて甘い想像はしない方が良いだろう。

ここでエルメスが首を縦に振ったら、ラプラスは宣言通り教え込むのだろう。エルメスに、先ほど一つ見ただけでもどうしようもなく拒絶意思に支配されたこの国の汚濁を、幾つも見せてエルメスの考えを変えさせようとするだろう。

そして――自分は多分、それに染まってしまう。

幼い頃に感情が一度破壊され、そこから再構築を試みた自分……つまり言い換えれば、擬似的には五歳児程度の情緒発達しかしていない自分は、多分容易くそういう思想にも染まりうる存在であると。

この秘匿聖堂での経験を経て、我がことながら理解してしまっていたのだ。

（……でも）

だからと言って、どうすれば良いのだ。

彼我の戦力差は圧倒的、もはや抵抗の手立てはどこにもなく、エルメスが提案を受けるかこの場で皆殺しにされるかの二択しかない。

……何より。

ラプラスの提案を嫌だ――と、言い切れない自分がいるのも、確かで。

（……なら、もう）

仕方ない。

それ以外に道がないなら、仕方ない。

仲間たちを助けるためなんだから、仕方ない。

そして――自分自身、どうしようもなくその道に惹かれてしまっているから、仕方ない。

ラプラスたちの方へ、一歩を踏み出す。

「エル――！」

「エルメスさん……っ！」

カティアとサラが悲痛に叫ぶが、どうしようもできない。

カティアはユルゲンに、サラはクロノにやられろくに動けないし。

加えて……仮に体が動いたとしても、エルメス自身が向こうに行くことを望んでしまっている以上、止めようがない。だって、今のエルメスを『力ずく』で止めることなんて、たとえルキウスであったとしても不可能で。

もしそうしようとしたとしても、エルメスはその手を振り払うだろう。……他ならぬ、自分たちを守るために。

故に、誰一人。エルメスを止めることができず。

遂に、エルメスが向こうに辿り着く、致命的な一歩を踏み出そうとした、その瞬間。

「――や」

直前まで、気配を消して。

いつの間にか、この場から消えていた二人の少女。そのうちの片方、消えていたと思わせ潜んでいた少女。

ニィナ・フォン・フロダイトが、唐突に。エルメスの前に現れた。

「――え」

「ダメだよ、エル君」

あまりにも予想外の登場に、その場の全員が虚をつかれる中。

ニィナはいつも通り飄々と――しかしどこか覚悟を決めた瞳で。

「そっちに行っちゃ、ダメ。キミの想いは……ううん、キミの想いなんて関係ない。キミの理念も、考えも、現状も、何もかもどうでもいい」

静かに呟くと、見事な身のこなしで距離を詰めて。

「――ただ。ボクが、キミにそうなって欲しくない。だから身勝手に、強引に、好き勝手に。思想も理念も何もなく、ただキミに恋をする女の子として」

困惑するエルメスの一瞬の隙をついて、懐に潜り込んだ上で抱きついて両手を首に絡めると、そのまま――

「……力ずくで、キミを止めちゃうから」

――エルメスの唇に、自身の唇を重ねてきた。

『――――』

時が止まった。

ほぼ全員が、行動の意味が分からず思考が空白になる中。

ニィナと……エルメスだけが、その意味を理解した。

「動かないでね」

唇を離したニィナが、至近距離で囁（ささや）く。

「ていうか、動けないよね？……ちゃんとかかってくれてるね。良かったぁ」

いつかの日、どこかの教室の中で。彼女が呟いたことと同じ言葉を、なぞるように告げる。

そして、エルメスの状態も。その日と同じ……否、その日以上に。

完璧に、完全に、完膚なきまでに——彼女に、魅了されてしまっていた。

「『悪い想いから生まれた魔法でも、善い使い方はできる』。……今のキミがどう思っていようと、ボクはその言葉と、それを信じたキミの行動に救ってもらったよ」

今のエルメスを強引に止めようとしても、彼自身が彼女たちを守るために抵抗する。

「だから、今度はボクがそれを示す番」

だから……そうするエルメスの抵抗ごと、彼女は封じた。今までやっていなかった、エルメスに対して完全に魅了（チャーム）をかけるという手段によって。

エルメスの『天敵』である彼女だけが、今のエルメスを止められた。

「ほら。ボクの『妖精の夢宮（イル・フェルリナ）』みたいなひどい魔法でも。道を踏み外すキミを止めるっていう、素敵な使い方ができるんだ。

「……だから、信じてよ。——キミの信じた想いだって、間違ってはいないんだって」

囁かれた、その言葉が。ぐちゃぐちゃになったエルメスの心の、何処かに響いて。

そこで、エルメスに魅了が回り切り。抵抗が一切できなくなって、ニィナに抱き止められた。

そして。

「流石に見過ごせねぇなァ」

同時に、衝撃。ラプラスに蹴り飛ばされ、ニィナと共にその場から吹き飛ばされる。

「見逃してた俺らも悪いが、余計なことしてくれたなぁフロダイトの妹。『自分から裏切らせた』なら本気で寝返らせられる見込みもあったが、流石にこうなっちゃあまとめて叩き潰す以外の道はねぇ……ていうか」

エルメスを庇うようにするニィナの前で、つまらなさそうな顔を浮かべたラプラスが告げる。

「……読めなかったことは褒めるが、マジで何考えてんだお前？　少なくとも見過ごせば自分は生き残れたのに止めるなんざ……自殺志願者か？　それともなんだ、この場からどうこうする手立てはあるのか？」

もっともな指摘。それを受けたニィナは、

「……いやーまあ、確かにぶっちゃけエル君を止めることしか考えてなくて、ここから先はノープラン。とにかくエル君だけでも逃すように粘るしかないかなぁーと」

冷や汗を流しつつも――不敵に笑って。

「思ってたよ、さっきまでは」

「！」

気配の変化。ただならぬ雰囲気を察して眉を顰めるラプラスの前で。

「ラプラスさん。貴方は知らないだろうけど、ボクね――」

ニィナは、守るようにエルメスを抱き止めつつ。精一杯の虚勢と……一つの確信を持って、こう、言葉を紡いだ。

「――魔力感知能力だけは、エル君より上なんだ」

そう呟いた瞬間。

遥か遠く――ニィナだけが辛うじてつい先刻から感知できていた、莫大な魔力の持ち主が。凄まじい速度でこちらに近づいてきて。

迷宮を、轟音が包んだ。

◆

……力が欲しかった。

期待に応えられるだけの力が。理不尽をねじ伏せられるだけの力が。ただただ、欲しかった。

そのために頑張った。やりたくないこともやった。苦しいことも耐え抜いた。

それもこれも、全部。お母様に——

「……ぉ……かぁ、さま……」

なのに、どうして。

そんなことを、まさしくその母親に首を絞め上げられながら。第二王女ライラは考える。

頭に回らない空気。徐々に靄(もや)がかかっていく思考を埋めるのは、困惑と、後悔と——行き場のない、絶望。

（……どう、して……）

母の顔を見る。微(かす)かに自分の面影を残す美しい容貌の一点。特徴的な昏(くら)い瞳には……最早(もはや)、自分の姿など欠片(かけら)も映っておらず。

『あの子(ローゼリア)に育ってくれないなら、あなただって何の価値もないのよ！』

……母の本音も、自分に対する扱いも。たった今、聞き間違えようもないほどにはっきりと耳にしてしまって。

（……そん、な）

絶望に苛(さいな)まれて、何かの間違いだと思おうとして、でも何処にも否定する材料がなくて。

訳が分からず、何をしていいのかも分からず、混乱のままいよいよ意識が薄れかけた
——その時だった。

「——お姉様……？」

――聞こえるはずのない、声が聞こえた。

オルテシアも驚いたのか、首を絞め上げる力が薄れる。それで辛うじて首を動かすだけの力が戻ったライラは、精一杯の力を振り絞って首を傾け……目を見開く。

「……なんで、あなたが、ここに」

そこにいたのは声に違わない、よく知る妹の姿。

リリアーナ・ヨーゼフ・フォン・ユースティアが、息を切らせながら困惑の表情で立ちすくんでいるのだった。


「ええと、お姉様がいなくなって、追いかけなければと思って……それで、お姉様の位置は魔力感知だと分からなかったけれど、何かすごい魔力が――そう、そこの魔道具の魔力はどうしてか分かって、勝手に足が動いて気がついたらここに……って！」

律儀と言うべきか、それとも混乱が先に立っているのか。リリアーナはとりあえず反射的にライラの問いに答えようとする。

本人自身無自覚で、まるで無意識のうちにここに引き寄せられたかのような物言いだが……今はそれを気にしている場合ではないと、そこでようやく気付いたのだろう。

「それどころではありませんわ……！ッ、何をしているのですか、オルテシアお義母様！実の娘にどうしてそんな――とにかくっ、まずは手を離してくださいまし！」

ライラの首根っこを摑んで吊り上げているオルテシアに向かって、怒りと焦りのままに食ってかかった。

……そして、それを受けたオルテシアは。

「…………」

――ぱっ、と。

腕の力を緩め、ようやくライラが解放された。

「っ!? ぐ――ごほっ、ッ……お母、様……！」

地面に崩れ落ちて激しく咳き込みつつ、ライラは困惑と共に母を呼ぶ。

何故なら……今のオルテシアの行動は。一見するとリリアーナの言葉に大人しく従って手を離したように見える。

が、当然そんな訳がない。今のオルテシアが、彼女の言うことを素直に聞くなどどう考えてもあり得ない。

故に――離したのは、リリアーナに言われたからではなく、別の理由があるということ。

その理由も間違いなく、『排除すべき対象』が変わっただけの話で……

「…………腹立たしいわね」

予感に違わず。

底冷えする声で、オルテシアがリリアーナを睨みつけて言葉を吐く。

「なんでここが分かったかは知らないけど……ええ。ずっと、ずうっと貴女のことは腹立たしく思っていたのよ。……あの子と同じ瞳の色で、あの子と同じ髪の色で、小さいあの子に憎たらしいほどに似た顔立ちで――

――出しゃばって、くるんじゃないわよ。魔法の才能だけ、似ても似つかなかった分際で!!」

「っ！」

ごうっ、と。

感情の昂りに合わせて、オルテシアの全身から桁違いの魔力が迸り、リリアーナがその圧に思わず顔を庇う。

「馬鹿ねぇ、こんな敵しかいない場所にのこのこと出てきて。あいつらとの契約では貴女をどうこうしろとは言われなかった。じゃあ、つまり――

――今、この場所で。踏み潰しても、良いってことよね？」

「――！」

紛れもない、殺気を向けられて。

リリアーナが身構える。それもそうだろう、彼女にしてはライラを追いかけてきただけなので、状況も知るはずがなく。いきなりこんな訳も分からない強大な人間に殺意を向けられるだなんて到底想定できなかったはずだ。

だから、リリアーナにとってはこの状況、間違いなく恐怖に震えるべき場面で。逃げることか、自分の身を守ることしか考えられなくなる場面のはずで――

――なのに。

「……お姉、様……」

なんで、あなたは。

自分のことより。

──私に。そんな、心配そうな目を、向けるの。

ぐちゃぐちゃになる思考。頼りにしていたものがなくなって、信じていたか細い希望も消えかけて。何が正しいのか、分からなくなって──

「──ああ、そうだ」

そんな、彼女に追い討ちをかけるかのように。オルテシアが笑顔で……不自然なほどに綺麗な笑顔で、ぐるりとこちらを向いて。

「憎たらしいリリアーナ、ただ殺すだけじゃあ満足できないわよね。リリアーナはこの子に随分と懐いていたみたいだし……ええ、そうだわ」

懐から、クロスボウのような魔道具を取り出し、ライラに近寄ると、手渡して。

告げる。

「ライラ。あなたが、リリアーナを殺しなさい」

「──」

呆然とするライラ。しかしそんな彼女の反応など、まるで意に解さないかの如く。

「大丈夫よ、リリアーナの戦い方の情報は知ってる。あの小娘ができるのは広域強化魔法と、ちょっとした『魔法』による攻撃の捻じ曲げだけ。

つまり――魔道具の攻撃には完全に無力なの」

オルテシアが、語る。

「その魔道具は、教会に秘蔵される中では最上位の対人攻撃力を誇る。あなたでも、弦を引くだけで簡単に人なんて殺せるわ」

「なんで、私に……」

「え？　だって――リリアーナは敵でしょう？」

当然のことのように。

当然であるはずのことが、ライラの耳に入ってくる……のに。

「ああ。でも、どうせこの後は王位継承争いも滅茶苦茶になるし、もう敵味方なんて関係はないわね。そう考えると、あなたがリリアーナを積極的に殺す理由は薄いか。

そうね……じゃあ、こうしましょう」

そして。惑うライラに、オルテシアは顔を近づけると。

「――ここでリリアーナを殺せたら、ちゃんとあなたと仲良くしてあげる」

――毒を注ぎ込むように、告げる。

「っ、あ……」

「知っていたわよ、あなたが私に認められたがっていたことは。……そうね、一応は私のために頑張ってくれた子を、適当に切り捨てるのはよくないわね。反省したわ」

母親に、自分を見て欲しい。自分を認めて、話して欲しい。

……ライラが、心から望んでいたはずのことを。このタイミングで、オルテシアは囁いてくる。

「私ね、今は気分が良いの。ようやく煩わしく腹立たしい業務から解放されて、あの子を探すことに全力を注げるんだから。

ええ……今まで通り私の役に立ってくれるのなら、今までと同じくあなただけは傍に置いてあげる。娘だものね。――幸い、あなたはあの子と全然似ていないもの、見て腹立たしく思うこともないわ」

……ああ、それは。

確かに、自分が夢見ていた光景のはずで。

――だから、こんなにも体が震えるのは、喜びが理由であるはずで。

「……う、あ」

「？　どうしてそんなに躊躇うの？　あなたにとって悪いことなんて一つもないじゃない。だって――」

それでも、何故か体が動かないライラに、オルテシアは止めを刺すようにこう話す。

「あなたはもう……リリアーナが嫌いのはずでしょう？」

「……それ、は」

「分かるわよ、母親だもの。あなたは私以外の、自分より力を持った存在が嫌いで。リリアーナを今まで邪険にしなかったのは自分より圧倒的に弱かったから。力をつけた以上、リリアーナはもうあなたにとって邪魔でしかない、排除するのになんの躊躇いもない」

……なんで。

この人は、こんなにも。どうしようもないくらい自分を分かっていると、こんなタイミングで、言ってくれるのだろう。

「だから、ほら」

ぐっ、とオルテシアがライラに魔道具を握らせ。

「殺しなさい、憎たらしいだけの腹違いの妹を。何の勘違いかあなたには懐いていたリリアーナを、そのあなた自身の手で殺してあげるの。

きっと……とてもとても胸のすくような、絶望の顔が見られるわよ？」

最後に一つ、耳元でそう囁かれて。

ライラは顔を上げて、震える手で魔道具を――リリアーナの方へと向ける。

「……」

きりきりと。

弓弦が上がっていく。この手を離せば、勢いのまま射出された魔法の矢が速やかにリリアーナの眉間を貫いてこの小さな少女を絶命させるだろう。

「……死ぬわよ、リリィ」

「っ……」

「嫌なら……嫌なら、逃げなさいよ。どうせお母様が逃さないでしょうけど、それでも抵

抗くらいしたらどうなの、ねぇ」

　魔道具の照準を突きつけられているにも拘らず、一向に動こうとしないリリアーナに。

自分でもどうしてか分からないまま、ライラが呟く。それを聞き遂げたリリアーナは――

一つ息を吸って。

「……わたくしは、王様になりますわ。今では、自分の意志でなりたいと思っています」

「……」

「そのためには、足掻くべきなのでしょうね。……でも……」

でも、最初は。そう自らの意志で決められなかった、本当に最初。

玉座を手に入れる決意を固めた、始まりの想いは。

「……仲直りをしたかったんですの」

「――え」

「お兄様と、お姉様と。本当の始まりに戦う覚悟を決めたのは、その想いがあったからで。

だから……こんなことを思うのは、玉座を目指すものとして失格なのでしょうけれど。

それが叶わないのならば、どうあってももう一度一緒に笑うことができないのならば」

リリアーナは……王家の末っ子は、泣きそうな顔で笑って。

「いっそ……お姉様になら殺されてもいいかなって、思ってしまうんですの」

「――！」

　その言葉を聞き遂げると。

ライラは、一つ奥歯を噛(か)み締めて。魔道具の弦に、最後の力を込め——

……力が欲しかった。

きっと自分たち、今代の王家は最初から何処(どこ)かが破綻していた。

父親は分不相応な王様の役職を押し付けられ、それにかかりきりで子供たちに目を向ける余裕なんてなく。

姉はその余波を受けて力関係を維持するために他国に嫁がされ、兄は第一王子の重圧でいつも余裕がなく。

弟は力を持ちすぎて生まれたために誰にも止められない怪物と化し、妹は力を持たなすぎたが故にいないものとして扱うことを強制された。

力が欲しかった。

力があれば——

父親の負担をもう少し減らしてあげられたかもしれない。

姉にも選択の余地をあげられたかもしれない、兄の重圧も多少は肩代わりできたかもしれない。

弟が歪(ゆが)み切る前に止めてあげられたかもしれない、妹が理不尽な扱いを受けることにも抵抗できたかもしれない。

力が、欲しかった。

力があれば、母親にもっと見てもらえるかもしれなかった……だけでなく。

私にもっと、力があれば。

これ以上——家族が引き裂かれるのを、見ずに済むんじゃないかって、思ったんだ。


「……なんでよ……」

からん、と乾いた音が響いた。

ライラの足元に転がる魔道具のクロスボウ。装塡された魔法の矢が、誰も傷つけることなく空気に溶けて消える。

「なんで、継承争いに出てきたの。どうして大人しく引きこもっててくれなかったの。敵対するしかなくなるじゃない、嫌いだと思わないとやってられなくなるじゃない……！」

だらりと、構えた腕を下げて。滲む視界で妹を睨む。

「頑張ったのに。私が全部何とかするしかないって決めたのに。なんで危ない目に自分から遭おうとするの。だから……なんでッ」

撃てなかった。

力を手に入れるためならなんだってするって決めても、それだけはできなかった。

だって。

「なんで、なんでこうなるのよ。私は、私はただ——！」

だって、彼女は、ただ。

「──家族を、取り戻したかっただけなのに。なのになんで、こうなっちゃうのよ。あなたを撃てるわけなんて、ないわよぉ……！」


ただ、そのためだけに、自分の全てを使いたいと願った。

『普通の家族』に憧れた、一人の少女に過ぎなかったのだから。


そして。


「──あっそ。くだらないわね」

そんな少女の慟哭など、この教皇には何一つ響くはずがなく。

オルテシアが冷え切った表情で、素早く魔道具を取り上げると。

「じゃあ、あなたはもういいわ。さよなら」

「ッ！　お姉様──！」

微塵の躊躇もなく、それを娘に向ける。

今辿り着いたばかりの彼女にとってはあまりに予想外の非道に、リリアーナも咄嗟に反応して手を伸ばすが間に合うはずもなく。目の前で、ライラの命が無慈悲に奪われようとした──その直前だった。

「──」

ぴたりと、オルテシアの動きが止まった。

「──!?」

困惑しつつもその機会を見逃さず。リリアーナはライラに抱きついて、魔道具の照準から外れる。

そのまま抱きしめたまま地面を転がって、止まった瞬間に起き上がりオルテシアの方に目線を向けるが──

「……まさ、か」

しかしオルテシアは、その場から動かず。自分たちから目線を外して……否、自分たちのことなど既に一切の興味をなくしたかのように。

ただただ、呆然と呟いて。自分たちがやってきた方向を見据えていた。

──まるで、その先で何かを感知したかのように。

そんな推測に、リリアーナが辿り着いた瞬間。

「!!」

どうっ、と一挙に地を蹴って。

オルテシアは一目散に、たった今眺めていた方向に向けて、凄まじい勢いで駆け出した。

「…………え」

あっという間にオルテシアの姿が消え、足音もしなくなり。

嘘のような静寂に包まれた秘匿聖堂最深部に……困惑するリリアーナと、彼女の腕の中のライラだけが、残されるのだった。

◆

同刻。

「……おい、待て。そいつは聞いてねぇぞ」

ラプラスも、この場に迫りつつある莫大な魔力を感知したのだろう。今までにない焦りの表情で、即座に魔法を発動し。

「どういうことだ、『そいつ』だけは絶対に来ないようにするって話だったじゃねぇかよトラーキア──くそッ！」

最早一瞬の猶予もないとばかりに、その魔法でエルメスをニィナごと仕留めようとするが──

──その推測通り。

一瞬だけ、遅かった。

轟音と衝撃。

迷宮入り口方面の壁面が立て続けに破壊され、勢いよく飛び出してくる影。その影が、間髪入れずにこちらに目線を向け。

「『流星の玉座』──」

手を掲げ、その魔法使いの代名詞となった詠唱を。

「――【朔天(インヴェルシオン)】」

聞いたことのない特殊な追加詠唱と共に告げたその瞬間。

彼女の手から――横殴りの光の雨が、一斉に発射された。

「は――ッ!?」

さしものラプラスも、その聞いていた情報を圧倒的に覆す理不尽の魔法には対応しきれない。

黒壁の展開も間に合わず――違う、魔銘解放(リベラシオン)の効果で間に合いはしたが容易(たやす)くあっという間に破壊されて。

光線が直撃。冗談のような速度で吹き飛び、反対側の迷宮の壁に力強く叩(たた)きつけられた。

そして、それを為した――この国で最強の魔法使いは。

「んー、流石(さすが)に天空誤認術式にリソース持ってかれる分まだ細かい制御が甘いな。思ったより威力出ちまったが……まぁいっか。今の光景みりゃ分かる、お前ら全員あたし基準で大罪人決定だ」

薄暗い迷宮の中でもなお色褪(いろあ)せない、豪奢(ごうしゃ)な赤の長髪を靡(なび)かせて。それとは対照的に理知的な碧眼(へきがん)が、不機嫌そうな眼光を湛(たた)えて男たちを睨みつける。

「おい、そこの性格悪そうな灰髪の男。どうせダメージ食らってないだろ、紙一重でもう一枚結界挟んだのしっかり見たぞ。やられた振りで不意打ちなんて狡(こす)いことしないで起き上がってこい、もっかい魔法ぶち込んでやるから」

「……くそ」

眼光に射すくめられ、一連の攻防も狙いもしっかりと見切られて、冷や汗を流しながら立ち上がるラプラス。それを含めて眼下の光景を再度睥睨すると。

「……んで、何やってんだお前ら？　因縁清算の機会と思ってやってきてみりゃ、うちの可愛い可愛い一番弟子をボコってるときたもんだ。ただでさえ良くない気分だったのが最悪に落ち込んだぞおい」

冗談抜きで、彼女の機嫌でこの場の趨勢が左右される。

そうとしか思えない圧倒的な威圧と共に言い放つ。

「――と、ゆーわけで」

かくして……半隠居生活をしていたにも拘らず、どうやってかこの場に駆けつけた。この場を単騎でひっくり返し得る唯一の魔法使いにして、エルメスの師。

『空の魔女』、ローゼリア・キルシュ・フォン・ユースティアは。

その形良い唇から――敵意に満ちた言葉を、紡ぐのだった。

「憂さ晴らしにこれからボコるぞ、クソ野郎ども。文句は言うなよ？」

第六章 地の底の空

来るはずがないと思っていた。

薄情とかそういうことではなく……単純に、彼女の進む道にもう王都は関係ないものだと、思い込んでいたから。

「…………師匠……？」

故に、驚きの表情で久々の再会となるローズを呼ぶエルメス。ローズはその声を受け、エルメスの方へと振り向く。

常ならば、ここで全力の愛情表現と共に飛びついてきてもおかしくはなかったが……

「……」

意外にも、ローズはエルメスに対する愛情はありつつも……どこか神妙な、案じるような瞳でエルメスを見据えるだけ。

単純にそういう状況ではないということに加えて……ローズは分かっていたからだ。経緯は知らずとも、何年も見てきた愛弟子(まなでし)の変化、そしてたった今吹き飛ばした男の魔法とその性質から──

──エルメスの心に、何があったかを。

「……エル、先に言っておく」

よって、ローズは呟く。弟子に向かって、師として真っ先に言うべきことを。

「お前は悪くないよ」

「！」

「正直言うと、お前の『それ』に関してはあたしも気付いてはいた。その上で、今のお前には早すぎると思って話さないでいたんだ。

……悪いのはちゃんと教え切れなかったあたしだ、お前は間違ってない」

「え……」

「多分今、お前は色々と考えがこんがらがって何が何だか分かんなくなってると思う。それに関しては、後でしっかりと考えて自分の答えを出すべきものだ。だから、今はゆっくり休め」

それを語ると、ローズは体を前方に向け。

「――あとは、あたしが何とかするから」

この上なく、頼もしい言葉を告げ。

続けて、前を向いたままエルメスの隣で彼を支える少女に声をかける。

「なぁ、そこの銀髪の可愛い子」

「うぇ!?　は、はい!?」

「エルの味方だよな？　悪い、そのままエルを守っておいてくれ。流石に……今のあたしは、周りに気ぃ使ってる余裕はない」

その言葉が。実力不足ではなく、精神的なもの——彼女の、この状況を引き起こした存在に対する激甚な怒りによるものだということは。

その場にいる誰もが分かった。言葉と同時に放出された、彼女の桁外れの魔力によって。

「——さて」

その魔力と、凄まじい威圧感と共に。ローズはいよいよ前方に意識を向け。

「まず……何やってんだ？　ユルゲン」

真っ先に、彼女が言及すべき相手に。どう考えても穏当とは言えない視線を放つ。

「……」

「どういう状況だ、これは。……お前の血統魔法は、もう絶対に人前では出さないって決めたんじゃなかったのか」

「………」

「それを、よりにもよって子供たちの前で使って。お前が『そっち側』に立って。しかも魔力の残滓からするに、お前まさか、カティアに手ぇ出したのか。

——なぁ、ユルゲン。あたしは何も聞いていないぞ」

ユルゲンは無言で、ローズは淡々と。

静かでありながら、苛烈な魔力が。両者の間で立ち上る。

「あたしが、こういう時に気が長くないのはよく知ってんだろ？

だから、昔のよしみだ。一度だけ言い訳の機会をやる。絶対に裏切ってはいけないものを裏切り、あたしの逆鱗を全力で殴り抜いたことを——あたしが許せる言い訳を、今すぐ言え」

この二人の間に、昔何があったのかは誰も知らない。

だが——今の状況が、言葉通りローズの逆鱗に容赦なく触れているということは、あらゆるものが臨界に達しつつあるローズの様相からも明らかで。

それを十全に理解した上で——ユルゲンは。

静かに、微かに笑って、口を開く。

「……君の見たものが、全てだよ」

それ以上は。

最早、何も要らなかった。

「分かった。——殺す」

振り切った様子で、魔力を解放するローズ。

「っ、おい、トラーキア！」

「ラプラス。言いたいことは分かるが……これは私としても予想外だ。そもそも、彼女の行動を縛れる人間なんて誰もいない。——今は、この状況を乗り切ることが先決だ。協力してくれ」

ラプラスとしても、色々言いたいことはあっただろうが。ユルゲンの言う通りこの非常事態に対処することが最優先だと理解したのだろう。構えを取る。

それを確認すると、ユルゲンは続けて。

「大丈夫だ、ローズは間違いなく王国最強だが無敵ではない。特に、彼女の血統魔法は迷宮内では本領を――」

「――発揮できないって？　おいユルゲン、そいつは……」

しかし、それを遮るようにローズが、温度のない声色で告げる。

「……いつの、あたしの話をしてんだ？」

同時に。ユルゲンの『救世の冥界（ソテイラ・トリウィア）』による猛攻と、ラプラスの『悪神の篝幕（ゴエティア）』による――魔銘解放（リベラシオン）は先ほどの攻防で解けてしまっているが、それでも強力かつ厄介極まりない妨害が迫る。

単独でもエルメスたちを余裕で追い詰めた魔法使い二人がかりの連携攻撃。しかしローズは、静かに冷え切った表情を崩すことなく。

もう一度、その銘を宣言する。

「『流星の玉座（フリズスキャルヴ）』――【朔天（インヴェルシオン）】」

ローズの弱点、血統魔法が全て迷宮――より具体的に言うなら密閉所での戦闘に向かないこと。

その原因は彼女の魔法によって様々だが……ここでは『流星の玉座（フリズスキャルヴ）』にのみ焦点を絞って考える。

この魔法が迷宮での戦闘に向かない理由は単純明快、『天空からしか発射できない』という点。強力無比であるが故の制約によって、その魔法が本領を発揮できる場所は極端に限られることとなっている。

——だが。

『だから仕方ない』で終わらせないのが、空の魔女である。

『天空からしか発射できない』という制約は理解した。それは『流星の玉座(フリズスキャルヴ)』を強力たらしめている最大の理由であるため、その部分をいじるのは魔法のコンセプトに反する以上難しいだろう。

ならば、逆転の発想。

そもそも——何を以てこの魔法は『天空』を認識しているのか？

単純な高度か？　だとしたらどういう方法で、どうやってその高度を認識している？　高度の基準は何だ？　何を測定し、どこに認識を委ねている？　魔法基準か術者基準か？

それらの疑問を、魔法が叡智(えいち)の賜物(たまもの)であることを理解するローズならではの視点で、理論的に徹底的に分析し、実験し、この上なく厳密に突き詰めた。

ロジックが分かれば、あとは単純。

魔法が天空と判断する『条件』を満たすような——そういう領域魔法を創ってしまえば良い。

幸い、それは血統魔法に縛られているローズでも可能なことだった。

何故なら……彼女のもう一つの血統魔法、『無縫の大鷲』。

『空を飛ぶ』という効果の魔法――同じ『空』に関連する魔法を持っていたが故に、その魔法の要素を抽出し、応用することで対処が可能だったのだ。

その上で『原初の碑文』を用いて創成し、彼女の魔法を補助する魔法は完成した。

銘を――天空誤認術式：『朔天』。

魔法が認識する『天空』の定義を、実際の空以外の場所にも広げる魔法。

その魔法と、『流星の玉座』を組み合わせることによって生まれる効果は――


「――くたばれ」

任意の場所から、光の雨を降らせられる。

それを体現するかのように、ローズが手を翳した前方の空間から……一挙に、無数の光線が発射される。

それはユルゲンの放った怨霊の群れ、尋常ではない攻撃力を誇るそれらと真っ向からぶつかるが……

「ぐ――!!」

ローズの方が、強い。

魔法の攻撃性能においてもそうだし……基礎的な魔法能力においても天地ほどの開きがある。

あっという間に怨霊の群れが押し返される、それを見てラプラスが黒い結界を展開、一時的に光の雨を防いだ上で『拒絶』を発動、暴走させて制御を乱そうとするが——

「おっと」

それは観察か直感か。

『拒絶』の気配を感じ取ったローズが素早く攻撃を解除、逆に魔法の発動で隙が出たラプラスの方に次なる光線を撃ち放つ。

「ざっ、けんな——!?」

『拒絶』が追いつかないほどの波状攻撃。駆け引きも何もない、ただの物量で全てが押し返される。

それも当然だ、『朔天（インヴェルシオン）』を習得したローズは、端的に言えば——強力無比な一撃をどこからでも自在に放てる。

それは、ラプラスの『悪神の篝幕（ゴエティア）』の魔銘解放（リベラシオン）と酷似しているが……それとも違う、絶対的に違う点は。

ローズは魔銘解放（リベラシオン）を使うまでもなく——魔法の通常効果のみで、ここまで辿（たど）り着いたということ。

研究者ではない、魔法使いとしての彼女のスタンスはそういうものだ。

小細工など要らず、工夫など必要とせず。

誰が相手でも、何を前にしようとも関係ない。鍛え上げた研鑽（けんさん）の全てをシンプルで絶対の一につぎ込んで、全てに対して圧倒的な『己』を叩きつけて叩き潰す。

絶対的な、個。それこそが、『空の魔女』の在り方だ。

そういうものだと、聞いていた――しかし。

（だとしても、これは桁が違いすぎんだろ――！）

必死に攻撃を防ぎながら、ラプラスが心中で毒づく。

当然、ローズのことは最警戒対象としていた以上、その情報も過去の文献に加えてユルゲンからも聞いていた。

だが……それでも。

『迷宮内』は間違いなく、ローズの弱点の一つだったはずなのだ。

ユルゲンから聞いた情報――つまり数ヶ月前まではそうだったはずの弱点が改善されている。つまり……あの『朔天』の術式はそれ以降に開発されたものである可能性が高い。

それが、意味するところは。

「言ったろ。いつのあたしの話をしてんだ、って」

この化け物は――今なお進化の最中である、ということ。

……されど。だからと言って退くわけにもいかない。

このまま撃ち合っていては埒が明かない。そう判断したラプラスは、ユルゲンと共に距離を詰めて近接戦を挑もうと前に踏み出すが――

「――な」

それすらも、魔女の掌の上だった。

飛び込もうとした二人の足が、強制的に止められる。

何故なら……圧倒されるあまり、彼らは失念していたのだ。

『どこからでも光の雨を放てる』。それが意味するところの、真の意味を。

上下左右、全方位。

一片の逃げ場もないように——二人を、光が取り囲んでいた。

「あたしはなぁ、師匠なんだよ。いずれこの国を、世界を変える最高の魔法使いの師匠なんだ」

詰み。どう足掻(あが)いてもそうでしかない状況に容易(たやす)く二人を追い込んだのち、ローズは静かに語る。

「そんな最高の弟子が、尊敬してくれてんだ。あたしの魔法を、魔法使いとしてのあたしを、目指す目標として見てくれてるんだ。

だったら、そう簡単に追いつかれてやるわけにはいかないだろ」

それこそが、ここまで進化した理由だと。

強さの根源を語ってから——容赦なく、内側の二人に向かって光線での圧殺を行った。

——が。

「……ちっ」

ローズが舌打ちする。……行った攻撃の、あまりの手応えの軽さに。

原因は分かっていた。ユルゲンとラプラスの、更に奥。これまで静観及び、立ち上がってきたルキウスやアルバートの相手をしていた。

「知らん顔だな。お前がこいつらのトップか？」

更に相手をする片手間で、別の魔法を放ち。ローズの魔法を相殺したクロノ・フォン・フェイブラッドにも剣呑な視線を向ける。

次の相手はこいつか——と意識を切り替えようとしたその瞬間だった。

「——ローゼリア！」

彼女が、ここに来た大きな理由の一つが。

息を切らせて、姿を現す。

「………………よぉ」

ローズを見て……どこかが外れたような表情で喜びを含んだ声を上げる、その女性に向けて。ローズは、対照的に冷たい瞳で。

「久しぶりだなぁ。——クソ義姉貴」

教皇オルテシアに、そう告げ。

……どうやらまだ、彼女の力をもってしても一筋縄ではいかなそうな状況を。されど叩き潰すのみだとの意思を込めて。

過去の因縁と、現在の脅威。その全てに、ローズは改めて対面するのだった。

◆

——クソ義姉貴、と。

教皇オルテシアと対峙するローズが、冷たい口調で告げる。

……確かに、オルテシアは現国王の王妃の一人。先代の第三王女——つまり現国王の妹であったローズからすれば、義姉ということになる。呼び方としては間違っていない……が。

ローズの口調には。それ以上の何か……因縁を感じさせるものがあった。

「ローゼリア……！」

そんな呼び方をどう思ったのか。オルテシアが更に喜色を……合わせて暗い光も増した瞳でローズを見据え。

——それを、確認した瞬間。

ローズの目線が、何かを悟ったように冷え込んで。その直後に。

「——ああ、悪い。人違いだった」

今度こそ、完璧に失望し切った顔でそう告げた。

オルテシアの顔が凍る。

「ろ、ローゼリア……？　なんでそんなこと言うの、私は」

「そもそもそっちも人違いだろ、あたしは『空の魔女』ローズだ。……そんで、あたしの知るオルテシアは。馬鹿みたいに敬虔で、理想を夢見ていて。それでも――都合の良い虚像じゃない、本当の信仰の対象としての『神様』を信じていた、一本芯の通ったやつだった。少なくとも」

そんなオルテシアに向けて、ローズは言葉を叩き込み。

「――自分じゃない誰かに理想を押し付けて、都合よく神格化する友達に。あたしは欠片も心当たりはねぇよ」

突き放すように語る。

それを受けたオルテシアは、肩を震わせつつも……それでも目を見開いて。

「なんで……なんで。違う、違うわローゼリア。あなたは王国の扱いで、本当の自分を見失っているだけなの。だから私が今度こそあなたを迎えに来たのよ、私があなたを救ってあげる、私が一番あなたのことを分かっているのよ、だから――！」

「へぇ。何を分かってるって？」

うわ言のように告げられたその一言に、反応したローズが愉快がるような、その上で失望を隠さない色を含んだ表情で笑って――

――そこで何故か、隣にいたエルメスを引き寄せた。

「……え？」

「なぁオルテシア。この可愛い男の子な、あたしの一番弟子なんだ」

「――は？」

唐突な展開に、エルメスは沈んだ表情ながらもローズを見上げ。

オルテシアが、訳が分からないと言いたげな声を上げる。

「な……何よ、それ。その子には数日前会ったけど、全然あなたには似てないし……そもそもあなたが弟子？　馬鹿なこと言わないで、あなたは唯一で絶対の存在よ。他の存在があなたに何かを教わるなんてできるわけが――」

「ぐだぐだうっさいな。ともかく……会ってんなら話は早い。あんたはエルを見て、あたしの弟子だと……なんの関係も見抜けなかったわけだ」

「っ、できるわけないでしょうそんなの。私が見るのはあなただけ、それが何か――！」

オルテシアの激昂に。

ローズは、薄く笑って。

「――シータは一目で見抜いたぞ」

彼女だけに分かる、オルテシアの致命的なところを抉る一言を、告げる。

「曰く、雰囲気が似てるってさ。ああ、もう死んでるから嘘とかそういうことは言うなよ？　そこのカティアが降霊術紛いの魔法を使えて、その関連で聞いたことだ。間違いないぞ」

「う、うそ。嘘よそんな、あの女が――」

「都合の悪いことは見ないふりか？　許さないぞ、そいつはお前の大嫌いだった本質を見ない連中とおんなじだろ。だからきっぱり言ってやる――」

狼狽え、認めないとばかりに首を振るオルテシア。

そんな因縁ある相手に、ローズは止めを刺すように。

「あんたは、昔も今も。シータよりも、あたしのこと分かってねぇよ」

まさしく、最大の衝撃を受けたかのように。オルテシアが身を震わせ、俯き。

数瞬そうしてから――ぽつりと。

「…………そう」

呟いて顔を上げ、据わった瞳を向けて。

「――あなた、ローゼリアじゃないのね」

「だからそう言ってんだろ」

「私のローゼリアに、まだ戻ってくれないのね。なら、なら――！」

そこから、一気に激昂と共に。魔力を高め、詠唱を開始しようとして――

「させるわけないだろ」

それより先に。

ローズの放った光の雨がオルテシアを襲う。咄嗟に魔道具でガードをするが、詠唱は問答無用でキャンセルされ。それからも間髪入れずローズの攻勢が叩き込まれる。

「お前の魔法は厄介だ、悪いが発動はさせせない。あたしの王都での唯一の『やり残し』であるお前だけは、あたしが直接けりを付けるのが義務だろ。

相手してやるよ――そこの連中も、丸ごとな」

同時に、立ち上がってきたユルゲンとラプラスのことも静かな瞳で見据え。

再び……魔女の蹂躙が開始された。

◆

「く、そ……ったれが……！」

一挙に、逆転した戦況を前に。

数度目の、壁への叩きつけを受けて立ち上がりながら、ラプラスが悪態をつく。

意味が分からなかった。

自分の魔法は相手の魔法が強力であるほど真価を発揮するはずなのに、何一つ通用しない。魔法の完成度が高すぎて、『拒絶』を挟む暇もなく。自慢の防御力も向こうの圧倒的な火力の前にはほとんど効果を発揮しない。

三人がかりでも、まるで歯が立たない。

ユルゲンは純粋な火力勝負で圧倒され。オルテシアは絶え間ない攻撃で血統魔法を発動することすら許されず。ラプラスも同様、凌ぐので精一杯で魔銘解放を再度使う暇がない。

無理だ。

無論、こちらにも勝ち筋はある。だがそれが機能するには時間が必要で……現状のままでは、その時間すら稼ぐことができずいずれ押し切られるのは火を見るより明らかだった。

（なんでだよ——！）

どうしてこうなった、と考える。

自分たちは勝っていたはずだ。

組織的に最大の難関となる相手を、周りをうまく使って打倒させて。その上でここまで立場を隠していたことを使って、個人戦力でも難関になりうる相手を一網打尽にする計画。うまくいっていたはずだ。大司教は全員壊滅し、残る人員も自分たちには歯が立たず。何もかもが、計算通りに進んでいるはずだった。

——それが、あの魔女一人に全てひっくり返された。

「くっそ、がぁ……」

弾き返され跳ね返され、ラプラスの中で徐々に苛立ちが募っていく。

……元々自分は、出自もあって気が長い方ではないのだ。

ただでさえ、敵でありながら目をかけていた少年が思った以上にくだらない存在であったことに、身勝手ではあるが失望混じりの荒い感情を抱いていたところに。

本来あり得なかったはずのイレギュラーの参戦で、ここまで計算し尽くしていた計算を全てひっくり返されたことに対する怒り。積み上げたものをめちゃくちゃにされそうな状況で、飄々としていた仮面の中に押し込めていた激情が溢れ出す。

（ああ、うぜぇ、面倒臭ぇ、かったりぃ）

元より、自分は荒くれ者だ。

こんな、自分が積み上げてきた全てを壊されそうな状況で、大人しく冷静に考えるなんて『お行儀の良い』ことなんてできるはずもなくて。

……なら。

「──もう、いっそ」

この先も、現状分析も、何もかもどうでも良い。

ただ、この状況を。ここにあるもの何でも使ってひっくり返せるのなら。もう、後先考えず、ただ、全てをめちゃくちゃにしてしまえば良いではないか。

衝動のままに体を動かし、隠していた全てを解き放ち。

それを止めるほどの上等なものは持たず、ただただ、何かを破壊するだけの衝動に取り憑かれた存在に成り果てて──

「──ラプラス」

その、直前。

自分の背後に控える、クロノの声が響いた。

「……ボス」

「君が、我慢のできない質であることは知っている。君のそういう部分に助けられてきたこともある以上、気持ちはよく分かるし心情的にも積極的に止めたくはない。

……でも。それでも『ボス』として言うよ──落ち着きなさい、ラプラス」

静かな声が、唯一届く声が、彼を僅かに止めたあと。

それを確認した上で……クロノはこう、言葉を紡ぐ。

「──あの時、私を救けてくれた君は。もっと格好良い男だったはずだ」


──それが。

彼の心に届く。彼らの始まりの光景、二十年前の出来事を鮮やかに想起させて。

……ラプラスの、蒼い瞳が。理知の光を取り戻す。

「……あァ、そうだな」

打って変わって、静かな声でラプラスは告げた。

「荒くれ者なだけじゃ、摑み取れないから。……こうなるって、決めたんだもんなぁ」

肩の力を抜く。

エルメスに突っかかった頃から失っていた冷静さが戻ってきた表情で──

もう一度、現状を分析する。

これまでの戦いで分かった。あの『空の魔女』の魔法、『流星の玉座』はまともに対応することは不可能だ。あまりにも魔法の完成度が高すぎる以上、真っ向からやり合えば今の自分たちでは負けるのは必至。

なら、どうする？

簡単だ——真正面から戦わなければ良い。

そして……『そういうの』は、自分の得意分野だったはずだろう。

逆転の発想だ。

相手の魔法を崩せないのなら——その魔法を成立させている状況を崩せば良い。

その、考えのもと。

「……『悪神の篝幕(ゴエティア)』」

ラプラスは、魔法を使う。幼少期より使いこなしてきた、最も信頼する万能の魔法を発動する。

その上で、魔法の固有機能『拒絶』を使う。

……当然、それで『流星の玉座(フリズスキャルヴ)』を崩すことはできない。彼我の実力差がありすぎて、ラプラスの現能力ではあの光の雨を拒絶することは叶(かな)わない。心の持ちよう一つで、実力差までひっくり返るほど魔法は甘くない。

だが、次の瞬間。

——ローズの光の雨が、一挙に霧散した。

「——ッ!?」

この場で初めて、ローズが動揺を露(あら)わにした。

実戦経験から崩れることはなく、即座に強化汎用魔法で攻勢を繋(つな)ぎながら、原因を分析し……直(す)ぐに辿(たど)り着く。

「……なるほど、やるじゃないか」

苦さと、敵への賞賛を半分ずつ含めた笑みで、それを告げた。

「――『朔天（インヴェルシオン）』の方を拒絶したのか！」

『流星の玉座（フリズスキャルヴ）』の方は、あまりに完成されて隙がなく拒絶が効かない。

……だが、その前。強力無比なこの魔法を迷宮内でも使えるようにしている前提条件である――天空誤認術式：『朔天（インヴェルシオン）』。

その魔法は。ローズがつい最近開発に成功した――言い換えれば、未（いま）だ完成と呼ぶには粗の多いそちらであれば、まだ拒絶を差し挟む余地がある。

未知の術式であっても、混乱せず。焦りで我を見失わず、冷静に分析と解析を続けていれば……必ず、付け入る隙は見えてくる。

忘れるなかれ。ラプラスも――多少精神面に粗こそあるものの、王国の深くで暗躍してきた『組織』の幹部であり、ボスの側近。

……生半可な、『魔法使い』ではあり得ないのだ。

そんな彼の活躍によって、ローズに一矢報いることに成功した――が。

「甘い」

それでも、たかが一矢で崩せるほど『空の魔女』も甘くはない。

即座に戦術を修正。『流星の玉座（フリズスキャルヴ）』だけでなく『朔天（インヴェルシオン）』の方も術式を修正、先ほどのようにそう簡単に拒絶はできないよう防御を張り直し、その上で隙をなくした攻勢を再開する。

……しかし。

崩すことはできなくなっても、一つ懸念事項を増やしたことはそれ自体に意味がある。

『朔天（インヴェルシオン）』の防御に余計に意識とリソースを割かせた分、攻めの勢いは僅かに緩む。

その緩みを、彼らは見逃さない。僅かな隙を必死にこじ開けようとする形で、先ほどまでよりはほんの少し拮抗（きっこう）に近い攻防を続ける。

無論、それがあっても実力差は大きい。ほどなくして再度ローズの側に戦況が傾くが——それでも、そこまでの時間は彼らにとっては万金の価値を持っていた。

何故（なぜ）なら。

「……よく、やってくれました」

稼いだ時間によって、彼らのトップ。

クロノ・フォン・フェイブラッドが動くだけの猶予を作れたのだから。

「ようやく、整った。……色々と制約のあるボスで申し訳ない、でももう大丈夫。

あとは——私に任せてください」

悠然とした表情で、クロノは一歩前に踏み出し。

幹部たちに守られる中、手を広げて、魔力を高め。

息を吸い。

唄（うた）う。

「──【□□□□　□□□□□　□□□□□　□□□□】」

「!?」

「それ、は──!」

「……な」

エルメス、次いでカティア。そしてローズが、目を見開く。

その詠唱は。

発音として入ってはくるのだが、微塵も意味が理解できない響きで。

何を言っているか、分からなかった。

──分からないということに、覚えがありすぎた。

だってその詠唱は、この三人が唯一知っている。

かつてローズがトラーキア家を訪れた際。師弟対決で一度だけ披露し、凄まじいインパクトを見る人間に残した。

ローズの、三番目の血統魔法の……

「……おい、まさか、お前」

ローズが、瞠目したまま。

硬く、問い詰めるような口調で言葉を紡ぐ。

『組織』のボス。数十年前から存在するらしい連中のトップ。

……それで、その外見」

最後に、突き刺すような口調で。

「お前──『同類』か？」

返ってくるのは、クロノの微笑み。

「そこは、ユルゲンに倣って。貴女の見たものが全てです──とでも言っておきましょうか」

変わらず、本心が読めない穏やかな表情で。

淡々と、彼は続ける。

「さて、『空の魔女』。噂に違わぬ素晴らしい魔法使いですね。

流石に貴女が相手となれば──こちらもこの通り、我々の全てをもってお相手するしかなくなる。……そして、そうなったとしたら」

そこで一息ついて、語調を強め。

「ここで我々が……私と貴女が、正真正銘『全力』を出したとしたら。

──何人、巻き添えになりますかね？」

「……ちっ」

ローズが舌打ちをする。クロノの言わんとすること、加えて……それを踏まえた上での、次にクロノが持ちかける内容も、理解してしまったから。

そんなローズの予想に違わず。

主導権を握ったことを確信したクロノがこう、持ちかけてくる。

「なので……ここは、お互いに引くという形でどうでしょう?」

二転三転した、秘匿聖堂での戦い。

誰も予想しなかった戦いの——一先ずの落としどころが、見えてくるのだった。

◆

秘匿聖堂での戦い。

大司教グレゴリオとの遭遇。

想像だにしない邪悪の直視。グレゴリオの撃破。

その後のラプラスの急襲、教皇の立場。ユルゲンの裏切り、クロノの正体。

ローズの参戦、オルテシアとの因縁、クロノの魔法。

……あまりにも、多くのことがありすぎて。全てを体験したはずのエルメスたちですら全貌を把握し切れないほどの多くの状況変化の、その果てに。

『なので……ここは、お互いに引くという形でどうでしょう?』

クロノの、そんな提案。

桁外れの魔力……それこそローズに匹敵するほどの威圧を背にかけられたその問いに。

「…………、くそ」

ローズは、悪態をつく。

分かってしまったからだ。……現状の戦力差や状況を加味した上では──その提案を呑むしか、最早自分に道は残されていないということを。

「──皮肉なものですね、『空の魔女』」

そんなローズの葛藤を見透かしてか、クロノが穏やかに続ける。

「貴女の強さは、その血統魔法が示す通り誰よりも自由であることだ。自分に関わる柵の全てを捨てて、己の魔法のみを探究し続けたからこそ得られた強さ。

今回も、それを存分に発揮して。周りも何も考えず向かってこられたらこちらも相応の被害を覚悟しなければならなかった。けれど──」

今は、そうではない。

ローズは今、弟子を取ってしまっている。

弟子のためという動機を得てしまっている。弟子と、それに関わる人間を優先するようになってしまっている。

……たとえそれが、この場においては圧倒的な足手纏いだったとしても。

故に。随分とベタな言い方になるが、今のローズは……

「守る人間ができて弱くなった。

別に、人は一人の方が強いなどと断言するつもりはありませんが。少なくとも貴女は

――一人であること以外の強さを磨いてこなかったことは間違いない。

……ええ。本当に、助かりましたよ」

「……上等だ」

事実を述べているだけではあるのだが……それでも許容できない言葉を前に。ローズは静かな声と共にクロノを見据える。

「これ以上話すことは、ありませんかね。向こうも見逃してくださるみたいですし……退散させていただくことにしましょう。ラプラス」

「あいよ」

そんなローズから視線を切ったクロノが、傍のラプラスを見る。言わんとするところを読み取ったラプラスが、撤退の用意を始め――

「ちょっ、ちょっと待ちなさい！　ここで引く気!?　許さないわよ、せっかくローゼリアに出会えたのにあんたたち――！」

「はいうっせぇ」

――それを確実に許さないだろう教皇オルテシアの反抗すら読み切って。即座にオルテシアを黒い結界で覆って閉じ込める。

「待ち人に出会えて狂喜乱舞してんのは分かるが落ち着け、この場でおっぱじめても誰にもメリットはないってことくらい分かってんだろお前も」

「――ッ！――――!!」

「安心しろ、わざわざここで始めなくてもどうせそこの魔女サンはまた俺たちんとこに来るよ、あんたを無視して逃げるような真似はせんさ。だって……最初からその気なら、魔女サンは端からこの国を出てたはずだ」

暴れるオルテシアに、淡々とラプラスは続ける。恐らく聞こえていないだろうが関係ない。並行して抵抗能力を奪う『拒絶』の力をかけ続けている以上いずれ大人しくなるだろうからだ。

その予想に違わず徐々に小さくなっていく抵抗の行動を見据えつつ。

「いずれまた再戦はするだろうから、今は寝てろ。

というか、ここであんたに魔法を使われても困るんだよ。何せあんたは——」

ラプラスは、ローズの方を見て最後に一言。

「——対『空の魔女』のためだけに俺たちが用意した切り札だ。

わざわざここで手の内を見せる必要はねぇ。大暴れは、また後にとっておきな」

——俄には信じがたい、言葉と共に。

オルテシアの動きが完全に止まり、ラプラスが黒い結界ごとそれを回収する。

「…………わざわざ教えてくれるとはな」

「こう言っときゃ頭の良いあんたは警戒すんだろ？……教皇サマの魔法を大凡察してるあんたなら、これをブラフと断言するわけにもいかねぇからな」

ローズの追及にも、淡々とそうした理由を返す。

ラプラスは最早完全に冷静さを取り戻した様子で、変わらず言葉は多いが意味があり、立ち居振る舞いにも隙はない。

「んじゃ撤退だ、ボス。エスティアマグナはこのアホ教皇が放って出てきたらしいが、その後きっちり部下が回収した。さっさと戻って始めようぜ」

「ああ」

言葉を交わしつつ、二人が悠々とその場を去る。

……そして。

静寂の中、唯一残った——この場に残るべきではない存在になってしまった人間は。

「……お父、様」

「……」

ユルゲン・フォン・トラーキアは。

未だ信じられない、信じたくない表情で自分を見る娘と、失望し切った能面のような顔で自分を見る旧友に、軽く視線を向けた後。

「……これ以上」

静かに、語る。

「これ以上、ひどいものを見たくないのなら——今すぐに、国を出ることをお勧めするよ」

「え——」

「私たちが、どうしてこのタイミングで正体を明かしたか。明かしても、問題ないと判断したのか。……よく、考えてみると良い」

それだけを、語った後。

ユルゲンも、身を翻し。それ以降は何も語ることなく――決別の歩みと共に、暗がりの中に消えていくのだった。

その後。

ローズの先導によって、エルメスたちも秘匿聖堂を脱出し。

秘匿聖堂の外――未だ教会兵との戦いが続いていた状況の中、攻める理由がなくなったためルキウス指揮のもとどうにか兵士たちをまとめて脱出し。

大司教、攻略作戦。

目標、大司教グレゴリオ、大司教ヴァレン、大司教ニコラ――全員撃破。

大司教派閥は壊滅し、エルメスたち第三皇女派の道を阻む目下最大の敵は、完全にいなくなった。

秘匿聖堂での戦いは――当初の目的を完璧に果たし。

この上ない成功で、幕を閉じたのだった。

第七章 全てを知った子供たちは

「…………」

ぼんやりと。

カティアは、窓の外の光景を見据えていた。

現在彼女たちがいるのは、教会本部。

秘匿聖堂での戦いが終わって、回復と休憩、今後の戦略立てを兼ねて一旦は引き続き教会に身を置く――予定通りの行動では、あるのだが。

――眼下で繰り広げられる光景は、到底予定通りとは言い難いもので。

「教皇猊下(げいか)が……!? なんということだ、冗談ではないのか!?」

「わ、分からない……しかし、猊下の側近が確かに言っていた……どころか一部の人間は謀反に加担すらしていたとのことだぞ！」

「馬鹿な……我々はこれから誰に従えば……」

「大司教も全員打倒され幽閉されているとのことだろう……？　一体どうすれば……」

この通りである。

今回の戦いは、大司教派対教皇派。当然皆『どちらかが勝つ』と思っており、勝った方によってこの教会も統一されると思い込んでいただろう。

にも拘らず、蓋を開けてみれば大司教派閥は全員打倒、かつ教皇の失踪。しかも教皇が王国に反旗を翻したという荒唐無稽な噂――真実なのだが――が出回り。

有り体に言えば……この上ない混乱状態に教会全体がなっていた。

いや、教会全体ではない。同じくトップが抜けた中立貴族も……そして、第三皇女派の多くの貴族も。これから何に従い、どうすればいいのか困るもの。惑うもの、どさくさに紛れての己の利を窺うもの。

まとめていた人間がいなくなった結果の、利害の交錯によって。現在この教会本部にいる人間全員が、何をすれば良いか分からない状態になっていたのだ。

今のところは、ルキウスの統率による北部貴族たちの統制で致命的な混乱にまでは陥ってこそいないが、それもいつまで保つか分かったものではない。

……そう、だから。

こういう時にこそ、自分がきちんと立ち向かうべき。そうカティアは自分を鼓舞する。

そのために、自分は人よりも良い暮らしを許されてきた。こういう時に立ち上がって皆を導くための、『公爵』の立ち位置のはずだ。

たとえ、それが間違いなく未曽有の国の危機であっても。

頼りになる大人が、軒並み消えたというどうしようもない状況であっても。

……唯一の家族である父が、自分たちに敵対していたことが発覚しても。

関係ない。

自分は、誇り高い貴族になると決めたのだ。ならばこういう時に、立ち止まってはならない。率先して前に出て、他の貴族を導かなければならない。

今度こそ、こういう時には。真っ先に、自分が、立ち上がらなければ、ならないのだ。

「やる……のよ……私、がっ」

自分の精神状態など関係ない、やるべき時にやらなければ、自分は昔と何も変わっていない。だから、何がなんでもやる。

そう言い聞かせ、何故か重い足を必死に引き摺って。貴族たちの統率に向かうべく歩みを再開しようとした、その時。

「——お、いたいた。久しぶりだなぁ、カティア！」

——場違いなほどに、明るく大きな声。

振り返ると、そこには案の定。

「……ローズ、様……」

様々な出来事が起こった秘匿聖堂の中でも、最大の驚きの一つ。知ってこそいたが、決して表舞台に出ることはないと思っていた存在。

『空の魔女』ローズが、気さくな笑みを浮かべて立っていた。

「二、三ヶ月ぶりか？　前に会った時と比べてちょっと背が伸びた気がするなぁ。魔法の方も見たぞー、あの後もすっごく頑張って修行したっぽいな！」

「え、ちょ、ローズ様、あの——」

ぐいぐいと。

迫ってくるローズに、戸惑いを顕にしながら返答しようとするカティア。

変わらず好意を向けてくれることは嬉しいが、今はそれどころではない——と、言おうとしたところで。

「——!?」

しかしその前に、物理的に遮られる。……近づいてきたローズが、その勢いのままカティアを胸元に抱き入れたからだ。

「うん、やっぱ背ぇ伸びてる。子供の成長は早いなぁ……でも安心した、抱き枕としての性能は変わってなさそうだ、いやーやっぱお前抱き心地良いぞ、エルに匹敵する。まぁあたしが今まで抱き枕にした子供ってエルとお前しかいないんだけどな！」

「その……！」

……流石に、悪ふざけが過ぎる。

そう思って強引に振り解こうとするが……しかしローズは一向に手を緩めることなく。むしろより強く、離さないとばかりにカティアの背中に手を回し、頭に手を置いて……柔らかに髪を撫でる。

——まるで、労わるかのように。

「…………ローズ、様？」

「顔」

その辺りで違和感に気付いたカティアが問いかけると、ローズは打って変わって神妙な声色で一言。

「ひどい顔、してたぞ。混乱して、憔悴し切って……それでも、使命感に突き動かされて止まることもできず、死にそうになりながら足を動かしてるような顔だ」

「……」

「そういう奴は、大抵いずれとんでもないことをやらかす。よーく知ってんだよ。……シータがずっと前、同じ顔してたからなぁ」

「——ッ!!」

その名前を出されると。

カティアも無視するわけにはいかず、抵抗の動きが止まる。

それに合わせて、ローズも更にカティアを抱き寄せ、頭に加えて背中もさする。無意識のうちに強張っていた体の力を、緩やかに解くように。

「なぁ、カティア。当たり前のことを言おうか。……お前は、まだ十五歳だ」

「っ、でも、でも——!」

「ああ、そうだな。お前は公爵家令嬢で、今は国の非常事態。おまけにこの場所はいつ制御不能の混乱に陥っても不思議ではなく、圧倒的に時間がないのも間違いない」

そうして、カティアが急ぐ理由、反論するべき理由を先回りして告げたのち。

「——だから、三十分だけだ」

「……え？」

「三十分だけ、時間をやる。その間なら、好きに吐き出せば良い。泣いても良いし、嘆いても良い。抑える必要も、我慢する意味もない。

……十五歳の女の子に、立場を理由にしてそれくらいの時間もやれない国なら。あたしは割と真面目に、そんな国さっさと滅べばって思うよ」

最後に、彼女らしい言い回しをしてから。

この強情な少女に、未だ上手な甘え方を知らない少女に。罪悪感を刺激しないように、時間付きの猶予を示したローズは、穏やかな声で。

「だから、ほら」

赦しの言葉を、告げる。

「今だけは。——好きなだけ甘えな？」

「っ、ぅ、あ」

それでも、カティアは抵抗しようとした。

ありがとうございますと、謝辞だけ述べて。緩やかに手を撥ね除け、自分のやるべきことを一刻も早く行うべきだと考え、そうしようとして。

でも。

「……、ぁ」

何故か。涙が、溢れて。

そして。

体温が冷え切った彼女の体に染み込んで。花の香りが心を溶かし。

それを誤魔化すように彼女の服に顔を押し付けると、柔らかで温かな、包み込むような

「あ、あぁ」

「〜〜〜〜〜〜!」

彼女は、泣いた。

だって、ただただ悲しかったから。

「なんで……! なんでですか、お父様……!!」

たった一人の、家族だった。

お互いに忙しくて会話をする時間こそなかったものの、心は繋がっていると思っていた。

自分の極限の理想は、今でも記憶の中にある母親の姿だけれど。

そのために必要な道筋、積み上げるべき姿。

理想のために目標とするべき背中は……ずっとずっと、父ユルゲンの姿だったのだ。

冷徹なようでいてしっかりとより多くの人々のことを常に考えている様子を、尊敬していた。

時には非情な決断を迫られるべき場面でも、家族の情は忘れないところを。静かながらも、確かに自分に愛情を注いでくれているところを、心から敬愛していた。

これまでも、これからも。

理想に向かう自分のことを、見守ってくれていると……思っていたのだ。

なのに。

『気付いたよ。何を繕おうと、仮面を被ろうと、自分を騙そうと。

——私の本質は、どうしようもなく憎悪なんだと』

聞いたことのない冷え切った声で。見たこともない冷徹な眼光で。

自分を見る、ユルゲンを目の当たりにしてしまった。

『……あぁ、何度見ても綺麗な魂だ。澄んで、眩しくて、温かな想いに満ちていて——』

敬愛していた父が、その裏に隠していた本質を。

『——吐き気がする。そんな君が、私には最後まで理解できなかったよ、カティア』

絶望的な、離別の言葉を。耳にしてしまった。

「っぁあああ……！」

悲しくて、悲しくて、悲しくて。

その一点の感情だけで、僅か十五歳の少女の情緒をぐちゃぐちゃにするには十分だった。

到底、自分の中に抑えておけるようなものではなかった。

だから、吐き出した。

猶予を作ってくれた、優しい魔女の好意に甘えて。胸を満たす悲しみを、ただひたすらに吐き出した。彼女にとっては一生分とも思える嘆きを外に出して、奥底から湧き上がる遣る瀬ない全てをこの世界にぶつけた。

何故か？　決まっている。

そうやって、心の中にあるものがなくなるまで全てを吐き出してから――

――新しい、必要な想いを。また心の中に、詰めるためだ。

◆

「落ち着いたか？」

「えっと、その、はい……」

きっかり三十分後。

若干頭が痛くなるほどに泣きつかれたカティアが、ローズから離れる。

美しいドレスが涙でぐしゃぐしゃになっているが、ローズはそんなことには一向に構わず、彼女にしては珍しいほどに心配そうな視線を向けてくれていて。

その気遣いと、甘えてしまったことが今更ながらに恥ずかしく、少しばかり目を逸らしそうになる……けれど、それでも。

「……大丈夫です」

カティアは真っ直ぐにローズを見て、答える。

強がりではない、虚飾ではない。心からの誇りにかけた言葉を、紡ぐために。

「ありがとうございます。——もう、立ち上がれますから」

その瞳には。

弱々しいけれど、憔悴していることは変わらないけれど。

……言葉通りの、確かな光が宿っていて。

「そっか。……すごいな」

ローズも、微笑んでそう返す。彼女も心からの賞賛と敬意を、この小さな少女に払いつつ。

その上で、述べる。

「でも、もうその目ができるってことは。……ひょっとして、察してるのか？」

「ええ。そういう意味でも、丁度良かったです。真っ先にローズ様に聞くべきことがありますからね」

返すカティアの言葉には、ほとんど確信に近い予感が含まれていた。その聡明さに再度敬意を払った上で。

「んじゃ、ご期待通りもう素直に言おう。幸い、嘘つく必要はないしな」

ローズは、静かに、しっかりと、こう述べた。

「——あたしをあの場に呼んだのはユルゲンだ」

「――」

予想こそしていても、衝撃は避けられなかったのだろう。

身を震わせ、軽く瞠目しながらこちらを見るカティアに向けて。

「言っとくが、あたしも全貌を把握していたわけじゃない。あいつが何を考えているか、目的も内心も全部読めるなんて自惚ちゃいないし、多分本人以外誰も分からん」

「……はい」

「その上で。あたしが知っていて、今話せることは全部話す。

だから――それを聞いてどうするかは、お前が決めろ。カティア」

未来のための話。その一つ目を、始めるのだった。

◆

「『これから指定する日の、午後三時頃。地図に記した場所に来て欲しい』。

まずそれが、あたしがユルゲンから渡された手紙に書いてあった」

ローズは語る。

ユルゲンが、秘匿聖堂の戦いの裏で行っていたことの一部を。

「更に……『私が呼んだということは明かさないで欲しい』とも。

正直訳分かんなかったが、オルテシアのこととか流石にあたしも無視できない情報があってな。心配事も多かったから行ってみたんだが……」

　そこで、あの光景を目撃した。

「……それだけ、ですか？」

「ああ、だからユルゲンが裏切っているってのは普通に予想外だったし、ぶっちゃけ顔には出さなかっただけであん時も相当驚いた。が──」

　そこで、ローズは静かな、『魔女』としての面が強く出た瞳で。

「これでも、あいつとは長い付き合いだ。あいつがどういう目的であたしをあの場に呼んだのかはすぐ分かった……っていうか誰が見ても明らかだ。

　──『あたしにあの場を収めさせる』。あの場じゃそう振る舞うしか道はなかったし、エルやお前をあたしが見捨てないことも込みで、基本人の言うことは聞かないあたしの行動を『状況』で縛ったんだ。

　……こういうとこ、ほんとユルゲンって感じで腹立つなぁ」

「と、いうことは、つまり……」

　話を総合すると、ユルゲンは。

　あの場で──ユルゲン自身の裏切りも込みで──あの状況になるのを分かった上で。

　ローズを呼ぶことで、彼女がいなければ間違いなくあの場で詰んでいただろう状況を覆させ、痛み分けにまで持っていった。

　つまり、それは。

ユルゲンが――カティアたちを助けてくれた、ということであり。

だから、ユルゲンは、まだ……

「――一方で」

そんな、希望的な思考を抱きかけたカティアのことを見抜いてか、ローズは声のトーンを一気に落として、突きつけるように。

「『あいつが裏切ったこと』自体にも裏はない」

カティアが聞きたくなかっただろう情報を、告げる。

「――え」

「二重スパイだとか、獅子身中の虫だとか。そういう、『こっちの味方をするために敢えて向こうに身を置いた』っていう考えも抱かない方が良いぞ。

何故かってーと……もしそのつもりなら、あいつはもっとうまくやる。こんなまだるっこしいやり方しなくても、そもそも最初から向こうに大打撃を与える気ならあの秘匿聖堂、幹部とボスが全員揃ってたあの場でこっちにつかないとおかしいだろ。あのボスだけは別格だったが、あいつが再度寝返ればそれ以外はあそこで仕留められたはずだ」

「それは……」

「……付け加えると」

もっともな言葉に俯くカティアに、ローズは続けて。

「……あいつが『向こう』につく心情も、分かるっちゃ分かる」

「！」

「だってそうだろ？　貴族の怠慢でシータを殺され、娘のお前も過去は教会元凶の価値観のせいで虐げられてた。あいつ自身も、血統魔法があぁだから昔は相当苦労した。

——分かるだろ？　あいつは過去を考えれば十分、この国を恨んで然るべき人間なんだ。……多分、この国の中でもトップクラスには、な」

同じようなことは、確かに秘匿聖堂でラプラスも言っていた。

だが、しかし、それなら。

ユルゲンは、自分の意志で、確かな反逆の一歩を踏み出して『組織』に寝返りつつも。

一方で、ローズを呼び寄せてカティアたちの方も救った。

ひどく矛盾する、二つの行動。それに対してカティアは、至極真っ当な疑問を述べ。

「……お父様の、本心は。どちらなのですか？」

「——どっちもだろ」

間髪入れず、ローズはそう答える。

「カティアくらいの年頃だとちょっと分かりにくいかもだが、人の本心ってやつはまぁそう単純じゃないらしい。らしいってのはあたしはぶっちゃけそういう体験あんまないからだが……」

「……まぁ、それはそうでしょうけど」

「でも、ユルゲンはそうじゃない」

　旧友の心情を、けれど情を込めることなく。冷静に、フラットな視点でこうまとめる。

「多分、最初は普通にこの国を変えようとはしてたんだろうな。そのためにエルを使って、第三王女派閥も作って。真っ当な変革を求めていた」

「……」

「でも、どっかのタイミングで。あいつの中の恨みとかそういう感情が抑え切れなくなって、そこで勧誘かなんかされたんかね。それに乗って、裏切った」

「っ」

「でも」

　事実を突きつけられるカティアに、けれどローズは。

「それでも。ユルゲンは心が変わっても、それまでの出来事をなかったことにする奴じゃない。だからあたしを呼んで、あいつが育てた第三王女派閥に最低限のアフターケアは行った。

　あいつは裏切った。でも——きっちり筋は通した上で裏切ったんだ」

　そう、まとめて。

　凪いだ瞳で、カティアを見やる。

「ま、あたしが分析できるのはこんぐらいかね。全部合ってる保証はないが、何か疑問点とかはあるか？」

「……疑問は、ないです。その、すごくびっくりはしましたけれど……理解はしました。

でも」

疑問点はないが、聞いておくべきことがある。それは、

「分析が、合っていたとして。それを踏まえた上で……ローズ様は、どうするのですか？」

「決まってる」

これも、ローズは迷わず。

淡々と、こう告げた。

「——殺すよ」

「！」

「葛藤があっただろうことは理解した。最低限の筋は通したことも。

……でも、関係ない。ユルゲンがやったのはそれくらいのことだ、あいつはあたしたちにとって、一番裏切っちゃいけないものを裏切った。

なら、殺す。あの場で何も言い訳しなかったってことは、あいつもあたしがそうすることは覚悟の上ってことだろ。今度あいつに会ったら、一切の容赦はせん」

「そんな、でも……！」

冷徹とも言える宣言。空の魔女としての一面を垣間見て、仮にも旧友に対してと言おうとして、でも自分が思いとどまらせることなんて——と愕然とした思いにカティアは襲われるが。

「だから」

そんなカティアを見て、ローズは。

静かに距離を詰め、とん、とカティアの胸元に指を突きつけると。

「――それが嫌なら、お前が止めろ」

「――」

「あたしがユルゲンを殺すのが、嫌だって言うなら。

あたしより先にお前が、きっちり話を聞いて説得して、場合によってはぶん殴って。本心を引き摺り出した上で引き戻して来い」

「……ローズ、様」

「それができたなら、まぁ、あたしも。……半殺しくらいで、勘弁してやらんでもない」

最後の言葉は、少しだけ小さく目を逸らしながらで。

そうして、気付く。

この人も……多分、殺意を抱くほどに怒っているのは確かなのだろうけれど。

それでも――本当に殺したいとしか、思っていないわけではなくて。

その上で、カティアの葛藤も見抜いて。その役割を、譲ってくれたのだと。

「はい」

自然に、覚悟の言葉が溢れる。

乱れていた意思が統一され、目的をはっきりと見据えることができるようになる。

その意識の変化を読み取ったのだろう。

ローズは緩やかに微笑んで、カティアの頭を撫でる。

「……さて、そんじゃ」

それから――続けてローズは、今までよりも更に静かな……けれどどこか、寂しさも滲ませたような表情に変えると。

「目的もはっきりしたところで。……これからどう動くにせよ、まず真っ先にやらなきゃいけないことがある」

その表情と、この言葉。彼女にそんな顔をさせる人間は、と考えれば、自ずとそこから先の言葉にも見当がつく。

「偉そうに言った直後に割と情けない話なんだが、こればっかりはあたしには無理なんだ。思考の、思想の矛盾を知っていた上で放置して、そのまま育ててしまったあたしじゃあの子に響く言葉を持っていない」

ここからどう動くにしても、現状追い詰められている以上必須になるのは戦力。

その点で、規格外であるが故に制約も多いローズを除けば、間違いなく自由になる中ではぶっちぎりで個人最強戦力に既になっているだろう少年。

そして……過去の経験による精神の未成熟、思想の矛盾を、この上なく致命的かつ痛烈な形で突かれ。今も病室で、肉体的な怪我以上の理由で、立てなくなっている彼を。

「……だから、頼む」

カティアと同じ少年を思い浮かべつつ、ローズは――頭を、下げる。

「あの子を……エルを。立ち直らせてやってくれ」

第三王女派閥の立て直し。

それに向かうには間違いなく必須で、恐らく最重要のミッションが。第三王女派閥の全員に、次に突きつけられるのだった。

◆

……ひどいものを、たくさん見た。

『――想像もつかない、途轍もないものを「見てしまう」ことになるかもしれない』

ユルゲンの言った通りの、この国の最底辺を見た。

(――僕の見ている世界に、こんなものは要らない)

それを目の当たりにして発言した、己の中のどす黒い何か、初めての感情を見た。

そして。

『――悪い想いの魔法を、悪い想いのままに使っちゃ駄目なのか?』

自分の、心を抉る。矛盾を暴き出す、致命の言葉を聞いた。

そこから辛うじて……何故かは分からないが師匠が参戦してくれて、その場は離脱できて、一応はことなきを得たのだけれど。

……一連の出来事がエルメスの心に与えたダメージは、あまりに大きく。

「………なん、で」

千々に乱れた心境では、本来得意なはずの内心の言語化もできず。

教会本部治療室にて、エルメスは。受けた怪我の痛みと……何より、心に空いた虚無に苛まれて。改めて、ベッドの上で蹲るのだった。

◆

「お前たちも知ってるとは思うが。……エルはさ、まだ情緒が幼いんだ」

「……はい」

未だ、深い傷心の中にあるエルメスの分析。最愛の弟子の心のうちを、ローズはそう語り始める。

「幼少期に一旦心が擦り切れて、魔法に対する執着だけが残った時期。あたしがあいつに出会ったタイミングは、そんな時で。

……あの時のあいつは、自覚こそしていなかったが相当に『危うい』状態だった」

「危うい……？」

ローズがエルメスと出会ったタイミングというと、丁度カティアとも引き離された頃。つまり当時の彼をある程度知っているカティアとしては若干疑問な表現に首を傾げると、ローズは頷いて。

「だってそうだろ？　考えてもみろ。感情が失われてるってことは、悪いことを悪いと感じる想いも、それから生じる真っ当な倫理観もない。どうとでも染まりうる、見た目の印象通りひどく透明な状態だ。そんでいて、魔法を高める目的だけは残っている。……流石のあたしも緊張したよ。だってそれって、極論育て方を間違えればさ――」

切り込むように、一息。

「――魔法を極めるためなら、人を殺したってなんとも思わない。そういう存在に、魔法以外を投げ捨てた修羅に。育っていた可能性もあるってことだろ」

「――ッ！」

戦慄した。

荒唐無稽な話だ、エルはそんなふうにはならない……と、笑い飛ばしたかったけれど、できなかった。

だって、カティアは彼をよく知るが故に。再会以降、誰よりも彼を見てきたが故に。彼がふとした時に見せる冷徹さも、敵対してきた人間への容赦のなさも見てきたから、分かる、分かってしまう。

今、ローズが語った彼の姿は……全然あり得る、と。

「だから、魔法の修行と並行してそっち方面の教育も行ったんだ。とりわけ、人殺しは基本何があろうと駄目、と明確に禁止した。……殺人は、慣れた人間ですら細心の判断や専用のマインドコントロールが必要になる。それを、ただでさえ情緒が育っていない子供が覚えてしまえばどうなるのか、誰が見ても明らかだったからなぁ」

「……そういう、ことだったんですか」

確かに、言われてみれば。エルメスはこれまで多くの戦いを経験してきたが……その苛烈さに反して『殺人』を行ったことはほとんど……というか、見ている限りでは一度もないのではないだろうか。

師に言われていた、ということであればより納得できる話だ。

「その上で、倫理教育的にも。あいつが信じていた『綺麗な魔法』……輝かしい願いで編まれた魔法が正しいということも、否定しなかった。理念だけが拠り所のあいつにその考えまで否定させてしまえば、どうなるかも分からない。

まだ早いと思って、心苦しかったが、不都合なことを隠して育てた。……この国の貴族連中と変わらない方法と、分かっていてもな」

「……」

……それも、確かに。

自身の信じる価値観だけを肯定して、他は全てなかったこととする。あの秘匿聖堂でラプラスが語った通り、それはアスターや貴族たちと変わらないのかもしれない。

でも。

「でも、エルは……エルは違います……！」

「ああ、そうだな。それでもあいつは、貴族たちとは違う。きちんと間違っていることは間違っているって認められるやつだ。

だから、王都でちょっとずつ学んでくれると思ったんだよ。世の中には、あいつの言う『綺麗な魔法』ばかり溢れているわけではなく、綺麗じゃない想いでも進めるような人間だってごまんといるってことを認識して。折り合いをつけていけると思っていたんだが……」

そう考えて王都に送り出した、ローズの誤算は二つ。

まずは、エルメスにこれまで敵対した人間が、軒並み力だけ膨れ上がった程度の低い連中ばかりだったこと。エルメスの思想や思考になんら影響を及ぼせない人間しかいなかったということ。誤解を恐れず言えば……王都のレベルの低さを甘く見ていたのだ。

そして、もう一つが……

「あのラプラスって奴……やってくれたよなぁ。

あいつは多分、エルとは真逆の思想を持つ人間、正真正銘の悪党だ。だからこそエルの矛盾にもいち早く気付いたし、本来なら徐々に理解していくべきそのデリケートな問題に、直接手ぇ突っ込んでぐっちゃぐちゃにしていきやがったんだ。ああなるのも、仕方がない」

「……なる、ほど」

カティアにもあった。彼女にとっては幼い日、エルメスに出会うまで。正義とか真実とか、きらきらしていたものばかりを純粋に信じていられた頃が。

程度こそ違うが……エルメスは、心の一部分では未だその状態なのだろう。

多分、エルメスにも答え自体は分かっている。

ただ……あまりに、急激に自分の中の常識がひっくり返って。その答えに、自分が納得できるだけの心の落としどころを見つけられていないのだろう。

……難しい問題だ。

それこそ、問題の答えが『正しい』ことには意味がない。要は、彼がそれを受け入れられるかどうかなのだから。

そして何より……彼の魔法が心を大事にしている以上、それは彼の戦力に直結する。現状第三王女派閥最高戦力の彼がこの状態であることは、自動的に自分たちの敗北だ。

「だから、頼む」

故に。改めて、ローズは告げる。

「間違った教育方法を押し付けたあたしにはその資格がない。本来なら頼めた義理はないのかもしれんが……エルが、立ち直れるだけのものを。与えて欲しい」

「──はい」

今度は、迷うことなく答えを告げられた。

その上で、まずは言うべきことを言うべくカティアはローズを真正面から見て。

「それと……間違っている、というのは言いすぎだと思います。今の話を聞いて確信しました けれど……エルが、今の優しいエルになったのは、ローズ様がそう判断して、ちゃんと優しい子に育ててくれたからです。そこに、間違いはないです」

「！」

「私はそのエルに、たくさんのものを貰いました。それを、返せるというのなら。今度は……いいえ、今度こそ。私がエルを助ける番で、だから、その」

そう告げてから、最後に。

「ローズ様は、それで戻ってきたエルを。いつものように抱きしめる準備を、しておいてください」

「…………、ん」

言い切ったカティアに、ローズはもう一度軽く微笑んで。ぽん、とカティアの頭に手を置いてから背中を押す。

それに促され、カティアは迷わずエルメスのいる建物の方角に歩き出すのだった。

「…………ほんと、成長したな」

カティアを見送った後、ローズはカティアの背中を眩しそうに見て……同時に痛感する。

「いやしかし……子育てってのは、難しいなぁ」

ぶっちゃけ割と甘く見ていたところがあった。

子供たちを、正しく導くというのは。ただ正しいことだけを言えば良いというわけではなく、真っ直ぐなものばかりを示せば良いというわけでもない。

その辺りを加味すると、カティアのような。あんなにも真っ直ぐな良い子をしっかりと育て上げたという点で……

「ユルゲンは、すごかったんだなおい」

知っていたことだが、改めて旧友の偉大さを思い知る。

……まぁ、それはそれとして。奴の裏切りについては絶対に許すつもりもないのだが。

ともあれ。自分のなすべきことは一つ。カティアに言われた通り……エルが戻ってきた『後』の準備を、可能な限り進めておくことだ。

カティアを信頼し、そして彼女の言葉を思い返し要約する。

「『エルに、たくさんのものを貰った。だから返したい』ね」

自分の弟子が、そう思われていると考えると……掛け値なしに、とても嬉しい。そういう人がいるのならば、大丈夫だとは思える。

ただ。問題は。

「――多分、そう思ってるのは一人だけじゃないんだよなぁ」

魅力的すぎるのも考えものだな、と。

呆れと弟子自慢の入り混じった苦笑をしつつ、ローズは逆方向に歩き出す。

そして、同刻。

エルメスのいる病室の扉が開き、彼が振り向いた先で。

「――や」

いつかの、北部反乱の後と同じような既視感のある構図で。

ニィナ・フォン・フロダイトが。気さくな笑みに少しだけの恥じらいと気遣いを浮かべて、治療時を除けば最初に彼の元に訪れているのだった。

◆

「……外は、大丈夫なのですか？　他の皆さんは？」

「ん？　ああ、教会はとりあえずお兄ちゃんがまとめてくれてるからなんとかなってるよ。他のみんなは……カティア様は今も落ち込んでると思う。サラちゃんとアルバート君もショックは大きかったみたいだ。あと……リリィ様は、今はお姉さまにつきっきりだね。特にあの子は今こっちを気にかけてる余裕はないと思うから、そこは勘弁して欲しいかな」

「いえ……」

妥当だ、と思う。

リリアーナだけではない。ニィナもサラもアルバートもカティアも、あの場にいた全員が、きっと人生で最大級のショックを受けただろう。

あの秘匿聖堂での一連の出来事は、そう言い切るに相応しいものだった。

……そして。何より、自分も。

「……」「……」

ニィナとの間に、沈黙が満ちる。

本来なら、多分もう少し会話があって……ひょっとするともう少し気まずくとかなっていたのかもしれない。

何せその、あれだ。秘匿聖堂で、ラプラスからの勧誘を受けたエルメスを強引に止めるためにニィナが取った行動が……少々、いろんな意味で心穏やかではいられないものだったので。

でも、今は。

端的に言って――それどころではなかった。

「…………、すみません」

そんな自分の心の状態を自虐的に客観視しつつ、エルメスは述べる。

「本来なら、秘匿聖堂のことについて。……色々と、言うべきなのかもしれませんが。今は……」

「うん、分かってる。流石のボクも今のキミに対してそこを掘り下げたりはしないよ。ここに来たのは……ただ。好きな子の悩みに、寄り添いたいって思ったからさ」

対するニィナはそう告げて、ひょい、とベッドの上に腰掛けてくる。少々はしたない行動だが、その分二人の顔が近づいて。表情まで仔細(しさい)に読み取れるようになる。

その瞳には、純粋に彼を案じる色があって。

それに導かれるように、エルメスも口を開く。

「……そう、ですね。お願いしても、よろしいでしょうか」

多分、彼女は見抜いているのだろう。

エルメスの抱えるものの正体を、ひょっとすると一部分ではエルメスよりも詳しく。

学園の時から、ずっと——エルメスを見てきた、この少女だから。

だから分かっている。エルメスの今悩んでいること、懊悩(おうのう)の形を。

まずは……しっかりと、言語化するべきだということも。

「……そうだね」

エルメス自身もしばらく考えて、大凡(おおよそ)の正体にこそ至っていたが。

改めて、ニィナの言葉で言語化して欲しい。そう静かに要請すると、ニィナは頷(うなず)いて、
しばし考え込んだのち。

「ごめんね。一番的確に言おうとすると、どうしてもちょっとひどい表現になっちゃうかも。それでもいいかな？」

「はい」

「……分かった。じゃあ、端的に——」

そう前置きで確認し、承諾したエルメスに。少しだけ逡巡(しゅんじゅん)する様子を見せてから、それでも覚悟を決めた瞳できっぱりと。

こう、告げる。

「キミはさ。――これまで一切、挫折ってものを知らなかったんだね」

「――ッ」

容赦なく、的確に。

けれど最大限の慈愛と尊重をもって、優しく抉り取るような声色だった。

「えっと、言っておくけど『苦労知らず』って思ってるわけじゃないよ。むしろキミは、多分頑張ることなら他の誰よりもしてきたんだと思う。でも、それとは別に……」

「……はい。そこから先は、僕でも分かります」

そこから先まで、この優しい女の子に代理で己の罪科を語らせるほど恥知らずでは在れず。エルメスが言葉の続きを引き継ぐ。

「美しい魔法に憧れて、綺麗な魔法を創りたくて。……あの日、師匠に僕ならばそれができると肯定してもらって」

「……うん」

「そこから、必死に頑張ってきました。勿論苦しいことはたくさんありましたし、壁に突き当たってもがくことだってありました。ニィナ様の言う通り苦労は人並み以上にしてきたとは思いますし、僕の目的はそういうのを全て乗り越えた先にあるとも思っていましたから。でも……」

苦難に突き当たった経験ならある。ひどい状況に直面した経験もある。

けれど。

そうやって頑張っていれば、いつかは絶対に辿り着ける。その一点だけは、これまで一切疑っていなかったんです。……今思えば、馬鹿みたいに」

「——裏を、返せば。

単純な話だ。

エルメスにとって、『美しい魔法を創る』ことは。遥か遠く、けれど今歩んでいる一歩一歩を積み重ねた先に確かに存在していると信じ切っていたもので。夜空に輝く願い星のように語りつつも、実際は地の果ての灯台の光としか思っていなかったもので。

——『辿り着けないものかもしれない』ことを、一切考慮していなかった。否……それについて考えることから、これまで目を逸らしていたのだ。

……これまで、彼の目的に向かって努力する姿を誰もが褒めそやした。すごいことだと、誰にでもできることではない、憧れることだと。

でも、考えてみて欲しい。

もし、彼にとってはそれが約束された栄光だったとしたら。根拠がなくても、成功への道を真っ直ぐに歩いているだけであると確信し切ってしまっていたとしたら。

誰でも……とまでは言わないが、恐らく相当の人間にとって、『頑張る』ことのハードルは極めて低いものになるのではないだろうか。

何のことはない。

誰よりも頑張ってきた彼の、誰もが羨むほど真っ直ぐに歩みを進めてきた彼の本質は。

ただ――『努力は必ず報われる』なんて絵空事を邪悪なほど無邪気に信じていただけの、世界を知らない幼子に過ぎなかったのだ。

「……でも」

その幻想は、壊れた。あの、秘匿聖堂での出来事によって。

目指していた魔法は、綺麗なものだけではなくて。目指す先にある輝きが、本当に求めていたものなのかも分からなくなって。

求めていた先が、真っ暗闇になる……初めての挫折を、味わってしまった。

辿り着けないだけならば、まだ良い。

けれど……彼は知ってしまった。今まで目を逸らしていた、彼の中にもあった悍ましいもの。それによって使えるようになった魔法を、衝動のままに振るった先の――

『――最高に、気持ち良かったよなぁ？』

「ッ！」

怖くなった。

……たどり着けないだけならば、まだ良い。

けれど……歩みを進めていった結果、辿り着く先がなくなってしまったり、或いは――自分が唾棄するような魔法を嬉々として振るう、自分が心底なりたくないと思っていたモノに成り果て、辿り着きたくなかった場所に到達してしまったり。

そんな未来を想像してしまった途端に……身は竦み、背中に氷柱を差し込まれたかのような感覚が総身を襲うのだ。

「……知りませんでした」

自分の今までやってきたことが、何もかも無価値と消え、無意味と堕す恐怖。

これまでの足跡を否定され、真っ暗闇に突き落とされるような感覚。

「『夢が叶わない可能性を知りながら夢を追いかけること』が、こんなに怖いだなんて」

顔を引き攣らせながら、エルメスは呟く。

……同時に、認識する。

自分以外の、夢を持つ人……カティア、サラ、アルバートやリリアーナ。そして彼が出会ってきた、ひょっとすると敵対してきた人間たちも。

ずっとずっと、この恐怖と戦いながら、目標に向かって進んでいたのか。

そんなの──自分なんかより。ずっとずっと、強い存在ではないか。

「………………」

そんな、エルメスの酷く情けない独白を。

ニィナは、静かに聞いていた。否定も肯定もせず、ただその金瞳に穏やかな光だけを湛えてエルメスを見据えていた。

彼女の表情が、雄弁に語る。……まだ、話し切っていないよね、と。

その表情に、促されるように。エルメスも吐き出す、自分の中にあったもの、これまで蓋をしていたものを全て掻き出し、奥底の根本を曝け出す。

「……やるべきことは、分かっているんです」

「……うん」

「『綺麗な想いで生まれた魔法ばかりではない』。この事実を受け入れて、しっかりと認識して。その上で、自分の信じる美しい魔法を創るために、また歩き出せば良い。言葉にすればただそれだけなんです」

「そうだね」

「――でも」

そこで。ここにきて初めて、ニィナの目が見開かれた。

理由は、エルメスの表情。

至近から見た彼の容貌は、今まで見たこともないほどに歪んでいて。恐怖と、悔恨と、自己嫌悪と……たくさんの負の想いが浮かび上がっていた。

きっと。これまでの彼の中でも、最大と言って良いほどに……感情に満ち満ちた表情をしていた。

「こんなものを抱えた上で。叶わないかもしれないと、辿り着けないかもしれないと、ひどいものに成り下がってしまうかもしれないという恐怖を、抱いた上で。

それでも、歩みを続けられるような……そんな『理由』が、僕には、ないんだ」

……最低なことを、言っているだろう。

だって、どれほど言葉を繕っても。究極的に要約するならば彼は、『こわくて動けない』と言っているだけなのだから。

そんな自分が心底嫌で、けれど巣食う恐怖はどうしようもなくて。

酷い自傷感情に苛まれながらの、揺れる瞳を見て――

(……ああ、そっか)

ニィナは、悟る。

(エル君は。この男の子は……幼いんだ。良くも悪くも)

彼の過去は、ニィナも既に大まかには把握している。

過去の経験から、情緒の発達が一度リセットされて、そこから全力で年齢に追いつくだけの所作や振る舞い、メンタルを必死に発達させた結果――一見完璧に思えるような大人びた透明感を持つ少年が出来上がった。

でも、そんな成長の仕方をして、無理が出ないわけがない。

淡々と歩みを進める、完璧な少年の内側を少し覗けば。きっとそこには、発達の過程で拾い忘れた……もしくは捨てざるを得なかった当たり前の感情の空白がたくさんあって。

それを、彼は王都で必死に拾い集めようと頑張った。結果多くのことを学んで、彼の中の空白は徐々に埋まっていった。

その上で。

彼がこれまで拾わなかった……意図的に無視してきた『負の感情』を突きつけられ。その結果、当たり前の悪意と、恐怖と、弱気を思い出し。

今、彼はようやく——

——『普通の男の子』に、なろうとしているのだ。

そして、皮肉なことに。そんな普通の男の子になった少年に今、一つの国の命運がのしかかっている。

「…………」

改めて整理すると、あんまりにあんまりなこの状況。

そんな中、自分には何ができるだろうかと、ニィナはしばし考えて。

「……そうだね。こわいよねぇ」

まずは、素直に語る。

「キミが考えてること、全然おかしくないよ。まずさ、この世全ての人間が『やるべきこと』をしっかり全うできるなら……そもそもこの国はこんな風になってないと思うなぁ」

「……それは、まぁ」

あんまりな物言いに、若干呆れを滲ませるエルメス。不思議なところでも表情豊かになっている彼にくすりと微笑みを返しつつ、ニィナは続ける。

「それで……多分、キミの言う立ち上がってまた歩き出せる『理由』ってのも……うん、ボクにはどうしようもできないかな。はっきりとは分からないけど……それはきっと、最後にはキミがキミ自身で納得して見つけなきゃいけないものだから」

言いにくいことも、しっかりと語る。

だってこんな状況でも、彼は非常に聡明だ。それは自分の弱さをしっかりと認識できているることからも明らかで。

そんな彼に、上っ面の言葉は絶対に響かないどころか見透かされてもおかしくはない。

だから、結局のところ自分の中のものを素直にぶつけるしかないのだ。

「……はい」

「その上で」

そう、その上で。

自分は、自分にできることを。この、強くて優しくて、弱くて歪で愛おしい男の子に。

ニィナ・フォン・フロダイトとして、彼女だからこそ言える一言を。

「きっと、ボクじゃないと言えないことを、今はキミに伝えるよ」

前置きの後。

ニィナはベッドの上に身を乗り出して……思わず固まるエルメスに構わず、ふわりと彼に抱きついて。

固まった体をほぐすように緩やかに体温を伝えたのち、紅潮する彼の様子を少しばかり横目で楽しんだのち、耳元で囁くように。

優しい一言を、こう、告げるのだった。

「べつにさ。……逃げても、いいんだよ？」

◆

逃げても良い。

……その、静かな言葉を受けて。

抱きつかれたニィナの体温をぼんやりと感じつつ、エルメスは答える。

「……貴女（あなた）が、それを言うのですか」

「ボクだからこそ言うんだよ」

意図せず、少しばかり戸惑いのような声色が混じった。

何故（なぜ）なら思い返すのは、学園での話。

学園に強く残っていたこの国の風潮にうんざりして、何もかも見限ってこの国を出て行こうとした……有り体に言えば、この国から逃げようとした時。

エルメスを──サラほど明確ではないものの止める側の人間だったニィナが、今はそういうことを言ってしまうのかと。

「学園でのこと、思い出してる？」

そんなエルメスの思考の流れを見通すように、ニィナが続けて囁いた。

「まぁねー。あの時はこの国を見限る側だったキミが、今は迷ってる。それは多分良いことなんだと思う。それだけ大切なものができて、責任感も強くなって。

「——でも、だからこそ言うよ。逃げても良いって、何度だって」

ぎゅっと、強張りを解すように更に体温を伝える。

「学園でのキミは……言い方はあれだけどちょっと、人間じゃなかった。だからこそ周りを顧みずあんなに派手なことができたし、それで変えられたことも多くあった。

でも、今は違う。キミは当たり前の感情を知って、当たり前の恐怖を知った。そうやって、学びたかったことを学んで……」

そうして抱擁を緩め、至近距離からその金瞳を向けて。

「そういう普通の男の子になったキミには。今背負っているものは、あんまりにも酷すぎる。それでいいんだよ。それが『普通』で、今までがおかしかったんだ」

「……でも」

彼女の言い分も分かるが、とエルメスは反論しようとして。

「分かっています。今僕が動かないと、この国はきっと、なくなって——」

「——たかが国一つだよ」

ニィナの、あまりの言葉に。さしもの彼も目を見開く。

「……ごめん、今のはリリィ様には内緒にしてね。

でも、これがボクの本心。少なくともボクにとってはこの国よりも、キミ一人の方がずっとずっと大切だ」

そんな彼に向かって、真正面から真摯に。

想いを伝えたが故の強さをもって、ニィナが語りかけ。

「だから、いいんだよ。

この国を見捨てたっていい。たった一人が見捨てるだけで滅びるような国が悪い。

魔法を高める理由が見つけられないなら、立ち止まって良い。これ以上進むことを放棄したって良い。そもそも、人が一生で進める距離なんて限られてるんだから。

……そして」

その上で、満を持して。

とびきりの殺し文句を、甘やかな決意を秘めた声で。

「――キミが何を選んでも絶対、ボクはキミについていくよ」

「…………それ、は」

再度、瞠目してから、エルメスが言葉を絞り出す。

「……僕が、ここまできた上で放り出すような人間に成り下がってもですか」

「うん」

「っ、僕が、これまで人生を捧げてきた魔法を棄てて。何もない空っぽの人間になってしまってもですか」

「そうだよ」

肯定する。

受け入れる。

見たことのないような包容力を湛えた笑みと共に、彼女は静かに言葉を紡ぐ。

「……ねぇ。ボクはさ、ずっと恋がしてみたくて。今、キミに恋をしている」

改めての、彼女の願いを、告げた上で。

「その形は、多分人それぞれで違うものかもしれないけれど――」

ニィナは、己の想いの形を、こう語った。

「少なくとも、ボクは。――たった一つの在り方しか認めないものを、恋とは呼びたくないよ」

「！」

「ボクを助けてくれた時のヒーローみたいなキミの在り方を、いついかなる時も強要して。呪いをかけて地獄に叩き込むような女の子には、なりたくない」

だから、受け入れるのだと。

どんな選択をしても、何を選んで何を棄てても。自分は肯定して、ついていくと。

他の人とは違う、明確な願いを持たず。だからこそただ純粋に彼を想う少女は――もう一度、柔らかく彼を抱擁する。

「だから、さ」

そうして、甘やかな感覚と体温を伝え、静かに手を這わせる。

余分な力を奪うように。あらゆるしがらみを解きほぐすように。

それこそ、堕落に誘う魔性の如く。けれど心からの優しさで、彼女は最後に。

「ボクは強要しない。この先、どんな選択をしてもキミの自由だ。だからこそ、覚えていて欲しい。『逃げる』っていう選択肢が、ぜんぜん悪いものじゃないってことと――」

最大限の、愛情と恋慕を乗せて。言い切るのだった。

「――何があっても、ボクはキミの味方だってことを、さ」

「…………ニィナ、様」

エルメスの呟きを最後に、ニィナはゆっくりと彼から離れて。

「……うん、ボクのお話はこれでおしまい。なんだか後がつかえてるみたいだし……ゆっくり、しっかり考えてくれると、嬉しいかな」

言いたいことは言い切った様子で。緩やかに背を向けて、病室を去っていくのだった。

◆

後ろ手で扉を閉め。

一つ、大きく深呼吸をしてから。歩き出すと同時に、ニィナは呟く。

「……はぁ、緊張した」

そう告げる彼女の表情は、若干紅潮している。

それもそうだ。普段の言動で勘違いされがちだが、彼女とて年頃の少女。

異性と……しかも好きな人とあれほどまでに大胆な接触をして、平静でいられるわけもなく。実は未だに抱きついた時の彼の感触を思い出して悶えかねなかったりしている。

けれど、その甲斐はあって。

今の自分が、彼に伝えるべきことは、きちんと過不足なく、伝えることができたと思う。

……でも、故にこそ。

「……悔しい、なぁ」――

ぽつりと、本音が溢れた。

言ったこと自体は後悔していない。自分は彼の選択の全てを肯定するつもりだし、何があっても彼への想いは変わらないし揺らがない。たとえこの国から逃げ出したってついていくつもりはしっかりある。

――けれど、それは裏を返せば。

彼が何を選択するか……彼自身の想いには、彼女は何一つ影響を及ぼせないということの証左に他ならず。

それは、彼女のスタンスの良いところでもあり業でもあるのだろう。

彼女はエルメスに関する以外の願いを持たないために、彼の望みを全てあるがままに受け入れ寄り添える。

一方で、彼を導くことは――やっぱり、できないのだ。

今の自分は、そういう存在であることが。

誇らしくもあるけれど……それでも、一抹の悔しさは消せない。

「……」

多分、そう思っているのは自分だけではないだろう。

彼にたくさんのものを貰って、何かを返したくて。でも自分たちは彼へのスタンスがあまりに様々だから、どうしても自分一人ではどうしようもできないことはあるのだ。

そして。

そのために――今の彼女たちは、一人ではないのだろう。

「……言うことは、決まってるの？」

ニィナと入れ替わるように。

前方から歩いてきて――彼女の声かけに静かに頷いた二人。

「そっか。じゃあ……あとは、お願いね」

少しだけ、寂しそうに。けれど喜ばしそうに笑って。

ニィナは、続く二人……サラとアルバートに、言葉のバトンを渡したのだった。

◆

続いて病室に入ってきたのは、サラとアルバート。

サラは気遣わしげに、アルバートは寡黙に。二者二様の表情でエルメスの側に腰掛けた二人は、しばしの沈黙の後。

　まずはアルバートが、口を開いた。

「……俺は、今のお前に言うべき言葉はない」

　少しだけ。意外な、言葉を。

「……え」

「かけられる言葉も、語るべき信念の持ち合わせも俺にはない。きっとお前の悩んでいることは、俺なぞにはどうにもできるものではないだろうからだ」

　ただ、続けて語られたのは確かな考えあってのこと。

　薄情ではなく、ここでかける言葉の重みをきちんと理解しているが故の何も言わない、という選択を彼はしたのだ。

「だから、一つだけ」

　故に、その上で。

「──たとえお前がいなくとも、俺は前に進むぞ」

　立ち上がれ、とも言わない。

　むしろ立ち上がらなくても構わない、と彼は静かに告げる。

「お前が戦えずとも、俺は戦う。第三王女派の魔法使いとして、相手が誰であろうとも戦い、勝利して、当初の予定通り王都を取り戻す。

　やるべきことは……変わらない」

「……」

そんな、簡単なことではないはずだ。

敵の強大さは秘匿聖堂で嫌と言うほど見せられたし、エルメスは自分の戦力的価値も正しく把握している。

自分がいなければ……現実問題、あのクロノと三幹部に対抗することはまず不可能だということも。

いや──アルバート自身、そんなことは百も承知なのだろう。

事実、泰然としているように見える表情には若干の強張りがある。エルメス抜きでこの先を戦い抜く難易度をしっかりと把握し、正しく恐怖を覚えており。

それでも尚（なお）……今の言葉を、虚勢ではなく覚悟を持って言い切っている。

「……どうして」

「決まっている」

何故（なぜ）、そうまで言えるのか。そんな意図を込めてのエルメスの問い、その意味をしっかりと把握した上で、アルバートは。

「自分よりも強い誰かがいるから。周りが勝てそうにない人間ばかりだから。環境が、自分にとって分相応のものでないから」

恐怖に竦（すく）む心臓を、力ずくで押さえつけるかの如く。

自らの胸をかきむしるように押さえた上で、こう告げる。

「――そんな理由で目を背け、燻（くすぶ）るようなことは、もう二度としたくないというだけだ」

その、表情は。

微（かす）かに歪（ゆが）みつつも……それでも、確かな意志を持って前を向く少年の姿があって。

そこに、負の熱量は。鬱屈したエネルギーは。

学園で出会った頃の、卑屈な少年の面影は。何処（どこ）を探しても、存在していなかった。

「――」

呆然（ぼうぜん）とするエルメスの手元に、今度はふわりとした温（ぬく）もりが。

見ると、優しげな美貌に切実な上目遣いを湛えたサラの姿が。

「エルメスさん。……わたしも、アルバートさんと同じ考えです」

その上で、彼女も語る。今のエルメスを見た上での、彼女の言葉を。

「『立ち上がってください』だなんて、わたしたちは言える立場にないです。今立つことができないのであれば、仕方ないと思います。そういう時は、誰にだってあるものだと思いますから……」

そうして、サラは。彼女も、今まで見たことのない深い慈愛でもって。

「わたしたちだけでも、なんとかしてみせます。

そして……全てが終わったら、その時はちゃんと。あなたのことも、助けにきますから。

今まで頼り切っていた分を、あなたに救われた分を、ちゃんと返しにきます」

「……」

そう語る、二人の姿にはやはり。彼が今まで見たことのない、強さがあって。

……彼自身、今はじめて気付いた。

無意識のうちに、守らなければならないと。道を示さなければならないと。そう思っていた対象だった二人の面影は、やはりどこにもない。

ただの、年相応の。そして年に似合わないほどの『強さ』をいつのまにか持っていた二人が、そこにいた。

そこで、気付く。

多分、この二人も本当に本心を言っているわけではないだろう。いや、紛れもなく本心ではあるのだが、一部でしかないと言うべきか。

きっと、エルメスに復活して欲しい気持ちもあるはずだ。彼らはニィナとは違う、各々に胸に秘めたこの国に対する誇りがあって、自分の中での譲れないそれを守るためにはこの戦いから逃げるわけにはいかず。そのためには、エルメスには何としてもまた戦えるようになってもらう必要があって、それを望む気持ちも、確かにあって。

それなのにそう言わなかったのは、きっと。

もし、『立ち上がって欲しい』と告げたのなら。

エルメスは——言うことを聞いてしまう可能性があるから、だろう。

彼は最早孤独ではなく、ただ我が道を行くだけの孤高な人間ではない。

王都での経験を通して、多くの人との交流を通して。ちゃんとした人並みの情と、きっと人並み以上の身内への愛着を持ってしまっている。

だから、その身内に。自分の心と関係なく頼まれてしまったら。懇願されたら。きっとそれは、彼が再び魔法をとる理由たりえてしまって。

そして——そんな理由で立ち上がってしまったエルメスでは、この先の戦いで勝つことはできない、とも。

彼らは分かっているから、こう言っているのだ。

「……」

それ以降は、アルバートもサラも何も言わなかった。

これも、分かっていたのだ。今のエルメスに響くのは、真っ向からの誠実な言葉しかなく。そういう縛りで言葉を選んだ場合……この二人には、これを言うことしかエルメスのためにはならないと。

二人は、最後に心からの気遣いの言葉を告げてから。静かに病室を去る。

……つまるところ、結局、振り出しに戻るというわけだ。

エルメスが再び立ち上がるには、また戦いの場に赴くためには。

彼自身の、彼の中にある、立ち上がるための理由を。ひどいものをたくさん見て、これまで純粋に信じられていた魔法の真実を突きつけられて。

それでも尚、清も濁も受け入れた上でもう一度向き合えるための『理由』を、見つけるしかない。

……それが、一向に見つからないから。自分はこんなにも苦しいというのに。

ああ。本当に――

「――ひどい話よね」

顔を上げた。

静かな瞳で見上げる先。二人と入れ替わるように病室に入ってきた少女は。

「『自分のために、また戦って欲しい』。その一言さえあれば、優しいあなたはとにかく前に進むことはできた。でも、あの二人はそれをしなかった。『誰かのため』の理由を、徹底的にあなたから奪った。かつて自分のためにしか動けなかったあなたに、今度は自分のためだけの理由を強制した。

あなたにとっては、とてもとても残酷で……でも、この上なく正しいことだわ」

先ほどの会話を、恐らく病室の外で聞いていたのだろう。

その内容に関する所感を、彼女らしい真っ直ぐさ、率直さでもって述べてから。

「――だから、その上で」

静かで、柔らかく、けれど少しだけ寂しげで、でも微かな喜びも湛えた。

ひどく複雑な表情を浮かべた紫髪の少女――カティアが。

「もう一度、私と。久しぶりに……ええ、とてもとても、久しぶりに。

折れそうなあなたとの、お話の続きを。しても良いかしら？」

その最後の言葉の意味は、今ひとつ要領を得なかったけれど。

それでも——これだけは直感した。

思考の迷路。想いの袋小路。願いのどん詰まり。

どんな結論を出すにせよ——

自分の中での、一つの決着をつける時が。

カティアと共に……やってきたのだと。

故に、エルメスは、まだ完全に理解はできないまま、けれど驚くほどすんなりと決まった覚悟と共に。

「……はい」

返事をして。彼自身、不思議とひどく久しぶりに感じる。

幼馴染の、妖精のような少女との会話を、始めるのだった。

◆

……ずっと、後悔していたことがあった。

自分の運命が変わった日。欠陥令嬢という評価と、傲慢な第二王子と、自分を虐げる周りの全てが。

彼女を追い詰め、削り、いよいよ強引な罪を着せられ命運が尽きるという瞬間に……彼が、やってきてくれて。

それから、彼は多くの……本当に多くのものを自分にくれた。

欠陥と呼ばれる所以である魔法を解析し、公爵家に相応しい魔法まで高めて。

彼女を襲う理不尽にも、全て真っ直ぐ果敢に立ち向かってくれて。

最後には、一つの歪んだ権力構造を丸ごと破壊して、自分を縛る全てから自分を助け出してくれた。

それ以降も、彼の活躍は止まることを知らず。思うがままに、信じるもののままに世界を変えていく彼のそばにいられることが、この上なく嬉しくて。

その過程で、多くのものを貰って。

たくさんたくさん、彼女を助けてくれて。

それを自覚するたびに――

――あの日。十歳の時、彼が生家から追放された瞬間。

何もできず、助けられず。ただ弱々しく放り出される彼を見ているだけだった自分の原罪が、埋火の如く己を苛むのだ。

お前に、こんな幸福を享受する資格があるのかと。

あの日、連れ出されていく彼を本当ならなりふり構わず止めることもできたはずなのに、立場を優先して最後の一歩を踏み出せなかった自分に。彼の隣で笑って、彼に支えてもらうなんて、何様のつもりだと。

きっとこの罪の意識は、ずっと消えることはないだろう。

たとえこの先どんな行動をしたとしても忘れられない、忘れてはならないものなのだろう。

——だから、こそ。

ずっと決めていた。もし彼が、何かに迷ったり、悩んだり、苦しんだりする時があれば。

その時は——今度こそ、何を差し置いても彼の力になるんだ、と。

幸いにも。

今の彼になら……言えることは、あるのだ。

その覚悟と共に、カティアは改めて口を開く。

◆

「……ひどい、話よね」

エルメスの前に腰掛けたカティアが、改めてそう話し。

まずは、こう告げてきた。

「今まで、輝かしいものだと信じていた拠り所がなくなって、どうしていいか分からなくなって。でも、立ち上がらなければいけないから。

だから——それに代わってもう一度、前を向けるだけの理由が欲しいのよね」

「——え」

驚いた。

それは、先刻ニィナに――初めて話したはずの己の心情を、それは聞いていなかったはずのカティアが完璧に言い当てたのだから。

「そんなにびっくりしなくてもいいじゃない。……あなたのことだもの、これくらいは分かるわよ」

「えと、その、はい」

穏やかにそう言われると、実際その通りなこともあってそれ以上何も言えず。

頷くしかないエルメスに、カティアは続けて口を開き。

「……教えてあげましょうか？」

「！」

その一言。

何を、ということは、当然聞かれずとも理解し。

これも頷いて先を促すエルメスに、カティアは微笑んで。

「そうね。――まずは、結論から」

静かに、告げる。

「多分だけど。……あなたがいなくても、第三王女派はなんとかなるわ」

「――――」

ひどく。

ある意味で、残酷なことを。

「……なん、で」

「そうね。第一の理由としては、もう既に『個人対個人』の戦いの意味が薄くなっていることかしら。もちろんどうまとめるか、という問題はあるけれど——正直なところ、それにあなたの能力はさほど関係がない。あなたの強みは何よりも圧倒的な個人戦力であることで……それは今、戦力自体は大量にある現状となっては以前より意味は薄い」

なんで、と言葉通り思った。

カティアだけでない。ニィナも、サラも、アルバートも。

これまで、自分に何かを託して、何かを求めてきた人たちが。今度は悉く……それらを取り外すようなことを言うのだろう。

「第二の理由としては、それでも倒し切れない相手——つまりは、組織の幹部たちについてね。これに関しては確かにあなたがいないのは痛いけれど……それでもいなければ絶対に勝てない、とまでは思わない。今はローズ様もいらっしゃるし、いざとなれば数の力で一人くらいは押し切れるし……何より」

そんなエルメスの困惑を他所に、カティアは。

「——私にも、奥の手の一つくらいはあるの」

これも、ひどく驚いた。

「……奥の、手?」

「ええ。詳しくは話せないし、あなたに検証してもらうには正直なところ感覚的な部分が強すぎるから今まで話していなかったわ。でも……直感的に、きっと血統魔法としてもっている人にしか分からないもので、感じるのよ──
──ああ、多分、これはいい、これは使える、って」

……これも、同じ感覚だ。

今まで、彼が助けてきた人たちが。彼が関わり、彼が救って……ひょっとすると無意識に、彼が守るべきだと思っていた人たちが。

「ねぇ、エル。……私だって、ちゃんと一人で歩けるのよ。

私だけじゃない、他の子たちだってそう。サラとアルバートは言わずもがなだし……ニィナは一人でも歩ける上できっとあなたを選んだ。リリィ様も、もうどんどん先に進んでいけることは教えているあなたがきっとよく分かっているでしょう」

いつの間にか、彼の手を離れて。

彼女たちだけの道を、彼女たちだけの歩みで。踏み出している感覚。

「……だからね、エル」

そうして、そこで彼は気付く。

「みんなもう。あなたがいなくても、大丈夫なの。

だから……これ以上、あなたが誰かを背負う必要は、ないのよ」

ニィナから始まった、一連の言葉のやり取り。それら全ての、持つ意味のことを。

王都に戻ってから、これまでの彼の道のりは。多くの人と関わって、多くのことを学んで。一人ではふとどこかに行ってしまいそうな彼を、繋ぎ留めてもらう人を増やすための旅だった。

――でも、ここからは。それだけでは進めなくなったから。

今度は逆に、それまで背負ったものを全て外して。多くのものに覆われて見えなくなってしまった奥底の何かを、取り出すための儀式が必要で。

それをみんな分かっていたから……あのような言葉を、かけたのだろう。

そして、同時に思う。

儀式の最後に、カティアがやってきて。この話をするのであれば。

その先に――彼の答え。彼の求める『理由』が、存在するのだろう。

そう考えて、そう信じて。

今まで彼を形作ってきたものを剝がされるのは、ひどく辛いけれど。

幼馴染の少女を、最初に彼を繋ぎ留めた少女を信頼して。

エルメスはまた……カティアの言葉に、耳を傾けるのだった。

そこから先も、カティアの言葉は続く。

彼の背負っているものを、一つ一つ外す儀式は続く。

「あとは、あなたはこの戦いを途中で放り出すことに罪悪感を抱いているかもしれないけれど……実のところ、それを感じる必要もないのよ」

今度は、彼が戦いを続ける理由の一つ。この国の、未来を懸けた戦いについて。

彼女は、こう語る。

「だって。……あなた、正直この国の貴族のためには戦えないでしょう？」

「！」

この上なく、核心を突いた言葉と共に。

「今ね、ルキウスさんが外の貴族や教会の人間を諫めてくれているけれど……ひどいものよ。大半の人は、急にいなくなった教皇を心配もせず、開口一番言うことは自分の利権を保証してもらえるのかどうかばかり。

私でさえ、割とうんざりしているもの。あなたなら尚更でしょう」

事実故に黙り込むしかない。

カティアの言葉通り、元より彼に大した貴族意識と呼べるものはない。『国の未来のために』なんてものは、彼にとって戦う理由にはなり得ない。

「そして……あなたの追い求めて、創ろうとしていた魔法についても。分からなくなってしまったのなら、無理に進もうともしなくて良い。立ち止まっても良い。無理矢理やって形になるようなものではないことは、あなたの方がよく分かっているでしょう」

「……」

続けて、彼女は剝がしていく。

次々と、丁寧に、取り去っていく。

「あなたがここで立ち止まっても、私たちは誰もあなたを責めはしない。むしろあなただけにこれまで負担をかけすぎてしまったんだもの、この先はわたしたちだけで頑張るくらいの気概がないとだめだし、実際私たちは全員そうする気よ」

彼が進む理由を。彼が頑張る理由を。

誰かのための理由も……そして、ひょっとすると自分のための理由も。

これまで彼が背負わされたもの全てを、一つ一つ解くように。

「当然、戦えないからと言ってあなたを見捨てて放り出す、なんてこともしないわ。むしろこれまでの最大の功労者として迎えて、ここから先も全力で私たちがあなたを守るって誓う。もうこれ以上、あなたを傷つけさせることも絶対にしない」

そうして。

何もかもが取り外されて、まっさらになった彼に。

王都に戻ってきた時のようになんのしがらみもなく……けれど、これまでの経験と記憶だけはきちんと積み重ねられた彼に。

「あなたはもう、これ以上頑張る必要は本当にないの。これまですごく、すごく頑張ってきたぶん。これから休む権利は、もう十分に持っているわ」

そんな、全てを下ろして空っぽになった彼の心に。

カティアは、問いかける。

「……だから。もう、やめる？」

その、言葉に。


「――――、いやだ」

「じゃあ、それが理由よ」


「…………え？」

エルメスが、静かな声を上げた。

けれどそれは、カティアの言っていたことが分からなかったからではなく。

……ひどく。それがとてもとても、しっくりきたからで。

それを証明するように、カティアが続ける。

「ねぇ、エル。あなたはきっと、今まで拠り所にしていたものを失って。どうやって立ち上がれば良いのか分からなくなって、だからそれに代わる、立ち上がるに足る『理由』を求めていたのかもしれないけれど」

そこで、一旦言葉を区切って。

きっぱりと、一息。

「――そんな。おとぎ話のように都合の良いものは、ないの」

「……あ」

何かに気付きかけるエルメスに。静かな声で、カティアは続ける。

「エル。私が過去、自分の進むべき道に迷って。そこからあなたに導いてもらった時も……実を言うと、あなたの言うこと全てに賛同できていたわけではなかったわ」

かつて、カティアが自分の進むべき道——貴族としての在り方を求めた結果、大切な人を逆に傷つけてしまう問題に直面した時。

最終的にはエルメスの言葉で立ち直ったが……それでも。自分の問題を完璧に、それこそ魔法のように解決できていたわけではなかった。

けれど、それでも彼女は進んだ。

何故なら。

「あの後何度悩んで、どれほど葛藤しても。

——『じゃあやめるのか』という問いに頷くことだけは、どうしてもできなかったから。

私は今、ここに立っているの」

その理由を説明した後、彼女はそして、と言葉を区切って。

「……あなたも。きっと、そうでしょう?」

「……」

——ずっと、理由を探していた。

例えば、愛の告白だったり。心からの叫びだったり、切実な願いだったり。

そういう、劇的でドラマチックで、誰もが『そんなことがあったら心が変わるのも納得だ』と思えるような、それこそおとぎ話のような素敵な理由を。

……でも。

そんなものは、なかった——否。

彼ら彼女らに限っては。そんな……敢えて言うならば、誰かに与えられる程度の理由で立ち直ってはいけなかったのだ。

だから、ニィナも、サラも、アルバートも。そして、カティアも。

まずは、エルメスに絡みついた、これまでは彼を繋ぎ止める楔となっていた『誰かのための理由』を徹底的に排除した。

誰かの願いのために頑張ることも、誰かを助けるために頑張ることも。

義理を返すために頑張ることも、恩義を叶えるために頑張ることも。

何もかも、なくして。外側を覆っていた殻の理由を全て取り払って。

頑張る理由を、続ける理由を。

彼の行動原理であった——これからも、魔法を追い求める理由を全てなくして。

もう、立ち止まっても良いはずの状態にして。諦めても、背を向けても、誰一人彼を責めることなく安寧を享受できることを、しっかりと認識して。

やめてもいいはずなのに。続ける理由は、何一つないはずなのに。

それでも、何故か。

どうしてか分からないのに、どうしてか……まだ、諦められなかったから。

「歩み続ける理由を見つけたからじゃない。

――足を止める理由を見つけられなかったから、まだ歩く。

きっと、あなたはそういう人で。だからこそ、ここまで来られて。それを自覚できたなら、誰よりも強く、また先に進めるんだと思うわ」

「それは……とても、酷な話ですね」

確かに、それができれば最強だろう。

けれど同時に、途轍もない困難を伴う話だ。

だって、彼の抱えるものは何も解決していない。

信じていた魔法は、これから信じるべき魔法は、未だ不透明で。

何処に進めば良いのかこれからは分からないまま、それでも広大に過ぎる魔法の世界に、もう一度飛び込む必要があるのだから。

でも……そうするべきなのだろう。

だって、みんな同じ。進むべき先が、向かうべき場所が。明確に分からないまま、それでも必死に頑張っているのだから。

「……大丈夫よ」

エルメスの不安を読み取ってか。

カティアが身を乗り出し、エルメスの手を取る。今度こそ、言いたかったことが言えるとばかりに、切実な覚悟を決めた表情を彼に向けて。

「約束、するから。今度こそ、絶対私はあなたを見捨てない。今回みたいに迷っていたら全力で助けるし、辛かったら必ず支える。だから……」

それは、過去の悔恨に対する彼女のけじめの言葉。

もう絶対に間違えないという、誓いの宣言だった。

「……」

エルメスは考える。

迷いは未だ晴れず、道行きは未だ不透明で。

何を目指すべきなのか、何処に向かうべきなのか。あの、誇り高き悪徳を叫ぶものたちと、どう向き合えば良いのか。

明確な答えは、見つけられていないけれど。

でも……それでも。

そういうものを、全部ひっくるめて。苦しみながらも、抱えながらも。それでも歯を食いしばって、進むことができたなら。

（……いやだ、か）

何もかも理由を取っ払った果てに、自分の奥底から出てきた言葉。

その言葉通り在れたのならば……それはきっと、とても素敵なことだと思うから。

加えて、この幼い頃から知る、真っ直ぐで素敵な少女が。

これからもそばにいてくれるのならば……大丈夫だと、思える。

ここまで条件が揃っているのなら。

それこそ——足を止める理由は、何処にも存在しないから。

「……ご迷惑を、おかけしました」

契機の言葉としては、これで十分。

幼い頃から親しい少女には、これだけで立ち直ったことは十全に伝わって。

彼女の手を借り、ベッドから降りて立ち上がり、現状を確認する。

これまで頼りになった大人たちは軒並み自分たちの敵に回り、残されたものは不満を叫ぶ民衆と貴族、そしてこれまで積み上げてきた自分の魔法と、これまで出会ってきた魔法使いたちだけ。

——十分だ。

もう一度、ここから。前に進み、彼らともう一度対峙し、答えを見つけるまで。

俗に言うならば……『気が済むまでやってみる』、覚悟はできた。

行きましょうか、と彼女が言って。はい、と答え手を取って。

幼い頃に戻ったように、閉じこもっていた彼を彼女が外の世界に連れ出して。

多くのものを、取り戻すための戦いが。もう一度、始まるのだった。

間章

「……」

全ての目的を終え、王都に向かう馬車の最中。

ラプラスは、これまでの道行きに思いを巡らせる。

……あの日から始めた計画は、いよいよ最終段階に入った。と言うよりは、もう九分九厘完了していると言って良いだろう。最大の難関である古代魔道具（アーティファクト）：エスティアマグナを手に入れた以上、ここからの敵は時間だけ。それにも既に目途が立っているため、最早（もはや）ここからはウイニングランに等しい。

だから、こそ。

悲願の成就が寸前に達した今、ラプラスが心中で思うことは。


「——怒ってる？」

そこで後ろから声がかけられ、ラプラスは驚く。

声をかけられたこと自体ではない。『彼』——クロノが神出鬼没なのはいつものことだし、そもそも今は同じ馬車に乗っている。今更その程度で遠慮するような間柄ではない。

故に、驚いたのは……言葉の内容。

驚きの表情のまま後ろを見やって、ラプラスは告げる。

「…………、怒ってる？　俺が？」

その言葉の意味は、クロノならば分かるだろう。

確かに、自分は気が短い性質ではある。小さな事柄に対してであれば苛立つことも少なくはないだろう。

けれど――『怒る』というのは。

何かに対して、そこまで真剣な感情を抱くことは、自分にとってはあり得ないはずで。

そんなわけないと咄嗟に思おうとしたが……言われて自身の内面を振り返ると、確かに。

今の自分の心中は、確かに怒っているという表現に相応しい波が立っていて。

「…………マジか」

そのこと自体に、ラプラスは再度驚愕する。

そして――ならば自分が何に怒っているのか。それも、ここまでの経緯を考えれば明らかだろう。

何かと因縁の多いあの少年と、三度目の対峙をして。さあ容赦なくやってやろうかと思ったところで、彼の内面が想像以上にお花畑で、本質的には彼がつまらなくも踏み潰してきた貴族たちとさほど変わっていなかったことに気付いて。

喩えるならば、極上のデザートが実は粗悪品だったと言われたかのようなこの感覚。

なるほど、確かに今の自分は……エルメスという少年に対して怒りを抱いているのかもしれない。最高の敵手になることを期待して、けれど肩透かしを食らったことに対して。身勝手な期待と言われればその通りかもしれない。でも……自分でも思った以上に、あの少年には真っ向から立ちふさがってくれることを楽しんでいたのだろう。

驚きと共に、ある種の納得を抱くラプラスに対して。

「悪いことではないんだろうね。だから……そんな君に対して、私の見立てを一つ」

クロノは、穏やかな顔と共に告げる。

「——あの少年は戻ってくるよ」

静かな、けれど確信を抱いた声で。

「言い切るんだな、ボス」

「これでも彼のことは数日見たからね。その上での結構な確信さ」

いつも通りの微笑と共に、クロノは続けて語る。

「確かに、今までの彼は自身の極端な性善説に無自覚だった。けれど、察するにそれは彼がここまで真っ当に育つ上で必要だったのだろう。丁度君の逆パターンと考えれば分かりやすいかな?」

「……」

「けれど、彼はこの国の貴族たちとは違う。間違っていると自覚できたのならば、それを修正できる……いいや、むしろそれをあまりにも早くやってのけることが、彼の強みなんだろうね」

　優れた洞察力と、分析力。それと凄まじい直感能力。

　ユルゲンをスカウトした手腕でもって、彼はエルメスという少年を評価する。

「だから、戻ってくるよ。そしてきっともう一度私たちの、君の前に立ちはだかる。間違いなくその際に、今までよりもずっとずっと強くなってね」

「……は。そうかい」

　そして、ラプラスも。

　クロノのそういった能力に対しては、全幅の信頼を置いているのだ。

「あんたが言うなら信じるとしよう。にしても、随分そっちにも肩入れするんだな？」

「必要だと思ったからね。何より、悲願の成就目前とはいえ君のやる気がなくなってしまうのは非常に困る」

「そいつはどうもすみませんねぇ」

　ラプラスの気質まで見抜いての言葉に、彼も気持ちを切り替えるように立ち上がり。

「――安心しろよ、ボス」

　はじまりの友人に、彼らしい表情で語りかける。

「あんたのやりたいことにだけは、ちゃんと本気で付き合う。そいつに関してだけは、とっくのとうにそう決めてる」

「それに、楽しみに思ってるのも嘘じゃないんだぜ？　いくら俺でも、数十年かけた最高のショーが目の前に迫ってんだ、そりゃテンションも上がるってもんさ、分かりにくいかもだがな」

「うん、大丈夫。ちゃんと分かるよ」

その宣言に、クロノも彼だけに分かる友人の微かな声色の変化を感じ取り。

「もともとが、子供みたいな思い付きだ。であれば、ちゃんと子供のように楽しむのが筋だろう」

「うん」

「そのとーり。そんじゃ王都に着いたら王サマと……あとは生きてりゃ第一王子サマ、どうしてやろうかねぇ？」

そのまま、二人は。これから宣言通りこの国を滅茶苦茶にするとは到底思えない、無邪気なやり取りと共に。

破滅を届けるべく、王都への道を進んでいくのだった。

あとがき

創成魔法七巻――そして、第三幕最大の展開が『沈む』巻でございました。

まずは、この巻を最後まで読み切ってくださった読者の皆様に今まで以上の感謝を。

実のところ、作者はこの物語を書き始めた当初、本編一、二巻にあたる第一幕を書いた後のことはほとんど構想を考えていませんでした。

そこからありがたいことにｗｅｂで人気をいただき書籍化、第二幕以降も続けさせていただくにあたり、登場人物の掘り下げや設定としてあった国の矛盾、それを基にしたキャラクターや物語、起こりうる事件を考えつつなんとか続けてまいりました。

その上で最大の戦いとなった第三幕、改めてエルメスという少年に焦点を当ててみたところ――やはり彼の持つこの矛盾は彼を語る上で避けて通れない。そう判断し、重い展開になることを承知の上で本巻の内容を書き切らせていただきました。

彼が向き合った矛盾や困難、その果てに見つけた答え。そうして変化を経た彼が今後どうなるのか。決戦そして決着の時は、確実に近づいてきております。

第三幕も、いよいよ折り返しを越えました。『新星の玉座』編、残るエピソードは二つ。ぜひ、この先も見守っていただけると。

みわもひ

OVERLAP

創成魔法の再現者 7
新星の玉座 -偽りの神の壊し方-

発　　行　2024年6月25日　初版第一刷発行

著　　者　みわもひ
発 行 者　永田勝治
発 行 所　株式会社オーバーラップ
〒141-0031　東京都品川区西五反田 8-1-5
校正・DTP　株式会社鷗来堂
印刷・製本　大日本印刷株式会社

Printed in Japan　ISBN 978-4-8240-0853-4 C0193